Jutta Draxler

DIE CHIEMSEE-FISCHERIN

D1640859

Scholastika Verlag

Stuttgart

Erschienen im
Scholastika Verlag
Rühlestraße 2
70374 Stuttgart
Tel.: 0711 / 520 800 60

www.scholastika-verlag.com
E-Mail: c.dannhoff@scholastika-verlag.com

Zu beziehen in allen Buchhandlungen,
im Scholastika Verlag und im Internet.

1. Auflage
© 2022 Scholastika Verlag, 70374 Stuttgart
ISBN 978-3-947233-61-8
Lektorat und Korrektorat:
Ulriche Weinhart, Claudia Matusche
Coverbild: Darius Zelenkowits
Fototechnische Bearbeitung: Michael Berninger

Danksagung

Mein besonderer Dank gilt dem Scholastika Verlag,
ebenso dem Lektorat für das besondere Feingefühl
bei der Überarbeitung, und meinem Freundeskreis,
der mich ermutigt hat.

Das schönste Gefühl im Leben ist, jemanden zu haben, der an einen glaubt und dem
man sein Vertrauen schenken kann.

DIE CHIEMSEE-FISCHERIN

Im Licht der Morgendämmerung

Eins

Die Wellen berührten den Uferrand so zaghaft, als wollten sie die Ruhe der noch schlafenden Natur nicht stören. Ein paar Enten putzten gewissenhaft ihr Gefieder. Mehr konnte Johannes Bütow im schwachen Licht der Morgendämmerung nicht erkennen. Es würde noch einige Augenblicke dauern, bis die aufsteigende Morgenröte den Himmel zum Glühen bringen würde. Die wolkenlosen Tage des Sommers waren für Johannes ein Geschenk, die schönste Zeit des Jahres. Wie jeden Morgen um diese Zeit stand er am Fenster seiner Villa, einer der wenigen, die vor Jahrzehnten auf einem Ufergrundstück des Chiemsees errichtet worden war. Dennoch wartete Johannes nicht nur auf den Tagesanbruch, sondern auch auf ein für einen Außenstehenden unbedeutendes Geschehen, das jedoch ein kleines Licht in sein Leben brachte.

Im nächsten Moment – es war, als würde alles der gleichen inneren Uhr gehorchen – sah er, wie sich der Lichtkegel einer Taschenlampe in Richtung des Steges bewegte, der etwa dreißig Meter Luftlinie von seinem Aussichtsfenster entfernt lag. Die Gestalt, die die Lampe hielt, blieb nahezu unsichtbar. Erst im Schein einer Schiffslaterne konnte er die Silhouette einer schlanken Frau in einem Boot erkennen. Er beobachtete, wie sie ein Netz, Kescher und Köder für den Fischfang sortierte. Anschließend zog sie mehrmals die Startschnur des Außenborders, bis der Motor aufheulte, und verschmolz kurz darauf in ihrem Fischerkahn mit der

Dunkelheit. Nur der Schein des kleinen Bootslichtes taumelte noch eine Weile durch das Grau des aufgehenden Morgens über dem See.

Johannes Bütow, der in diesen frühen Morgenstunden selten Schlaf finden konnte, verfolgte das geheimnisvolle Ritual, als wäre es von großer Wichtigkeit. Oftmals verspürte er das Verlangen, einfach auf den Steg hinauszugehen, um die Vorgänge aus der Nähe zu beobachten – was ihm sowohl seine Scheu vor Menschen als auch seine unpassende Bekleidung verbot. Niemals würde er sich mit Schlafanzug und Morgenmantel aus dem Haus wagen. Seinem gewohnten Rhythmus gehorchend zog er sich erst nach dem Frühstück an. Zudem verließ er seine Villa nur für unvermeidbare Erledigungen.

Als seine Frau Lilli vor einem Jahr gestorben war, hatte sie, so schien es ihm, seine Seele mitgenommen. Nichts war seither, wie es einmal gewesen war – allem voran er selbst. Irgendwann hatte er die Angewohnheit entwickelt, die Fischerin in der Morgendämmerung zu beobachten, wie sie kam und auf den See hinausfuhr, und dann wartete er auf den Moment, an dem sie mit ihrem Fang zurückkehrte. Üblicherweise verschwand sie, beladen mit einem hellblauen Plastikkorb, im Anbau der Fischereihütte. Er sah sie im Geiste vor sich, wie sie die Saiblinge, Renken oder was sich sonst in den Netzen und Reusen verfangen hatte, für den Verkauf vorbereitete. Aber auf eine unerklärliche Weise war er auch jedes Mal enttäuscht, wenn sie allein mit ihrem Boot zum Anleger zurückkam. Als habe er darauf gewartet, dass sie ihm in ihrem Fischerkahn Lilli und sein früheres Leben mitbringen würde.

Auch heute machte er sich traurig und appetitlos an sein karges Frühstück, las dabei die Tageszeitung und sah hin und wieder aus dem Fenster, um die Zeit bis zur Rückkehr der Fischerin zu überbrücken.

Man konnte nicht sagen, dass Johannes Bütow seine Ordnung oder gar sich selbst vernachlässigen würde. Alles hatte seinen Platz, als wäre Lilli noch da. Oft ertappte er sich allerdings dabei, dass er für zwei deckte. Er beließ es dann dabei, obwohl er wusste, dass nur die Einsamkeit sein Tischpartner sein würde.

Seine alten Freunde und auch seine Kinder hatten es inzwischen aufgegeben, ihn zu Unternehmungen zu überreden – was ihm ganz und gar recht war. Sein Schmerz über Lillis Verlust umhüllte ihn wie ein willkommener Umhang und er war sicher, es sowohl sich selbst als auch ihr schuldig zu sein, angemessen – und lange – zu trauern, als Würdigung für die wundervollen gemeinsamen Jahrzehnte. Seine Kinder hingegen versuchten ihm einzureden, dass er mit seiner stattlichen Erscheinung durchaus attraktiv und interessant für die Frauenwelt sei. Doch nichts lag Johannes ferner, als Lilli zu ersetzen.

Als er nach dem heutigen Frühstück die Zeitung beiseitelegte, hatten die Sonnenstrahlen den See bereits in ein gleißendes Licht getaucht. Die Berge am Südufer des Sees streckten sich ebenfalls ins Licht, ganz so, als bemühten sie sich, der glitzernden Oberfläche den Rang abzulaufen.

4

Aber irgendetwas stimmte nicht – so befand Johannes, als er auf seine Uhr sah. Die Fischerin war mit ihrem Motorboot viel zu früh zurückgekommen. Er suchte nach Spuren, Wellenbewegungen, die der Kahn im zuvor ruhigen Wasser hinterlassen hatte. Doch er fand keine. Wie konnte das sein? Hatte er das Tuckern des Motors überhört, das Kommen der Fischerin verpasst, das ihm immer so wichtig war? Oder war sie morgens gar nicht hinausgefahren? Fing seine Wahrnehmung an, ihm Streiche zu spielen?

Johannes Bütow stand auf und ging am Fenster auf und ab. Diese Abweichung in seinem Tagesablauf irritierte ihn. Dann klingelte es auch noch an der Haustür. Er schwankte etwas benommen zur Hausdiele und schaltete das Licht an. Einen Moment brauchte er, bis er durch die matte Verglasung die ihm bekannte, schlanke Silhouette erkannte. Bevor er die Tür öffnete, warf er einen kritischen Blick in den Garderobenspiegel und war zufrieden mit dem, was er sah. Sein legerer Hausanzug schien ihm angemessen für einen unvorhergesehenen Empfang an seiner Haustür. Er strich sich kurz durch sein dichtes graues Haar, was den ungekämmten Schopf nicht sortierte, aber eigenartigerweise seine Nervosität milderte.

Als er die Tür öffnete, strahlte ihm ein Lächeln aus einem sympathischen Gesicht entgegen – ein Lächeln, das ihm die Dunkelheit des dämmernden Morgens und die Entfernung von dreißig Metern bisher verheimlicht hatten.

Zwei

Er löste seinen Blick von dem Gesicht der Fischerin und betrachtete den blutigen Handballen, den sie ihm hinhielt. Das Blut tropfte aus einem schmutzigen Tuch auf den Boden. Dann sah er der unbekannten Frau wieder ins Gesicht, wobei die Erinnerungen in seinem Kopf Purzelbäume schlugen.

Marlene? War das möglich?

Ihm fielen seine Patientengeschichten ein, seine heimlichen Aufzeichnungen, die er trotz seiner berufsbedingten naturwissenschaftlichen Nüchternheit als fantasievolle Darstellungen verfasst hatte, immer dann, wenn ihn eine Krankheit oder das Schicksal eines seiner Patienten besonders bewegt hatte. Lilli hatte ihm geraten, seiner Betroffenheit dadurch ein Ventil zu geben, indem er diese Geschichten niederschrieb.

Marlene. Es war eindeutig Marlene. Er sah alles vor sich. Die verzweifelten Eltern, die in der Anfangszeit seiner Praxis zu ihm gekommen waren. Der Vater, der irgendwann kaum mehr ein Wort gesprochen hatte. Die Mutter, die ihm von viel zu seltenen Briefen erzählte, die im Laufe der Jahre noch seltener wurden, von den Vorwürfen, die nicht ausblieben, und von der Zuversicht, dass Marlene eines Tages zurückkommen würde.

Aber sie war nicht gekommen. Oder doch? Seit einem Jahr beobachtete Johannes die unbekannte Fischerin, ohne je auf die Idee gekommen zu sein, dass Marlene in die Fußstapfen ihres Vaters getreten sein könnte. Es hatte ihn auch nicht interessiert, welches der Kinder des Fischers seine Nachfolge übernommen hatte. Er hatte in den letzten Jahren alles ausgeblendet, sich nur noch um Lilli gesorgt und sich um sie gekümmert. Für einen Arzt gab es nichts Schlimmeres als das Bewusstsein, nicht helfen zu können, und eine besondere Grausamkeit des Schicksals war es obendrein, wenn die Patientin, für die er nichts tun konnte, die eigene Ehefrau war.

Lillis Feind hatte Blutkrebs geheißen. Ihre Begleiter waren ab der Diagnosestellung Qual und Hoffnungslosigkeit gewesen.

„Haben Sie Ihre Praxis noch?", fragte Marlene und zeigte auf ihre verletzte Hand. „Wieder ein Angelhaken. Wissen Sie noch? Genauso wie bei meinem ersten Besuch bei Ihnen, als ich noch ein Kind war. Sie haben damals den Angelhaken entfernt und die Wunde mit drei Stichen genäht." Sie plapperte genauso unbeschwert wie damals. Johannes Bütow schien es, als könne er die Vergangenheit greifen, als wären die dazwischenliegenden Jahrzehnte ein Augenzwinkern gewesen. Oder träumte er?

„Herr Doktor? Hören Sie mich?" Sie schob den Handballen auffordernd in seine Richtung und lachte ihn an.

„Nein. Ja. Ich … ich praktiziere eigentlich nicht mehr. Aber das muss sofort behandelt werden. Kommen Sie herein."

Wieder drei Stiche. Johannes Bütow war als Arzt sofort in seiner gewohnten Routine. Es tat ihm gut. Die Konzentration auf den vorliegenden Fall erdete ihn. Ob er doch wieder praktizieren sollte?

Sie sprachen kein Wort. Marlene verzog bis zum letzten Knoten keine Miene.

Als er sie fragend anschaute und noch nach Worten suchte, kam sie ihm zuvor. „Ich erzähle Ihnen später alles, was Sie wissen wollen. Aber jetzt muss ich los, sonst wird es zu spät für die Fische."

„Aber am Abend muss ich mir das anschauen und neu verbinden", sagte er in besorgtem Ton.

Sie nickte. „Ich komme nach der Arbeit vorbei", rief sie, winkte kurz und verließ die Praxis.

Ein Lebensgeist, ein Elixier, dachte Johannes. Er war wie verwandelt. Neugierig. Plötzlich brannte er darauf, Marlenes Geschichte zu hören. Wo sie wohl die vielen Jahre verbracht hatte, in denen sie von hier fort gewesen war? Wie war ihr Leben verlaufen, während hier für ihn die Zeit erst fast und nach Lillis Tod vollkommen stehen geblieben war?

Hier hatte sich nichts verändert. Die Idylle des Chiemsees und seiner Umgebung war durch das Handeln umsichtiger Politiker weitgehend intakt geblieben. Eine überbordende Bebauung, besonders in der Nähe des Sees, war vermieden worden. Die alten Traditionen lebten weiter und das Brauchtum wurde gepflegt. Gut, es gab inzwischen mehr Touristen. Die wenigen neugebauten Ferienwohnungen waren im Sommer häufig ausgebucht, doch im Winter blieben deren Jalousien unten. Der kleine Kramerladen in der Dorfmitte war einem größeren Geschäft gewichen und die Tankstelle hatte vor Jahren aufgegeben.

Marlenes Eltern waren alt geworden. Sie waren von einem Pflegedienst betreut worden, zumindest kam täglich zweimal eine Fachkraft. Mehr wusste Johannes nicht. Vermutlich kümmerte sich zudem Marlene um ihre Eltern.

Obwohl er selbst nur zehn, zwölf Jahre älter war als Marlene, fühlte er sich an manchen Tagen uralt, fast wie ein Greis. Und wenn er den sorgenvollen Äußerungen seiner Kinder Glauben schenken wollte, dann benahm er sich auch so.

Johannes räumte den Praxisraum auf und legte das Verbandszeug für den Abend zurecht. Er ertappte sich bei dem Gedanken, dass er sich darauf freute, ja, es kaum erwarten konnte, dass sie wiederkam und er ihr den Verband wechseln konnte.

Seine Aufzeichnungen kamen ihm wieder in den Sinn. Er hatte sie sorgfältig in seinem Schreibtisch aufbewahrt. Abgeheftet in einem speziellen Ordner mit Zahlenschloss, dessen Kombination nur ihm selbst und Lilli bekannt waren. Obwohl er die nackten Fakten mit Fantasie ausgeschmückt und die Namen geändert hatte, waren es doch immer noch Patientendaten, die nicht in fremde Hände geraten sollten.

Er öffnete den Ordner. Gleich auf der ersten Seite stand: *Marlene.* Hatte er ihren Namen nicht geändert?

Ihre Geschichte hatte vermutlich kaum einen Bezug zur Realität, außer einigen Dingen, die er von Marlenes Mutter im Rahmen ihrer Behandlung aufgeschnappt hatte. Diese Tatsache machte ihn umso neugieriger auf die Erzählung, wie Marlenes Leben wirklich verlaufen war. Ein Abend würde für ihre vielen Erlebnisse, die sich über einige Jahrzehnte, ja, ein halbes Leben erstreckten, vermutlich nicht reichen. Und fraglich war ja auch, ob Marlene überhaupt Lust dazu hatte, ihre wahre Geschichte so detailliert vor ihm auszubreiten. Ob es Übereinstimmungen zu seiner Erzählung gab? Sollte er ihr offenbaren, dass er eine Geschichte über sie geschrieben hatte? Nein, entschied Johannes, das sollte sein Geheimnis bleiben.

Er nahm den Ordner, setzte sich in seinen Sessel am Aussichtsfenster und strich nachdenklich über die Seiten. Sie waren vergilbt und brüchig, obwohl sie dem Licht kaum ausgesetzt gewesen waren. Sein Blick wanderte zum Steg und über den See. Die Wasserfläche wirkte jetzt größer als sonst, die Berge lagen in weiter Ferne. Das Fischerboot war ausgefahren.

Er schlug das mit „Marlene" überschriebene Titelblatt zur Seite, lehnte sich zurück und begann zu lesen.

Ein Irrtum war ausgeschlossen. Der kleine Umschlag, den Hermine im Schlüsselkasten gefunden hatte, bestätigte ihre Vermutung. Marlene war verschwunden, ausgezogen. Sie hatte nur wenige Dinge mitgenommen, die kaum Lücken in ihrem Zimmer hinterließen.

Die Zeilen gaben keinen Aufschluss darüber, wohin ihre Tochter gegangen war. „Mama, mach dir keine Sorgen, aber ich komme nicht zurück", stand da in Marlenes kurviger Handschrift. „Briefe für dich sende ich an Caro."

„Du hast sie aus dem Haus getrieben! Einen Bastard, so hast du sie genannt. Ins Gesicht geschlagen hast du sie", schrie sie zum dritten Mal ihren Mann an, mit einer Stimme, die sie selbst in Schrecken versetzte. Sie wunderte sich, dass sie derart die Kontrolle verlieren konnte. Denn eigentlich war Hermine eine Frau, die in sich ruhte, obwohl ihr das Leben keinen Anlass dazu gegeben hatte. Sie hatte vier Kinder großgezogen, die sie, soweit es möglich und notwendig gewesen war, vor dem unbeherrschten Vater in Schutz genommen hatte, bis sie endlich erwachsen waren und ihre eigenen Wege gehen konnten.

Nur Marlene war bis gestern noch im Haus gewesen: ein eigenwilliger und gleichzeitig liebenswerter Wirbelwind, der mehr Energie hatte als ihre drei Geschwister zusammen.

Hermine wartete auf den Wutausbruch ihres Mannes, der jetzt zu erwarten gewesen wäre. Doch er schwieg ausnahmsweise. Aber schon wieder stieg die Wut in ihr hoch. Nein, sie schämte sich ihres Ausbruchs nicht, sie wollte nicht zurück in die Rolle des ausgleichenden Elementes. Jetzt war es genug! Jetzt war das Schlimmste geschehen! Sie hätte ahnen müssen, dass ihre jüngste Tochter, die – im Gegensatz zu den anderen Kindern – sich ständig auflehnte und dem Vater widersetzte, es eines Tages nicht mehr aushalten würde. Dabei hatte sich auch Marlene, selbst wenn sie aufmüpfig war, meist bemüht, ihrem herrischen Vater zu

11

gefallen.

*Obwohl sich Georg Huber nach den lautstarken Vor-
würfen seiner Gattin wider Erwarten zusammenriss, hieß
das keinesfalls, dass er endlich verstanden hatte. Er war
ein grober, heimtückischer Mensch geworden, der seine
Familie schikanierte. Man konnte nie wissen, was in ihm
vorging und welcher Racheakt einem Widerspruch oder
einer Auseinandersetzung folgen würde.*

*Doch jetzt, sehr zu Hermines Verwunderung, suchte er
minutenlang nach Worten, dann sagte er: „Die kommt
schon wieder. Wo soll sie denn hin ohne Geld? Und voll-
jährig ist sie auch nicht. Die Polizei wird sie uns wieder-
bringen. Du wirst schon sehen."*

*Hermine schaute ihren Mann mit rotgeränderten Augen
an. Sie konnte nicht weinen, schon seit Jahren nicht mehr.
Sie hatte alle ihre Emotionen unterdrückt, alles geschluckt
und sämtliche Klippen zu umschiffen versucht, nur um einen Funken Harmonie in die Familie zu bringen. Verzweifelt hatte sie versucht, der Ausgleich zu sein, die Balance zu
halten, Freundlichkeit und gute Laune zu verbreiten, aber
es hatte nicht ausgereicht. Den Mann, den sie geliebt und
geheiratet, mit dem sie vier Kinder bekommen hatte, den
gab es nicht mehr. Sie wollte die Veränderungen nicht
wahrhaben, nicht sehen, dass nach Marlenes Geburt – sie
war der Nachzügler gewesen – ihre Ehe und das Familienleben nicht mehr stimmten. Hermine verhielt sich seit Jahren so, als käme das Gute zurück, wenn man das Schlechte
ignorierte. Aber dem war nicht so.*

Der Anlass, den ihr Mann brauchte, um einen Zornesanfall zu bekommen, war üblicherweise lächerlich gering. Georg hatte sich in sein Misstrauen vergraben und fand immer einen Grund, seiner Wut und seinem Verdruss ein Ventil zu geben. Er war unzufrieden mit seinem Leben und hatte die Schufterei für die Familie satt. Seit er denken konnte, gab es für ihn nur Arbeit und Pflicht. Nach dem Tod seines Vaters hatte er die Verantwortung für den maroden Familienbetrieb übernehmen müssen. Georg Huber hatte sich damals fest vorgenommen, niemals wie sein Vater zu werden, der nicht nur brutal um sich geschlagen hatte, sondern auch dem Alkohol sehr zugetan gewesen war und Haus und Hof fast versoffen hätte.

Bis zu Marlenes Geburt war das alles kein Problem gewesen. Doch danach machte sich sein Unmut über das nicht geplante Kind breit, das seinen Arbeitseinsatz für weitere achtzehn Jahre in Anspruch nehmen würde. Er wollte, nachdem die anderen Kinder schon halbwegs erwachsen waren, kein weiteres Anhängsel.

Zudem wurde er von der Wahnvorstellung beherrscht, dass Marlene nicht sein Kind war. Sie sah anders aus als ihre Geschwister und sie war auch anders. Dieses genetische Schnippchen des lieben Gottes hatte Georg Huber in einen Tobsüchtigen verwandelt, der nicht nur beim Wirt, sondern auch in der Fischerhütte seinen Verdruss in Bier ertränkte. Er fühlte sich betrogen, hintergangen, ausgenutzt. Hermine hatte ihm tausend Mal versichert, dass es nie einen anderen Mann gegeben hatte. Wie auch, bei der

13

Kinderschar und der harten Arbeit im Familienbetrieb.

Eigentlich war es ihre beherzte Tochter Marlene gewesen, die ihr diesen unhaltbaren Zustand aufgezeigt und bewusst gemacht hatte. Aber mehr noch: Wie furchtbar musste es für Marlene gewesen sein, von ihrem Vater abgelehnt zu werden – wegen eines Grundes, für den sie selbst überhaupt nichts konnte. Vielleicht lag in ihrem Weggang auch ein wenig Verzweiflung über ihre Mutter, die weder den Mut noch die Mittel hatte, diesen Mann und somit auch das Haus zu verlassen.

Hermines Kopf glich einem Bienenstock, in dem es unablässig summte. Sie konnte keinen klaren Gedanken fassen. Die Verdächtigung, die Anklage ihres Mannes schwirrten immer wieder durch ihren Kopf. Und Marlenes Absicht, konsequent zu sein und das Haus zu verlassen. Ja, sie war mehr als sicher, wenn sie ihren schweigenden Mann jetzt betrachtete: Seine Tochter Marlene war das Kind, das er am meisten liebte und in das er seine ganze Hoffnung gesetzt hatte. Obwohl es wegen seiner Launenhaftigkeit und Marlenes Aufmüpfigkeit ständig Streit gegeben hatte, war es doch sie – und keines der anderen Kinder – gewesen, die ihn in den frühen Morgenstunden oft begleitet hatte, wenn er auf den See hinausgefahren war. Er war zwiegespalten zwischen dem Gedanken an ihre ungeklärte Herkunft und einem gewissen Stolz, wenn er sah, dass Marlene für diesen Beruf wie geschaffen war und in seine Fußstapfen würde treten können. Und nun hatte er sie aus dem Haus getrieben. Sicher fürchtete er seine Tochter zu Lebzeiten nicht *wiederzusehen.*

*Hermine wusste, ihr Mann würde nie wieder brüllen.
Marlenes Verschwinden hatte ihm endgültig das Herz ge-
brochen.*

Johannes war erstaunt, was er da zu Papier gebracht hatte. Marlenes Mutter musste ihm doch einiges detaillierter
erzählt haben, als er es in Erinnerung gehabt hatte. Was da
stand, konnte doch nicht alles seiner Fantasie entsprungen
sein! Er wusste es nicht mehr. Die Geschehnisse waren zu
lange her, seine Fiktion und die mögliche Realität zusam-
mengeschmolzen. Sollte er Marlene diese Zeilen doch zeigen, wenn sie heute Abend zum Verbandwechsel kam?
Unschlüssig las er weiter.

*Als Marlene bemerkte, dass sie ihren Talisman verges-
sen hatte, war es noch nicht zu spät. Ohne ihren Bären
Bruno würde sie nirgendwohin reisen. Er kannte alle ihre
Geheimnisse und war mit den Tränen getränkt, die sie in
unzähligen Nächten geweint hatte. Zu dumm, dass sie ihn
meist unter ihrer Bettdecke versteckt hatte, damit sie nicht
für kindlich gehalten wurde. Mit ihren fünfzehn Jahren, so
hatte ihr Bruder Ferdinand kürzlich gespottet, sollte sie aus
dem Alter heraus sein, in dem man mit Teddybären ku-
schelte. Sie hatte ihrem Bruder entgegnet, dass sein Gesicht
voller Pickel war, die man mit fünfundzwanzig auch nicht
mehr haben sollte. Diese freche Erwähnung seines wundes-
ten Punktes war gemein gewesen und hatte das Verhältnis*

15

der Geschwister nicht gerade verbessert.

Der Bär musste mit – er war ihr Glücksbringer, den sie zur Einschulung bekommen hatte.

Marlene war noch nicht weit von ihrem Elternhaus entfernt. Die Fischerhütten ihrer Eltern lagen genau auf der gegenüber liegenden Straßenseite des Hauses, in dem Marlene die letzte Nacht vor der geplanten Flucht verbracht hatte, dem Haus ihrer Schulfreundin Caro.

Jetzt saßen sie auf Caros Bett und hätten bei geöffnetem Fenster das Geschrei von Marlenes Mutter hören können.

„Ich kann doch unter einem Vorwand zu deinen Eltern gehen", schlug Caro vor. „Irgendein Buch oder das Halma-Spiel von mir hast du bestimmt in deinem Zimmer."

„Meine Eltern werden dich entweder ausquetschen oder dir die Ohren vollheulen. Die ahnen bestimmt, dass du etwas weißt. Schon wegen meinem Zettel im Schlüsselkasten. Kannst du das aushalten?" Bei dem Gedanken daran, wie ihre Mutter den Zettel las und wie es ihr dabei ergehen würde, wurde Marlene traurig und mulmig ums Herz. Doch sie war fest entschlossen, ihren Plan zu verwirklichen.

Caros Augen leuchteten angesichts Marlenes geplanten Abenteuers. „Bin schon unterwegs", trällerte sie. „Der Bär ist ja nicht groß, den kann ich leicht unter den Pulli schieben. Ich habe zwar nicht deinen Mut, einfach abzuhauen, aber ein bisschen schauspielern und flunkern, das bringe ich hin." Mit diesen Worten und einem spitzbübischen Blick verschwand sie aus dem Zimmer.

Caro war in Marlenes Vorhaben schon lange einge-weiht gewesen. Sie konnte die Beweggründe ihrer besten Freundin nachvollziehen, aber ihr würde dieses verrückte Huhn fehlen. Die beiden Mädchen kannten sich von klein auf, waren wie Geschwister aufgewachsen. Manchmal spielte auch Caro mit dem Gedanken, es Marlene gleichzu-tun, aber sie wusste selbst, dass ihr dazu der Mut fehlte. Caro hatte keinen Vater, beziehungsweise kannte sie ihn nicht. Ihre Mutter war ein flatterhaftes Wesen, das sich nicht viel um ihre Tochter kümmerte, weil sie meist mit irgendwelchen Männern unterwegs war. Je mehr sie Caro vernachlässigte, umso unentbehrlicher wurde sie für ihre Tochter. Caro hatte ja nur sie. Zu Verwandten hatten sie kaum Kontakt, und die Tatsache, dass der Vater nicht zu bestimmen war, galt in der dörflichen Gegend vielleicht nicht unbedingt als Schande, aber sie sorgte für Tratsch.

Caros Mutter schien darüber erhaben zu sein, so, als würde Geld ihr eine gewisse Unantastbarkeit verleihen. Das Haus hatte sie von einer Tante geerbt und mit Caro bewohnte ein ganzes Stockwerk, die restlichen Wohnungen waren vermietet, wodurch ein gutes Auskommen gesichert war.

Marlene hatte ihr Reisegepäck nach und nach bei der Freundin deponiert. Viel war es nicht. Ein großer Ruck-sack, ein bisschen Kleidung für Sommer und Winter, das Zeugnis der Mittleren Reife und ein paar andere Dokumen-te, die sie für ein selbständiges Leben brauchte. Und Geld, viel Geld, das sie über Jahre eisern zusammengespart hat-

te. Die Mutter hatte ihr hin und wieder etwas aus der Kasse zugesteckt, wenn sie beim Fischverkauf geholfen hatte. Von der Großmutter, die inzwischen verstorben war, hatte Marlene ein Postsparbuch bekommen, das auf Marlenes Namen lautete.

Nach nur fünf Minuten kam Caro mit Marlenes Bären und einem Buch zurück.

„Und?", fragte Marlene gespannt.

„Deine Eltern waren gar nicht da", berichtete Caro, noch ganz außer Atem. „Die Resi war im Laden und hat mich reingelassen. Zum Glück habe ich Bruno gleich in deinem Bett gefunden. Ich habe mir noch ein Buch geschnappt, damit es nicht so blöd aussieht. Die Resi hat mir nachgerufen, dass deine Eltern nebenan bei dem jungen Doktor sind. ‚Die Marlene ist weg, einfach verschwunden', hat sie noch gesagt. Ich habe so getan, als hätte ich es gar nicht gehört."

Nachdem Bruno nun an Bord war, war die Zeit für den Abschied gekommen. Caro weinte und ließ sich von Marlene mindestens fünf Mal schwören, dass sie regelmäßig schreiben und, wenn sich die Möglichkeit ergab, auch anrufen würde. Immerhin besaß Caros Mutter schon einen Fernsprecher.

Marlene schlich über den Dorfanger, an der Rückseite des Gasthofes „Zur Post" vorbei. Genau an der Stelle, wo sie ihren Vater vor längerer Zeit mit heruntergelassener Hose bei einer wilden Knutscherei mit der neuen Bedienung gesehen hatte, blieb sie kurz stehen.

*Erst hatte sie ihren Vater gar nicht erkannt, sich an die-
sem peinlichen Paar rasch vorbeidrücken wollen. Aber
dann war ihr das Hemd des Mannes merkwürdig bekannt
vorgekommen. Sie hatte sich hinter der Mauer einer Garage verborgen und angewidert zugesehen, ohne sich von
diesem ekelhaften Anblick losreißen zu können. Dann kam
sie aus ihrem Versteck heraus, schrie ihren Vater an, wieder und wieder, und rannte dann weg. Der Mutter hatte sie
davon nicht erzählen können, so sehr schämte sie sich für
ihren Vater. Sie wollte nur noch weg, weg von diesem
Scheusal.*

*Diese Entdeckung hatte ihren langgehegten Plan weg-
zulaufen augenblicklich zu einem festen Entschluss erhär-
ten lassen.*

*Der Gemüsehändler Alois war pünktlich. Wie schon öf-
ter nahm er Marlene mit in den nächsten Ort. Alois wunderte sich nicht über den Rucksack und stellte keine Fragen. Dieser gutmütige Mann war aus der Dorfgemeinschaft
nicht wegzudenken. Tag für Tag belieferte er die Gasthöfe
der Umgebung und ersetzte das Taxi am Ort, indem er
jeden mitnahm, der sich ein Stück des Weges sparen wollte.*

*Am Bahnhof kaufte sich Marlene zunächst eine Fahr-
karte bis Endorf. Diese erste Zugfahrt war ein unbekanntes
Abenteuer für sie. Bisher war sie nur in Orte gekommen,
die mit dem Schiff zu erreichen waren. Naja, und mit der
Mutter nach Obing, aber außer dem Bahnhof, ein paar
Geschäften und einem Gasthof am See hatte es dort nichts*

19

Spannendes für Marlene gegeben.

Die Ortsnamen der Haltestellen kannte sie nur aus dem Heimatkundeunterricht. Der kurze Regionalzug zuckelte in gemütlichem Tempo seinen Weg entlang und Amerang und Halfing, die Orte, die auf der Karte im Klassenzimmer unmittelbar nebeneinander lagen, schienen eine Ewigkeit voneinander entfernt zu sein. Marlene sah auf sattgrüne Wiesen, auf denen Kühe weideten, gelbe Weizenfelder und immer wieder kleine Waldgebiete – und alles lag vor der wunderschönen Kulisse der Alpen. So viel war klar: Marlene würde die Gegend vermissen. Und sie hatte noch einen langen Weg vor sich! Bevor ihre Bedenken sie übermannen konnten, packte sie ihren Bruno aus und hielt ihn ganz fest.

Am Bahnhof in Endorf löste sie eine Karte nach München. Wer machte sich schon Gedanken, wenn ein junges Mädchen nach München fuhr?

Leider wurde diese Verbindung auch wieder von einem Bummelzug bedient, der gleichsam an jeder Milchkanne hielt. Und wenn sie erst einmal in München war, würden immer noch tausend Kilometer vor ihr liegen!

In München würde sie genügend Zeit haben, um ihre Karte zur Weiterfahrt an einem beliebigen Schalter zu kaufen – oder umzukehren. In einem Brief hatte sie ihre geplante Ankunft für den übernächsten Tag angekündigt. Nein, Marlene konnte nicht zurück. Hoffentlich hielt sich ihre Tante Marlies an das Versprechen, sie aufzunehmen und Stillschweigen über ihren Aufenthaltsort zu bewahren.

Tatsächlich war Marlene unter Schock gestanden, nachdem sie ihren Vater mit der Bedienung erwischt hatte, erinnerte sich Johannes Bütow. Sie hatte ihn damals fast umgerannt, als er zufällig des Weges gekommen war. Der Grund, warum das Mädchen ihn fast umgerannt hatte, war ihm erst klargeworden, als er ein paar Schritte weiter Marlenes Vater verdattert am Hauseck des Gasthofes mit noch offener Hose stehen sah. Zunächst hatte er ein noch schlimmeres Szenario befürchtet: dass er Marlene etwas angetan haben könnte. Doch dem war nicht so, wie ihm Marlene später versichert hatte.

Während Marlene im Zug nach München saß, waren Hermine und Georg Huber immer noch im Nachbarhaus bei dem jungen Doktor, der seine Praxis erst vor einem Jahr eröffnet hatte. Weiter zu gehen, dazu wäre Hermine nicht fähig gewesen.

„Nervenzusammenbruch", diagnostizierte Georg stammelnd, obwohl er nicht wirklich eine Ahnung hatte, wovon er redete.

Der Arzt hatte Hermine ein Beruhigungsmittel gespritzt, das aber keine Wirkung zu haben schien. Ihre Herzschläge rasten im Galopp, ebenso wie ihre Gedanken.

„Möchten Sie mir erzählen, was passiert ist?" Die ruhige Stimme des Arztes schien mehr zu bewirken als seine Spritze.

„Unsere Tochter ist verschwunden, also Marlene", antwortete Hermine mit dünner Stimme. Ihr Mann, der wie

versteinert neben ihr saß, brachte kein weiteres Wort über seine Lippen. „Ich weiß, dass sie nicht zurückkommen wird, auch wenn wir zur Polizei gehen. Sie werden sie nicht finden, dazu ist sie viel zu schlau. Ich kann nur beten, dass ihr nichts zustößt."

Als die Praxis neu gewesen war und noch wenige Patienten zu ihm gekommen waren, hatte er dieses hübsche junge Mädchen manchmal im Garten gesehen, wobei sie Arbeiten verrichtete, die für ein Kind in ihrem Alter nicht unbedingt typisch, aber auf dem Land vielleicht üblich waren. Einmal bediente sie eine Kettensäge und schnitt meterlanges Holz in passende Stücke für den Räucherofen. Ihre Bewegungen waren geschickt und geschmeidig, ihr Aussehen natürlich und ihre Art fröhlich, naiv und unkompliziert. Sie war gertenschlank und relativ groß für ihr Alter, kastanienbraune Locken hüpften um ihr Gesicht, das oft den Ausdruck eines trotzigen Engels annahm, wenn sie, was selten vorkam, hoch zu seinem Fenster blickte.

„Was macht Sie so sicher?" Er schaute Hermine an, die sich langsam beruhigte. Die Medikamente begannen offenbar zu wirken.

„Marlene hatte es eigentlich schon angekündigt. Ich habe ihrem Gerede keine große Bedeutung beigemessen, weil ein Mädel in dem Alter viele patzige Worte von sich gibt."

Jetzt fand Georg Huber seine Sprache wieder. „So ein Quatsch! Du mit deinen Vorahnungen." Es klang hart. Die unerträgliche Kälte und Verschlossenheit eines verzweifelten Mannes hingen schwer in der Luft.

Der junge Arzt hatte längst mitbekommen, was sich im Nachbaranwesen abspielte. Hier draußen auf dem Land galten andere zwischenmenschliche Regeln als in der Stadt. Ursprüngliche Traditionen waren fest verankert. Über allem stand die Arbeit – seine älteren Patienten waren durchwegs körperlich heruntergewirtschaftet. Gefühle, Träume, Ahnungen hatten neben der harten Arbeit keinen Platz, ebenso wenig wie Freizeit. In der Kirche, bei der Messe, da konnte man sich vielleicht ein wenig ausruhen. Allerdings stand man hier unter Beobachtung und wurde, je nach wirtschaftlichem Status, neidvoll beäugt oder mit falschem Mitleid bedacht. Es gab nur wenige Leute, die ein warmes Herz hatten und fürsorglich miteinander umgingen. Ein großer Teil der Landbevölkerung war arm, es reichte gerade zum Überleben.

Sie kamen alle gern zu dem jungen Doktor, der sich Zeit nahm und Verständnis für ihre Situation aufbrachte. Die langen Wartezeiten nahmen seine Patienten geduldig in Kauf, nutzten die Zeit, um auszuruhen, Neuigkeiten auszutauschen oder die Einsamkeit zu überbrücken. Die Stunden in der Praxis waren für sie eine Ruhezeit, die nur ihnen gehörte und die sie woanders nicht bekamen, und das Gespräch mit dem Arzt, bei dem sie ihre Sorgen und Nöte schildern konnten, verschaffte ihren Belangen eine ungewohnte Aufmerksamkeit. So ähnlich musste es Hermine gehen, aber sie war noch nie vorher bei ihm gewesen.

„Heute nach der Sprechstunde schaue ich bei Ihnen

vorbei", versprach der Arzt. „Vielleicht hat sich Ihre Tochter bis dahin auch schon gemeldet." Etwas Tröstlicheres fiel ihm nicht ein. Er kam sich ein wenig verlogen vor, weil er tatsächlich weder an eine Rückkehr noch an eine Nachricht der Tochter glaubte.

Dieses junge Mädchen, so wusste er, suchte etwas anderes als die Fortsetzung des dörflichen Lebens unter der zweifelhaften Obhut ihrer Eltern. Sie hatte sich ihm anvertraut, als sie mit einem Angelhaken im Handballen in seine Praxis gekommen war. Sie hatte keine Miene verzogen, als er den tiefsitzenden Haken entfernte, obwohl es trotz der lokalen Betäubung unangenehm gewesen sein musste.

„Ich gehe weg von hier. Ich möchte Ärztin werden. Mein Vater würde das nie erlauben, darum mache ich das heimlich. Ich will nicht heiraten und einen Mann wie meinen Vater will ich schon zweimal nicht. Mir ist hier alles zu verlogen. Nur den See, den werde ich vermissen. Der Chiemsee ist das Schönste auf der Welt. Glaube ich wenigstens. Ich kenne nichts anderes."

Über das kesse Geplapper hatte er sich köstlich amüsiert, während er die Wunde mit drei Stichen nähte. Natürlich wäre er nie auf die Idee gekommen, dass dieses außergewöhnliche junge Mädchen ihr Vorhaben so bald und so konsequent in die Tat umsetzen würde.

Nachdenklich betrachtete er das Ehepaar. Georg Hubers Aussehen ließ nicht unbedingt auf einen handwerklichen Beruf schließen. Seine Erscheinung glich eher der eines Komponisten oder Dirigenten. Sein dichtes graues

Haar hatte er im Nacken zu einem Pferdeschwanz zusammengebunden, die Hände waren langgliedrig und kräftig. Auch die feinen Gesichtszüge passten nicht zu der derben Art, die er nicht einmal zu verbergen versuchte. Wenn er auf dem Anlegesteg oder im Hof seines Anwesens herumbrüllte, schien es, als wäre eine andere Person zugegen.

Hermine Huber war kräftig gebaut, aber keineswegs dick, und hatte ohne Zweifel etwas Nordisches in ihrem Aussehen. Dafür sorgten ihre Gesichtszüge, ihre blasse, fast weiße Haut und ein dicker blonder Zopf. Sie wirkte jünger als sie war, ein kerniger Typ, der nicht zu altern schien, trotz harter Arbeit und Kindersorgen.

Der Arzt suchte gerade in den Gesichtern der Eltern nach einer Ähnlichkeit mit Marlene, als Georg Huber plötzlich sagte: „Die Marlene ist nicht mein Kind." Er spuckte den Satz so unvermittelt in den Raum, als könne er sich dadurch von diesem Übel befreien. Und als hätte er nur auf den Moment gehofft, seinem Schmerz endlich Ausdruck zu verleihen.

„Das kann nicht sein, Herr Huber! Ihre Tochter hat genau die Form Ihrer Hände geerbt. Ist Ihnen das nicht aufgefallen? Weitere physische Merkmale wären bei genaueren Untersuchungen sicher festzustellen, auch wenn Marlene Ihnen nicht unbedingt wie aus dem Gesicht geschnitten ist."

Hermine schwieg, als ihr Mann plötzlich aufstand, ihre Hand ergriff und mit ihr das Sprechzimmer verließ.

„Wir sprechen am Abend ..."

Die Tür fiel ins Schloss, bevor der Arzt seinen Satz beendet hatte.

Er versuchte sich vorzustellen, was er empfinden würde, wenn sein Kind, das in den nächsten Wochen auf die Welt kommen sollte, in fünfzehn Jahren plötzlich das Haus verlassen würde und daraufhin unauffindbar wäre. Ich würde verrückt werden, dachte er betroffen. Und wie verzweifelt musste erst Marlene gewesen sein, wenn dieser verzweifelte Schritt für sie das einzige Mittel war, ihr zukünftiges Leben zu ändern.

Johannes hatte keinen blassen Schimmer, ob überhaupt etwas – und wenn doch, was – in seinem Text der Wirklichkeit entsprach. Er staunte nur über sich selbst. Seit zwei Stunden bewegte er sich außerhalb seines üblichen Gedankenkarussells.

An Caro konnte er sich gut erinnern – sie war als junges Mädchen auch zu ihm in die Praxis gekommen. Ihre Mutter löste keine gute Erinnerung bei ihm aus. Sie war eine narzisstisch veranlagte Person gewesen, die sogar einmal versucht hatte, ihm schöne Augen zu machen.

Caro war nach dem Abitur zum Studium nach Hamburg gegangen. Er konnte sich vorstellen, dass Marlene noch Kontakt zu ihrer damaligen Freundin hatte.

Als Marlene aufwachte, war sie bereits in Ingolstadt. Sie hatte sich die Bahnhöfe, Gleise und planmäßigen Ab-

fahrtszeiten penibel aufgeschrieben. Es war noch keine Eile angesagt. Würzburg war auch für einen D-Zug noch weit entfernt. Ihre größte Sorge war, den nächsten Zug zu verpassen oder in einen falschen einzusteigen. Es wäre eine Katastrophe, wenn sie den Abendzug nach Hamburg nicht erreichen würde. Bisher waren keine Verspätungen angesagt worden.

Sie weinte ein bisschen, drückte ihren Bären wieder ganz fest an sich und tröstete sich damit, der väterlichen Hölle entkommen zu sein. Oder hätte sie die Mutter nicht im Stich lassen dürfen? Aber vielleicht würde es die Mutter leichter haben, wenn sie, Marlene, sich aus der Gleichung nahm und nicht mehr den Zankapfel abgab. Sie konnte doch ihrem Vater nicht den Tod wünschen, nur weil er sich so unberechenbar verhielt.

Morgens, wenn sie mit ihm auf den See hinausgefahren war, war er wie ein anderer Mensch gewesen. Er hatte ihr alles gezeigt, was man für den Fischfang brauchte. Sie durfte das Boot steuern, die Reusen einsetzen und die kleinen Fische wieder ins Wasser werfen, die großen an Bord holen.

Als sich die Abteiltür öffnete, wurde Marlene aus ihren Gedanken gerissen.

„Die Fahrkarte bitte, junge Frau. Wo soll's denn hingehen?" Die Stimme des Schaffners war freundlich. „So ganz alleine auf der Reise?", fragte er, als er den Zielort auf ihrer Fahrkarte überprüfte. „Hamburg. So weit. Umsteigen in Würzburg, ja, heute gibt es keinen durchgehen-

27

den Zug. Ich werde meinem Kollegen Bescheid sagen, damit er dafür sorgt, dass du in der Nacht im Dienstabteil bleiben kannst. Nicht dass einer auf dumme Gedanken kommt. Nächstes Mal sollen deine Eltern darauf achten."

„Meine Tante holte mich am Bahnhof ab", beeilte sich Marlene zu sagen, damit der Schaffner nicht auf die Idee kam, unbequeme Fragen zu stellen. Sie konnte nicht gut lügen. Dabei war das schon ein bisschen geflunkert, weil sie erst in Lübeck abgeholt werden würde und nicht in Hamburg.

Hier endete seine Aufzeichnung plötzlich, obwohl Johannes sicher war, dass er viel mehr geschrieben hatte. Er blätterte durch den Ordner. Nichts. Hatte er sich den weiteren Verlauf von Marlenes Geschichte nur ausgedacht und nicht niedergeschrieben? War sie in seiner Fantasie Ärztin geworden? Oder hatte er sie um die halbe Welt geschickt?

Angestrengt versuchte Johannes, sich zu erinnern, was Hermine Huber ihm im Laufe der Zeit noch erzählt hatte. Die Briefe, der Kummer, die Traurigkeit, weil sie ihre Tochter nicht sehen konnte, und später ihre Freude über die spärlichen Nachrichten, dass Marlene gut zurechtkam. Nein, er hatte nichts Weiteres aufgeschrieben.

Wie war das damals noch gewesen? Er schaute nachdenklich auf den See.

Drei

Marlene kam am Abend nicht zum Verbandwechsel. Sie rief an. Dem Vater ginge es nicht gut. Nur der Doktor vom Haus nebenan dürfe kommen, der Pfaffe solle in seinem Beichtstuhl bleiben – das habe der Vater gesagt.

Johannes Bütow war unsicher. Natürlich würde er mit seinem Arztkoffer bis zum Nachbarhaus gehen und nach dem Befinden des Patienten sehen. Schließlich hatte er einen Eid geschworen. Aber er fragte sich, wie er seine Verlegenheit verbergen sollte. Er hatte sich auf einen Besuch Marlenes in seinem Haus vorbereitet und diese unvorhersehbare Veränderung kam ihm ungelegen, glich einem Sturz aus schwindelnder Höhe. Oder eher einem ungewollten Wechsel von kalter Dunkelheit zu heißem Sonnenlicht, in dem er zu verbrennen fürchtete.

Als er die Wohnstube betrat, in der Georg Huber auf dem Kanapee lag, war alle Unsicherheit vergessen. Der Raum, den er seit jenen Hausbesuchen vor Jahrzehnten nicht betreten hatte, war unverändert. Lediglich die großgemusterten, dunklen Tapeten waren verschwunden und einem weißen Anstrich gewichen, der mehr Licht und Freundlichkeit in den Raum brachte. Es herrschte dieselbe gemütliche Ordnung, wie er sie aus vielen Wohnstuben in den Hofgebäuden der Umgebung kannte. Das Zentrum war der gekachelte Grundofen und drumherum spielte sich das Leben ab.

Marlene und ihre Mutter schauten ihm erwartungsvoll

entgegen, als könne er dem Vater das Leben wieder einhauchen. Doch Georg Huber war tot, einfach eingeschlafen. Ohne Qual, ohne Kampf, wie ihm Marlene zuflüsterte. Friedlich, vor wenigen Augenblicken, zwischen ihrem Anruf und dem Auftauchen des Arztes. Er hatte sich noch ganz klar geäußert, dass er keinesfalls zurückgeholt werden wolle. Keine Wiederbelebung.

Johannes spürte den besonderen Frieden, der sehr oft über einem Raum lag, in dem ein Mensch gestorben war. Dessen Seele, davon war er überzeugt, war noch zugegen, seine Gedanken, die Worte, die Gefühle, sie blieben in der Luft hängen wie die Klänge einer traurigen Musik, deren Melodie man nie vergaß. Ja, so war es bei vielen seiner Patienten und auch bei Lilli gewesen, an die er jetzt denken musste. Ihre Melodie trug er immer noch in sich. Aber jetzt, wo er den Tod und den ihn begleitenden Frieden, der fehl am Platze wirkte, wieder so nah erlebte, hatte er das Gefühl, dass sich sein tiefer Schmerz verflüchtigte.

Gemeinsam schoben sie das schwere Kanapee zum Fenster, als wäre es Georg Hubers Wunsch gewesen, dem geliebten See näher zu sein, und nahmen schweigend Abschied.

Die unvermeidlichen, beschwerlichen Aufgaben und Formalitäten, die der Tod eines Menschen nun mal im Schlepptau hat, zerrten Familie Huber wieder ins Leben zurück. Der Totenschein musste ausgestellt, der Bestatter verständigt werden, und die Vorbereitungen für die Beerdigung zogen sich durch den veränderten Alltag der Familie.

30

Marlene kam am nächsten Tag zur Wundnachsorge in Johannes' Praxis. Sie sprach kaum ein Wort, während er ihre Wunde säuberte, desinfizierte und neu verband. Johannes wusste aus eigener schmerzvoller Erfahrung, dass der Tod eines nahestehenden Menschen die Sichtweise auf die eigenen Existenz verändert. Er gibt dem Leben eine neue Wirklichkeit und erinnert gleichzeitig gnadenlos an die eigene Vergänglichkeit.

Johannes war es nicht nur in seiner Zeit als Arzt nahegegangen, wenn ein Mensch aus dem Leben schied, besonders dann, wenn die- oder derjenige noch jung gewesen war. Er hatte den Tod, das unwiederbringliche Verschwinden von dieser Erde, als ungerecht empfunden. Es hatte ihn betroffen und nachdenklich zurückgelassen, so, als müsse er sich wundern, dass er selbst noch weiterleben durfte.

Lilli hatte ihn verstanden und ihm stets Kraft gegeben. „Du solltest den Tod nicht so schwernehmen, Johannes", hatte sie mehr als einmal gesagt. „Wir gehen dorthin zurück, wo wir hergekommen sind und finden unseren Frieden."

Georg Huber war alt geworden und hatte nicht leiden müssen. Das war ein tröstlicher Gedanke. Johannes Bütow würde ihm das letzte Geleit geben.

Marlenes Wunde heilte schnell. Sie kam jeden Tag, um den Verband wechseln zu lassen. Und bei jedem Besuch erinnerte sie ihn daran, dass sie es ihm nicht verzeihen

31

würde, wenn er die Beerdigung versäumen würde.

„Fast alle Fischer vom Chiemsee werden unser Schiff begleiten, wenn wir den Sarg zur Fraueninsel bringen. Das wird etwas Besonderes sein, fast so wie mit den Gondeln in Venedig. So hat sich das mein Vater gewünscht."

Johannes war wieder amüsiert über ihre besondere Art der Begeisterung. Sie redete wie das lebhafte Kind von damals und wirkte dadurch viel jünger, als sie war. Natürlich würde Johannes der Beerdigung beiwohnen, nicht zuletzt, um ihr diesen Gefallen zu tun. Inzwischen hatte er seine Zurückhaltung ihr gegenüber ein wenig abgelegt, war gesprächiger und lebhafter geworden. Ähnlich wie Hermine Huber, die ebenfalls aus einer geheimnisvollen Quelle neue Kraft zu schöpfen schien. Marlenes Lebendigkeit wirkte wie ein Zauber.

Das Wetter am Tag der Beerdigung war wie aus dem Bilderbuch. Die Sonne ging hinter den dichten Bäumen am Ufer auf, deren Kronen einen Vorhang bildeten, hinter dem die Göttin des Morgens nach jeder klaren Nacht auf ihren Auftritt wartete. Es war vollkommen windstill. Die ersten Strahlen gossen Gold auf die Wasseroberfläche und gaben dem See einen sanften Schimmer. Die mit Fahnen, Blumen und Girlanden verzierten Schiffe, die das Fischerboot mit dem Sarg begleiteten, tuckerten langsam über den See. Leiser Gesang war von jedem Boot zu hören. Die Stimmung berührte Johannes' Herz. Es war seine Stunde, die Tageszeit, die er so liebte.

Marlene hatte ihm bei einem der letzten Verbandswechsel erzählt, dass ihr Vater draußen auf dem See ein anderer Mensch gewesen sei – ganz so, wie Johannes das in seiner Geschichte tatsächlich schon beschrieben hatte. Ihr Vater sei in seinem Element gewesen, ruhig, besonnen und friedlich – ein Vater, wie man ihn sich als Tochter nur wünschen konnte. „Das hört sich jetzt vielleicht pathetisch an und stellt meine Flucht in Frage, aber damals gab es für mich einfach keinen anderen Weg."

Johannes hatte lange darüber nachgedacht. Marlene war früh aus dem Nest geflüchtet oder hatte ein anderes Nest gesucht, um Schaden an ihrer Persönlichkeit abzuwenden. Er war nicht sicher, wie er darüber denken sollte. Denn diese Härte, die in manchen Familien zum Alltag gehörte, hatte er in seinem Leben nicht erlebt. Sein Elternhaus war liebevoll gewesen und die dort gemachten Erfahrungen hatte er auch an seine Kinder weitergeben können. Aber er konnte sich vorstellen, dass Marlene klug genug gewesen war, eine Vorstellung davon zu haben, was aus ihr geworden wäre, wenn sie der Situation in ihrem Elternhaus weiter ausgesetzt gewesen wäre.

Johannes kannte die Geschichten einiger Patienten, die in ähnlichen, ja, teilweise sogar schlimmeren familiären Verhältnissen lebten. Sie wurden ihm unter dem Siegel seiner beruflichen Verschwiegenheit anvertraut. Aus seiner Sicht fanden in manchen Familien Verbrechen an Leib und Seele statt, die eigentlich polizeilich verfolgt werden sollten. Aber niemand hier wagte den Schritt, die häusliche

Gewalt anzuzeigen. Es wurde geduldet, geschwiegen, ertragen und geschluckt. Vielleicht waren die Selbstmorde von einigen Söhnen, die dann niemand verstehen wollte, damit zu erklären.

Als Arzt konnte er nur die äußeren Wunden heilen – und zuhören. In der Kirche sah er Opfer und Täter oft genug direkt nebeneinander auf ihren Plätzen sitzen. Die Täter waren in scheinheiliger Demut, im Gebet oder Gesang vertieft. Dieses Bild veranlasste Johannes irgendwann, die sonntäglichen Messebesuche aufzugeben und an anderen Tagen in die Kirche zu gehen.

Johannes konnte sich gut vorstellen, dass diese sich spiegelnde Wechselwirkung – das Gute auf der einen und die Unberechenbarkeit auf der anderen Seite – zum Wahnsinn führen konnte.

So ähnlich waren auch die Schilderungen von Hermine damals gewesen. Sie hatte das Bild ihres Mannes in sich, so wie er gewesen war, als sie ihn geheiratet hatte. Doch dieser Mensch existierte nicht mehr. Nur ab und zu tauchte ein Schimmer des Mannes auf, der er einmal gewesen war – wenn seine Stimmung es zuließ. Dann fühlte es sich für einen Moment so an, als hätte es nie eine Disharmonie gegeben. Aus Verzweiflung ließ sich die Familie gerne in das Kissen der Scheinruhe fallen, nur um ein wenig auszuschnaufen.

Marlene hatte diese aussichtslose Situation vermutlich nicht mehr ertragen können. Da sie daran aber nichts ändern konnte, war ihr nur die Flucht in ein Leben ohne ihre

Eltern geblieben. Nur, ob der Zeitpunkt zu früh für sie gekommen war oder ob es im anderen Falle für sie zu spät gewesen wäre, das fragte sich Johannes.

Er brannte darauf, mehr von Marlenes Leben zu erfahren. Hatte sie irgendwo einen Mann, Kinder, eine Familie? Ihre fröhliche Direktheit und ihre innere Stärke schien sie jedenfalls nicht verloren zu haben.

Marlene hielt während der gesamten Überfahrt zur Fraueninsel die Hand ihrer Mutter. Von den beiden Frauen ging eine merkwürdige Kraft aus, die auch Johannes spürte. Von Marlenes Brüdern konnte er sich während der Beerdigung nur schwer ein Bild machen. Er kannte sie kaum, genauso wenig wie Georg Hubers Fischerkollegen. Er stellte fest, dass zwischen ihnen allen eine vertraute Verbindung zu bestehen schien.

Bei diesem Anlass, inmitten all der ihm teilweise unbekannten Menschen, wurde Johannes bewusst, dass er sich zu lange zurückgezogen hatte. Es war fast eine Herausforderung für ihn, sich unter ihnen wie selbstverständlich zu bewegen, hier und da ein Wort zu wechseln, die Begrüßungen ehemaliger Patienten freudig zu erwidern.

War er zu einem Beobachter geworden? Zu einem Einzelgänger, der nur einen Fixstern haben wollte, um den er kreiste? War das nun Marlene für ihn?

Vier

Seit Tagen schaute Johannes morgens nicht mehr auf den See. Er hatte sein Ritual aufgegeben, aufgeben müssen, da er sich nun seltsam dabei fühlte, Marlene zu beobachten. Er wäre sich wie ein Späher vorgekommen, da sie inzwischen ein wenig vertrauter miteinander waren. Außerdem schlief er nun manchmal länger. Einerseits war er erfreut über diese Tatsache, andererseits irritierte es ihn. Denn Rituale waren ihm wichtig und dieses frühe Aufstehen ganz besonders. Doch der Sinn dahinter verblasste langsam.

Etwas fehlte ihm, nur was es war, konnte er nicht bestimmen. Da war das altbekannte Vakuum, das er bisher mit den Gedanken an Lilli gefüllt hatte und das nun einen neuen Inhalt suchte. Er dachte nicht seltener an seine verstorbene Frau. Doch kam es ihm so vor, als wolle sie ihm sagen: „Nun ist es genug. Der Morgenhimmel bringt mich nicht zurück und jeder Tag ist ein Geschenk. Nutze ihn."

Wenn er es recht betrachtete, hatte er ihr am Sterbebett versprechen müssen, dass er sich *nicht* vergraben und das Leben ungenutzt vorbeiziehen lassen würde. Er hatte sich nicht daran gehalten. Lilli hatte wie immer recht. Nun war es genug! Er würde wieder Menschen treffen, am Leben teilnehmen, vielleicht sogar reisen – und neue Geschichten sammeln. Seine Aufzeichnungen hatten ihm stets Ablenkung und Ruhe geschenkt. Mit Marlenes Geschichte wollte er beginnen.

„Soll ich zuerst den Anfang erzählen oder lieber von

hinten anfangen?", hatte Marlene ihn gefragt, als sie ihm eine Forelle gebracht und ihren ersten Erzählabend bei ihm angekündigt hatte. Dann war sie, ohne seine Antwort abzuwarten, eilig zum Fischerhaus zurückgelaufen.

Für den Abend der Verabredung mit Marlene legte Johannes sich alles zurecht: einen Block und Stift und die Aufzeichnungen, die er ihr jetzt doch vorlesen wollte, um vielleicht einen Einstieg in ihre Vergangenheit zu finden. Er musste sich nicht genieren oder gar befürchten, dass Marlene an seinem Geschriebenen Anstoß nehmen würde. Es blieb ja alles im Raum und war nicht für Außenstehende bestimmt. Er würde ihr auch nicht verheimlichen, dass er ihre Geschichte weiterschreiben wollte.

Durch seine letzten Besuche bei Hermine wusste er, dass Marlene den Fischereibetrieb schon seit drei Jahren führte. Mehr hatte sie ihm auf Marlenes Wunsch hin nicht verraten dürfen. Johannes überprüfte Hermines Blutdruck und ihren allgemeinen Gesundheitszustand inzwischen fast täglich. Das war mehr ein Alibi, um der Familie Huber nahe zu kommen, als eine Notwendigkeit. Denn Hermine ging es gut. Sie konnte sich selbst versorgen, während Marlene den Betrieb führte.

Je näher der verabredete Termin rückte, umso nervöser wurde Johannes. Er legte Block, Stift und Aufzeichnungen wieder beiseite, auf den Beistelltisch, öffnete eine Flasche seines spanischen Lieblingsweines und goss sich einen Schluck ein. Montgo hieß der Wein, ein Tempranillo von der Costa Blanca, der samtig auf der Zunge lag. Dabei dachte er an die Reisen mit Lilli, an die wunderbare Landschaft zwischen Valencia und Alicante, an das Hinterland mit den schroffen Bergen und den weiten Tälern, die sie meist zur Mandelblüte und Kirschblüte bereist hatten, an die endlosen weißen Strände und die Farben des Himmels über dem Meer.

Es klingelte. Marlene.

Johannes warf vor dem Öffnen der Tür noch schnell einen Blick in den Spiegel und versuchte, seine Aufregung hinter einem entspannten Lächeln zu verbergen.

Mit dem ersten Glas Wein legte sich seine Nervosität. Marlene stellte interessierte Fragen nach Johannes' Leben, wollte von seiner Familie und zuletzt vom Tod seiner Frau erfahren. Durch Marlenes Natürlichkeit im Umgang mit diesem schmerzlichen Thema – Lillis Tod – entspannte er sich. Ihr Mitgefühl und die Tatsache, nach langer Zeit über seine Trauer sprechen zu können, taten ihm gut.

Er erzählte nicht nur von Lilli. Auch seinen Kindern gab er plötzlich wieder einen Wohnort in sich selbst, indem er Marlene Laras und Annas Kindheit beschrieb. Es war wie ein Erwachen nach einem langen Schlaf in einer neuen Zeit der Freude. Seine Töchter lebten am Bodensee, in der Nähe von Konstanz. Lara arbeitete als Lehrerin und Anna hatte vor Kurzem ihren Facharzttitel als Anästhesistin bekommen.

Plötzlich spürte er, wie sehr sie im fehlten. Sie hatten

ihn lange nicht besucht. Ein wenig bereute er, ihre Anteilnahme ausgeschlagen zu haben, und auch, sie durch seine Zurückgezogenheit verscheucht zu haben. Sie hatten schließlich ihre Mutter verloren und hätten seinen Bestand gebraucht, wurde ihm mit einem Mal klar.

Der Sonnenuntergang war berauschend. Nach dem Öffnen der zweiten Flasche Wein waren sie zum Du übergegangen.

„Es muss wunderschön sein, so geliebt zu werden und Liebe geben zu können." Marlenes Worte klangen nachdenklich und traurig. „Eine solche Liebe habe ich auch erleben dürfen. Leider nur für kurze Zeit."

Johannes sah zum ersten Mal eine Schwermut in Marlenes Augen, die er vorher nicht wahrgenommen hatte. „Möchtest du darüber sprechen?", fragte er sie. Ihm wurde im selben Moment bewusst, dass er genau dieselbe Frage gestellt hatte wie damals gegenüber ihren Eltern, als sie verzweifelt über Marlenes Verschwinden in seine Praxis gekommen waren.

Ihre Stimmung sprang sofort wieder um. „Nein, ich möchte erst wissen, was du über mich geschrieben hast. Ich glaube, das wird ein interessanter Anfang sein. So könnten wir es beibehalten. Du liest mir dann die Fortsetzung der Geschichte vor und ich ergänze Stück für Stück, bis wir in der Gegenwart sind."

Der Abend endete kurz vor der dritten Flasche Wein.

„Herr Doktor, den heben wir uns für einen anderen Abend auf. Auch wenn der Wein eine wissenschaftlich erwiesene Heilwirkung hat, wie du es so passend formuliert hast."

Johannes war beschwingt von der neuen Situation. „Ja, ich sehe es ein. Sonst vergesse ich vielleicht, was du mir erzählt hast. Außerdem musst du früh raus." Er erhob sich und begleitete sie zu Haustür.

Dort küsste Marlene ihn auf die Wange. „Wenn du alles aufgeschrieben hast, öffnen wir die nächste Flasche. Ich werde eine Fischsuppe zubereiten und bringe einen Weißwein von der Fraueninsel mit, den wir vorweg trinken."

„Auf der Fraueninsel gibt es Wein? Du erlaubst dir einen Scherz mit mir."

„Hast du nicht gewusst, dass die alten Römer die ersten Weinreben am Chiemsee kultiviert haben? Der Weißwein ist eine Rarität und Rotwein gibt es auch nur in geringen Mengen. Natürlich ist es kein anerkanntes Weinanbaugebiet, aber immerhin bekomme ich manchmal eine Flasche geschenkt."

Er wusste nicht, wovon er mehr irritiert war: von dem kleinen Kuss auf seine Wange, von ihren Erzählungen oder von der Existenz eines Weißweins von der Fraueninsel.

Fünf

Als Johannes am nächsten Morgen vor Sonnenaufgang erwachte, stand er nicht auf. Er rekapitulierte den vergangenen Abend und erinnerte sich, dass er mit einer gewissen Erfüllung und Zufriedenheit ins Bett gegangen war, die er jetzt noch unter der wärmenden Decke spürte. Sie war wie die spanische Sonne, die dem Wein seine Milde gab und ihm eine Vertrautheit und Verbundenheit mit sich selbst.

Marlene war bei ihrem gestrigen Besuch mehr als erstaunt gewesen, wie nahe Johannes' Aufzeichnungen der Wahrheit kamen. „Verdrängtes oder Vergessenes lebt plötzlich in mir wieder auf. Es wäre schade, den Text wegen ein paar Kleinigkeiten zu ändern. Du hast alles wunderbar beschrieben. Wolltest du mal Schriftsteller werden?"

„Nein, ich habe damals nur für mich geschrieben, um diejenigen Patientengeschichten, die mir zu nahe gingen, auf dem Papier festzuhalten und im Kopf loslassen zu können."

Marlene war aufgestanden und ans Fenster gegangen. „Hast du auch etwas über deine Frau geschrieben?"

Er hatte sich neben sie gestellt und hinausgesehen. Das Mondlicht hatte einen silbernen Streifen auf den See gezeichnet.

„Entschuldige, das war indiskret", sagte sie leise.

Johannes schwieg.

„Ich hätte gerne einen Mann wie dich an meiner Seite

41

gehabt", sagte sie, den Blick immer noch auf den Silber-
streifen auf dem nächtlich-schwarzen Wasser gerichtet.

Bevor Johannes diesen Satz verinnerlichen konnte,
wechselte sie so abrupt den Ton ihrer Stimme und das
Thema, dass sich ihre eben gesagten Worte in Luft auflös-
ten, so als hätte es sie nie gegeben.

„Die Geschichte mit dem Stofftier passt sehr gut zu mir.
Leider gab es keinen Bruno, der mich getröstet hätte. Ich
verstehe aber, dass du damit ausdrücken wolltest, dass ich
noch sehr kindlich gewesen bin."

Unter seiner gemütlichen Bettdecke kam Johannes immer wieder zu den Gesprächen mit Marlene und zu seinen
Notizen vom Vorabend zurück. Es war wie bei einer großen Artischocke, die er in Spanien so gerne gegessen hatte.
Blatt für Blatt genoss man den kleinen weichen Ansatz, bis
das Herzstück als Belohnung übrigblieb.

Nach dem Frühstück las er den Schluss seines alten
Textes zum wiederholten Male durch, um einen Anker für
die Fortsetzung zu finden.

Die junge Marlene war tatsächlich nach Lübeck gefahren,
auch mit dem Nachtzug nach Hamburg. Einer der wenigen
Unterschiede war, dass sie bei der Nachtfahrt schreckliche
Angst gehabt hatte. Es hatte keinen Schaffner gegeben, der
sie in seinem Dienstabteil untergebracht hätte. Die Vorstellung, die Nacht mit fremden, schlafenden Männern im Lie-
gewagen zu verbringen, war Marlene so unheimlich gewesen, dass sie lieber mit dem Notsitz auf dem Gang vorlieb-

genommen hatte. Sie hatte kein Auge zugetan, bis sich eine Nonne neben sie gesetzt hatte, was sie einigermaßen beruhigte.

Johannes änderte dennoch nichts an seiner Geschichte auf dem alten Schreibmaschinenpapier. Für die Fortsetzung legte er Papier in den Drucker und öffnete dann das Schreibprogramm auf seinem Computer.

Das Umsteigen in Würzburg war nach der bereits geschafften Strecke schon ein bisschen Routine für Marlene. Sie studierte die Anzeigetafeln und stellte fest, dass der Zug nach Hamburg in fünfzehn Minuten vom gegenüberliegenden Gleis abfahren würde. Der freundliche Schaffner hob ihren Rucksack über die Schwelle und wies ihr mit einem strengen Blick über seinen Brillenrand den Weg zum Dienstabteil am Anfang des Ganges. Er pfiff durch seine Trillerpfeife, als wäre es der Gruß zum Abschied, hob seine Kelle und schloss die letzte Waggontür.

Stadtlichter, Dunkelheit, und wieder Stadtlichter: Die Fahrt bis Hamburg war so unendlich langweilig wie die letzte Schulwoche vor den Sommerferien, wenn die Lehrer keine Lust mehr hatten. Selbst die verlangsamte Fahrt durch das nächtliche Hamburg weckte in Marlene nicht den Hauch einer freudigen Stimmung, dass sie ihrem Ziel schon so nahe gekommen war. Alles sah so fremdartig aus.

Als sie den Rucksack aus dem Gepäcknetz hob, war er so schwer, als seien in ihn ihre Bedenken in Form von dicken Steinen aus dem Chiemsee hineingekrochen.

Hamburg Hauptbahnhof. Zum dritten Mal drang die Durchsage in Marlenes Ohr. Der Zug nach Lübeck würde erst in drei Stunden abfahren.

Marlene erwarb unter dem mitleidigen Blick einer Verkäuferin in der Bahnhofsmission ein Frühstück, setzte sich an einen Tisch und pickte an dem frischen Brot wie ein Vogel, der nicht verstand, warum er aus dem Nest geflohen war. Ihren Rucksack fest zwischen die Knie geklemmt beobachtete sie die anderen Wartenden. Seeleute – oder vielleicht Ganoven – schauten verstohlen zu ihrem Tisch herüber. Sie hatte sich dicht neben die Verkaufsstelle platziert, als hätte sie mit der Verkäuferin einen Schutzengel an ihrer Seite. Die Kerle redeten und lachten über sie – so kam es ihr zumindest vor, obwohl sie kein Wort verstand. War das Plattdeutsch? Diese merkwürdige Sprache, der sich Tante Marlies manchmal bediente, wenn sie mit Marlenes Mutter Dinge besprechen wollte, die für andere Ohren nicht bestimmt waren? Marlene war nicht klar gewesen, dass sie hier mit ihrem bayerischen Akzent vermutlich nicht weit kommen würde. Es würde ihr schwerfallen, sich hochdeutsch auszudrücken – oder gar erst plattdeutsch.

Noch zwei Stunden.

Marlene wechselte von der Bahnhofsmission auf den richtigen Bahnsteig und lief dort auf und ab, um nicht einzuschlafen. Sie fühlte sich müde, einsam und verloren.

Was wohl die Tante sagen würde? Würde sie, wie versprochen, am Bahnsteig auf sie warten?

Marlene hatte keine Vorstellung davon, wie sich die

neue Umgebung anfühlen könnte. Eine Insel, die mehr als doppelt so groß war wie der Chiemsee, keine Berge, sonst nur Wasser. War das nicht trostlos? Tante Marlies hatte bei ihren Besuchen immer viel erzählt, allerdings war das Jahre her und kaum bildhaft in Marlenes Gedächtnis hängen geblieben. Den Onkel kannte Marlene nur von Fotos. Ein Fischer, ein drahtiger Geselle mit lustigen Augen. Ob sie ihn mögen würde? Ob er sie mögen würde?

Der Krieg hatte Tante Marlies und ihre Schwester Hermine auseinandergerissen: die eine hatte es nach Bayern, die andere nach Ostholstein gezogen, auf die Insel Fehmarn. Kriegsbräute. Die guten Krankenschwestern aus dem Lazarettzug. Das ging wie der Blitz, hatte die Mutter erzählt. Eine Fahrkarte für die Verletzten in die Heimat und das ersehnte Kriegsende sicher im Gepäck. Für die Schwestern eine Zugfahrt in ein unverhofftes Eheversprechen, zu weit auseinander liegenden Orten und zu Menschen mit fremden Mentalitäten. Nicht wissend, dass die Eltern unter den Trümmern ihrer Geburtsstadt Hildesheim verschüttet lagen und ihren Töchtern keine Heimat mehr geben konnten.

Hermine hatte diese Geschichte erzählt, als sie bei Georg Hubers Beerdigung zusammengesessen hatten. Johannes war, wie so oft, etwas unaufmerksam gewesen, wenn zu viele Stimmen durch den Raum schallten. Aber später hatte er darüber nachgedacht, wie unbeständig und gnadenlos das Leben sein konnte. Er war sich seines Glückes stets bewusst gewesen, hatte gespürt, dass sein Leben von günstigen Umständen gezeichnet war, die nur wenigen Menschen geschenkt wurden. Doch er hatte nicht immer das Herz eines Glücklichen gehabt.

Nach der Arbeit in der Praxis war er manchmal so schwermütig und erschöpft gewesen, als hätten seine Patienten ihre Last nicht nur psychisch, sondern auch physisch auf seinen Schultern abgelegt.

„Deine Seele ist zu gutmütig und du trägst zu schwer an dem Schicksal deiner Mitmenschen. Viel Wissen ist viel Leid, mein lieber Johannes. Komm und trink ein Glas Wein mit mir. Danach tippst du deine Gedanken in die Schreibmaschine."

Er dachte an Lillis vertraute Stimme, die ihm stets ein Trost gewesen war.

Endlich fuhr der Zug nach Lübeck in den Hamburger Bahnhof ein. Das Pfeifen der Lok und die laute Durchsage aus dem Lautsprecher irritierten Marlene. Jetzt quälten sie Zweifel, auf dem richtigen Weg zu sein, die richtige Entscheidung getroffen zu haben.

Verdammt, wo war ihr Übermut geblieben, den Caro so oft an ihr bewundert hatte?

Sie setzte sich in einem leeren Abteil an den Fensterplatz. Der Gedanke, dass sie bald am Meer sein würde, endlich wieder ihr geliebtes Element Wasser sehen konnte, beruhigte sie ein wenig.

Das Abteil füllte sich. Marlene starrte aus dem Fenster,

um zu verhindern, dass sie jemand ansprach. „Moin, Moin", sagten die Zugestiegenen. Was sollte das denn heißen?

Der Zug überquerte drei Flüsse, vom Meer war nichts zu sehen. In Lübeck war für diesen Zug die Endstation. Der Bahnsteig füllte sich mit den Reisegästen, die ihr Ziel erreicht hatten und abgeholt wurden oder dem Ausgang zustrebten.

Marlene lief zum Gleis-Ende und schaute in alle Richtungen. Drehte sich um und ging zurück. Die Tante war nicht zu sehen. Auch am anderen Ende des Zuges fand Marlene sie nicht.

Panik kroch in ihr hoch. Es war ihr, als würde sich die Erde nicht mehr weiterdrehen. Stillstand. Wie sollte sie nun nach Fehmarn kommen? Und wie sollte es weitergehen?

Marlene merkte, wie fehleranfällig, ja, wie wenig durchdacht ihr Plan doch war. Die Tante hatte an Caros Adresse geschrieben. Lübeck, Bahnhof, Gleis 3. Du kannst erst mal bei uns bleiben. Wir reden dann, wie es weitergeht. Das waren ihre Worte gewesen.

Marlene ging zum Ausgang der Bahnhofshalle und schaute wieder in alle Richtungen.

Sechs

Johannes hielt inne und dachte wieder an die Magie des gestrigen Abends, den Mondlichtstreifen auf dem nächtlichen See und die Stimmung, die sich zwischen ihnen ausgebreitet hatte. Besonders ihr Satz, dass sie gerne einen Mann wie ihn an ihrer Seite gehabt hätte, verwunderte und verzauberte ihn gleichermaßen. Marlenes Worte hatten verschämt im Raum gestanden, wie ein Gedanke, der versehentlich ausgesprochen worden war. Er sah Traurigkeit und Freude in ihren Augen, ein Auf und Ab, zu den Tiefen der Vergangenheit und zu den Momenten der Gegenwart.

Es beschlich ihn das Gefühl, dass sie an der Grenze ihrer Vertrautheit angekommen waren, und er wusste nicht, ob er weitergehen durfte. Weitergehen sollte.

„Ich kann jetzt nicht weitersprechen", hatte sie plötzlich gesagt.

Johannes versuchte, dem Gespräch eine gewisse Leichtigkeit zu verleihen. „Hör mal, an dieser Stelle kannst du doch nicht aufhören zu erzählen. Das wäre gemein. Ich werde nicht schlafen können", protestierte er, legte Stift und Notizblock beiseite und schenkte Marlene etwas Wein nach.

„Du kannst beruhigt sein. Ich bin doch hier. Also ist alles gut gegangen." Sie nahm einen Schluck Wein und schaute ihn geheimnisvoll an.

„Bitte", drängte er, „ich *muss* wissen, wie es weiterging."

Marlene lächelte ob der zur Schau getragenen Neugier ihres Zuhörers. „Also gut. Ich glaube, meine Tante hatte sich um einen Tag vertan."

„Wie? War sie am Vortag in Lübeck?"

„Nein, zum Glück nicht, sonst hätte sie bestimmt versucht, meine Eltern irgendwie zu erreichen."

Johannes überlegte. „Gab es die Brücke nach Fehmarn damals überhaupt schon? Dann hättest du doch mit dem Zug bis Fehmarn fahren können."

Marlene strich ihre Haare aus der Stirn.

Bei dieser Bewegung sah Johannes schon wieder das junge Mädchen vor sich. Es war eigenartig. Dieser lebhaften Frau, die ihm ihre Lebensgeschichte anvertraute, war von ihrer kindlichen Schönheit so viel erhalten geblieben. Kein graues Haar in dem braunen Lockenschopf, die Haut etwas gereift, aber ohne die üblichen Falten auf Händen und im Gesicht, wie es bei einer über Fünfzigjährigen zu erwarten gewesen wäre.

„Du gibst nicht auf. So ungeduldig kenne ich dich gar nicht."

„Wir stehen erst am Anfang und ich möchte das Ende nicht erst als Greis erfahren."

Er fragte sie, ob es wirklich sinnvoll war, ihre Geschichte in Sequenzen aufzuschreiben. Er wollte sie lieber später in einem Guss ausarbeiten, wenn er das gesamte Bild hatte. Das würde ihm leichter fallen.

„Du bist ein Fuchs, Herr Doktor. Aber das klingt gut."

„Also, wie bist du nach Fehmarn gekommen?"

„Zunächst zu deiner ersten Frage. Ja, die Brücke gab es schon, die ist 1963 gebaut worden. Meine Tante ist mit dem Onkel einmal im Monat nach Lübeck gefahren, um dort Verwandte zu besuchen. Aber leider nicht am Tag meiner Ankunft. Sie besaßen übrigens bereits ein Auto, was für mich damals unvorstellbar war. Später erzählte mir Tante Marlies, dass sie ohne Auto einen Inselkoller bekommen hätte."

„Marlene! Lass mich nicht so zappeln!"

„Ich habe ziemlich lange gewartet, bis mir endgültig klar geworden ist, dass mich niemand abholen wird."

„Hatte deine Tante kein Telefon?"

„Doch. Aber für mich als Landkind war alles fremd. Ich war müde, durcheinander und fühlte mich so hilflos, dass ich die Telefonzelle erst gesehen habe, als ich fast mit dem Kopf dagegen gerannt bin. Die Nummer meiner Tante wusste ich auswendig. Das gehörte zu meinem Notfallprogramm. Ich ließ es ewig klingeln. Wählte erneut. Nichts."

Johannes meinte, ihre kindliche Enttäuschung und Verzweiflung in seinen eigenen Adern zu spüren. So einfach, sicher und komfortabel wie in der heutigen Zeit war es damals nicht gewesen.

„Waren sie vielleicht auf dem Weg und hatten sich nur verspätet?"

„Das war auch mein erster Gedanke. Ich wartete also

wieder und beobachtete alle Leute, die in Richtung des Bahnhofs strebten, mit Adleraugen. Ich lief nochmal zum Gleis und zurück, versicherte mich, dass es keinen anderen Ausgang gab, und fragte anschließend nach dem nächsten Zug."

„Nach Fehmarn oder zurück?"

„Sehe ich aus wie eine Krabbe, die rückwärts läuft?" Sie schaute auf die große Standuhr im Wohnzimmer.

Johannes verteilte den Rest aus der Flasche auf beide Gläser. „Nein, keine Krabbe, aber ein junger und unerfahrener Backfisch, der nicht wusste, wo er hinschwimmen sollte."

„Ich hatte den Mut verloren und war plötzlich nicht einmal mehr sicher, ob ich bei Tante Marlies überhaupt willkommen war. Trotzdem habe ich den nächsten Zug nach Fehmarn genommen. Mein Stimmungsgrau hellte auf, als ich endlich das Meer sah. In einer Landschaft aus Wasser, Feldern, Windmühlen, Häusern mit Klinkern und Reetdächern fühlte ich mich nicht mehr so fremd. Vom Bahnhof in Burg bis zum Haus meiner Tante bin ich zu Fuß gelaufen. Ich habe im Zug den Schaffner gefragt, der meine Karte kontrolliert hat, und er hat mir den Weg erklärt. ‚Aber, junges Fräulein, mit Gepäck ist das ziemlich mühsam', hat er gesagt. Ich erinnere mich noch ganz genau."

„Bin ich froh, dass meine Töchter nicht so abenteuerlustig waren."

„Sie hatten eine Flucht auch nicht nötig. Sie fühlten sich zuhause geborgen. Was das heißt, habe ich erst später kennengelernt."

„Entschuldige, das war nicht einfühlsam", schob Johannes rasch nach.

Doch Marlene war nicht gekränkt. „Die Pension 'Zum goldenen Schiff' war nicht zu übersehen. So viele Häuser gab es da nicht."

„Deine Tante hatte eine Pension am Hafen?"

„Habe ich das nicht erwähnt? Zehn Doppelzimmer und ein Lokal. Mit dem zusätzlichen Fischfang hatten sie im Sommer ein gutes Auskommen."

„Deine neue Zukunft?"

Marlene lachte. „Jetzt warte doch mal ab! Meine Tante fiel aus allen Wolken, als sie mich sah. ‚Momo!', hat sie gerufen und mich in ihre Arme geschlossen."

„Momo?"

„Ja, weil ich …" Marlene zögerte, trank dann den letzten Schluck Wein und erhob sich. „In den nächsten Tagen geht die Geschichte weiter. Mir wäre es jetzt doch lieber, wenn du sie Stück für Stück weiterschreibst. Ich höre dir so gerne zu, wenn du mir vorliest." Marlene verabschiedete sich wieder mit einem Kuss, trat durch die Haustür und ging ohne sich noch einmal nach ihm umzudrehen durch die sternenklare Nacht hinüber zu ihrem Haus.

Beim nächsten Mal würde er sie begleiten, beschloss Johannes. Warum hatte er nicht schon eher daran gedacht? Oder war das altmodisch? Auf jeden Fall spürte er, dass ihn der kleine, unschuldige Kuss wieder durcheinandergebracht hatte.

Sieben

Johannes tippte die letzte Zeile aus seinen Notizen in den Computer: *„Momo!", rief ihre Tante und schloss Marlene in die Arme.*

Er rätselte, was es mit dem Namen Momo auf sich haben könnte. Michael Endes gleichnamiger Roman, von dem seine Kinder so begeistert gewesen waren, war erst Jahre später veröffentlicht worden. Aber tatsächlich ähnelte die kindliche Marlene der lockenköpfigen und pfiffigen Hauptdarstellerin des Films stark. Er würde sich noch etwas gedulden müssen. Aber nicht lange: Das nächste Treffen – mit Fischsuppe und dem Weißwein von der Fraueninsel – sollte schon am nächsten Tag sein.

Johannes druckte die paar Seiten aus und legte sie in eine Mappe, die er mit dem Titel „Königin der Morgendämmerung" beschriftet hatte. Die anderen Patientengeschichten hatte er vorsorglich im Kamin verbrannt. Sie sollten dort ihre Ruhe finden und nicht mehr in seinem Leben herumgeistern.

Wenn er es recht bedachte, hatte seit einiger Zeit jeder seiner Tage etwas mit Marlene zu tun. Seit über einem Jahr war sie, ohne dass sie selbst davon wusste, in den Morgenstunden der Mittelpunkt seines Interesses gewesen.

Vor Jahrzehnten hatte er eine Geschichte über ihr Verschwinden aus der Familie geschrieben. Und inzwischen war er an ihrem ganzen Leben interessiert. Er stellte sich die Frage, wohin diese zarte Freundschaft – Beziehung wollte er es nicht nennen – sie beide hinführen würde. Wollte er Marlene Geborgenheit geben? Liebe?

Dieser letzte Gedanke erschreckte ihn gehörig. Johannes hatte während seiner gemeinsamen Zeit mit Lilli nicht ein einziges Mal auch nur ein leises Empfinden für eine andere Frau entwickelt. Und auch nach ihrem Tod nicht.

Bis jetzt.

Marlene löste bei ihm etwas aus, etwas, das er gedanklich nicht zu fassen bekam: Aufregung und Ruhe. Gleichzeitig. Ein Paradoxon. Er war aufgeregt, geradezu nervös, bevor sie kam. Und wenn sie bei ihm war, ruhte er in sich, als wäre ihre Anwesenheit in seinem Leben die selbstverständlichste Sache der Welt. Er war nicht traurig, wenn sie ging, sondern wie verzaubert, als hätte es keinen Abschied gegeben. Er fühlte Leben in sich. Marlene war wie ein wohltuendes Medikament gegen Einsamkeit und Resignation, das bei einer Steigerung der Dosis keine schädlichen Nebenwirkungen auslöste. Er musste bei seinem medizinischen Vergleich laut lachen. Er steigerte sich geradezu hinein in seine Formulierung: „Vorsicht, Johannes, es macht einen alten Kauz wie dich süchtig. Aber, wenn das eine Nebenwirkung sein sollte, werde ich mir Marlene trotzdem verschreiben. Ohne den Arzt oder Apotheker zu befragen." Entsetzt über das, was er gerade laut in den Raum gesprochen hatte, schenkte er sich einen Cognac ein. Einen recht großen.

Vielleicht verstand er sie auch falsch. Vielleicht erwartete Marlene väterliche Gefühle von ihm. Aber hätte sie dann nicht gesagt: „Ich hätte gerne einen Vater wie dich an meiner Seite gehabt."?

Nein, sie hatte ganz klar *Mann* gesagt. Ihre Worte schwebten immer noch im Raum, er konnte sie noch hören.

Merkwürdigerweise war die Vorstellung, mit Marlene ins Bett zu gehen und mit ihr eine Nacht zu verbringen, nicht mit erotischen Gefühlen verbunden. Allerdings konnte er sich sehr gut vorstellen, mit ihr *aufzuwachen*, den Sonnenaufgang, den Morgen und den Rest des Tages mit ihr zu genießen. Ja, er konnte sich vorstellen, mit Marlene sein Leben zu teilen und auch Liebe zuzulassen.

Auf diese Erkenntnis hin schenkte sich Johannes noch einen Cognac ein, um auf die Freude zu trinken, dass er zu solchen Gedanken überhaupt fähig – geworden – war. Es war ein Geschenk, das seinen Gefühlen für Lilli keineswegs im Wege stand. Es war ein Geschenk für ihn, auch wenn Marlene sein Empfinden nicht erwidern würde. Aber für ihn bedeutete es das Ende der Eiszeit, das Aufbrechen der Schichten um sein Herz und ein lebendiges, ein pulsierendes Gefühl. Er spürte, dass er lebte und Freude empfinden konnte.

Am nächsten Abend wusste Johannes nicht recht, wie er mit seinem veränderten Innenleben umgehen sollte. Er bemühte sich, wie sonst zu wirken. Marlene sollte seinen gedanklichen Höhenflug vorerst nicht bemerken. Seine überschwängliche Stimmung konnte er mit seinem Lob für die tatsächlich köstliche Fischsuppe und den unerwartet leckeren Weißwein kaschieren.

Marlene beobachtete ihn kritisch, vermutlich um herauszufinden, ob seine Komplimente nicht nur aus seiner typischen Höflichkeit geboren waren. Doch die cremige Fischsuppe nach dem Rezept ihrer Großmutter schien ihm tatsächlich besser als eine Bouillabaisse zu schmecken.

„Du bist ein Schlitzohr, Herr Doktor. Du wirst meine Kochkünste sicher nicht kritisieren und alles brav runterschlucken, damit ich meine Geschichte weitererzähle, nicht wahr?"

Johannes hob sein Weinglas. „Ich würde vieles tun, um die Abende mit dir verbringen zu können, aber lügen kann ich nicht. Deine Kochkunst jedoch macht mich noch neugieriger darauf, wie dein Leben verlaufen ist."

„Es macht mir riesigen Spaß, wenn ich dich auf diese Weise ein bisschen quälen kann."

„Du glaubst gar nicht, wie schwer es sein kann, sich in Geduld zu üben."

Marlene schaute zum Fenster und deutete auf den See. „Wir sollten mal zusammen zum Angeln gehen."

„Ich soll mit dir vor Sonnenaufgang zum Fischen rausfahren?"

„Nein, das ist Arbeit. Ich dachte da an Freizeitangeln. Am Abend. Oder vielleicht morgens."

„Das klingt romantisch. Aber morgens musst du doch deinen Fischfang verarbeiten."

„Das Geschäft wird bald mein Neffe übernehmen, der

Sohn vom Ferdinand. Ich überbrücke nur die Zeit, bis er seine Erfahrungen gesammelt hat. Vinzenz hat interessante Ideen, um das Geschäft profitabler zu machen."

Johannes musste sich beherrschen. In seiner Euphorie hätte er Marlene am liebsten gemeinsame Zukunftspläne vorgeschlagen. „Und ich dachte, du wärst auf Dauer in die Fußstapfen deines Vaters getreten."

„Das wäre nicht gut. Schließlich werde ich auch älter. Es ist besser, wenn ich den Betrieb gleich der nächsten Generation übergebe."

„Und du meinst, beim Angeln lerne ich Geduld?"

„Das auch. Aber vielleicht noch mehr, wenn du es liebst, dem Wasser nahe zu sein. Mir geht es beim Angeln nicht nur darum, einen Fisch zu fangen."

„Du machst mich schon wieder neugierig."

„Gut, dann können wir jetzt mit Käse und Rotwein fortfahren, während du mir vorliest. Danach geht mein Leben auf Fehmarn weiter. Ich bin schließlich auch neugierig und ungeduldig, was dein Schreiben betrifft."

Ein Hauch von vertrauter Nähe nistete sich angenehm bei Johannes ein, als Marlene ihn anlächelte.

Zu späterer Stunde, als er über den nächtlichen See sah und das abendliche Gespräch rekapitulierte, war ihm nicht nach Zu-Bett-Gehen zumute. Er setzte sich an seinen Computer und schrieb.

Acht

Als Marlene den vertrauten Kosenamen hörte und die warmen, beschützenden Arme von Marlies um sich spürte, brach der Damm und ihre Tränen tropften auf die Schulter der Tante.

„Mädchen, was machst du denn für Sachen? Warum bist du heute schon hier? Wir wollten dich morgen in Lübeck abholen."

Marlene konnte sich kaum beruhigen. Sie schluchzte. Sie wollte reden, brachte jedoch kein Wort über die Lippen. Wie lange hatte sie den Namen „Momo" nicht mehr gehört! Es klang so vertraut. Dieser Kosename erinnerte sie an die unbeschwerten Zeiten ihrer Kindheit. Alle hatten sie „Momo" genannt, bis sie in die Schule gekommen war. Es war ihr erstes Wort gewesen und lange das einzige, das sie als Kleinkind aussprechen konnte.

„Momo, beruhige dich. Setz dich, ich bringe dir Essen und Trinken. Du musst ja fast verhungert sein. Ich gehe gleich in die Küche. Wie dünn du geworden bist!" Die Tante redete ohne Pause. „Du bleibst erst mal hier und gehst weiter zur Schule. Ich verstehe deinen Vater nicht. Wir haben keine Kinder bekommen können – aber dein Vater hat einen ganzen Stall voll Glück und ist nicht zufrieden. So ein kranker Teufel ist er geworden, dieser ... dieser ... Ach, ich sage es lieber nicht."

„Ist schon gut, Tante. Du musst dich nicht aufregen." Marlene hatte ihre Tränen weggewischt und lachte ob der

Aufregung der Tante. „Wenn ich eine Weile bleiben darf, werde ich dir bei der Arbeit helfen. Arbeiten kann ich."

„Deine Mutter wird beruhigt sein, dass du bei uns wohnst, bis du flügge geworden bist."

Als Marlene an ihre Mutter dachte, begannen die Tränen wieder zu fließen. „Heißt das, ich darf bleiben?", fragte sie nach.

„Ich werde deiner Mutter ein Telegramm senden."

„Bitte, Tante, das musst du an Caro senden und ich werde einen Brief für meine Mutter dorthin nachschicken. So habe ich es mit Caro ausgemacht. Mein Vater soll nicht wissen, wo ich bin. Ich will ihn nie wieder sehen."

„Jetzt isst du erst mal etwas, Momo. Also, Marlene. Dein Vater kann dir hier nichts mehr anhaben. Dafür wird dein Onkel Franz schon sorgen. Dir wird es hier gefallen. Schietwetter, Wind, Meer, Inselkoller und mehr Sonne, als du es dir vielleicht vorstellen kannst. Die Menschen sind ein bisschen wortkarg, aber gradlinig. Dafür rede ich mindestens so viel wie deine Mutter." Marlies schmunzelte und strich Marlene durch die Lockenpracht.

Sollte sie sich freuen, über das kleine, verspätete Glück, für Marlene ein Mutterersatz zu sein? Marlies hatte einen guten Mann geheiratet, aber durch seine Kriegsverletzung waren ihnen keine Kinder vergönnt gewesen.

„Morgen fahren wir nicht nach Lübeck. Stattdessen werde ich dir die ganze Insel zeigen", verkündete Marlies unternehmungslustig. „Deine Schule beginnt erst in drei

Wochen. Bis dahin hast du dich eingelebt. Du kannst mit deinem Onkel zum Fischen rausfahren und mir in der Küche helfen. Und wenn die Saison vorbei ist, haben wir nicht mehr viel Arbeit. Aber jetzt erzähl mal von dir."

Marlene kam an diesem Tag nicht mehr dazu, etwas zu erzählen. Das viele Reden der Tante versetzte sie in einen wohligen Zustand der Geborgenheit. Sie schlief am Tisch ein.

Am nächsten Abend, als sie nach der Rundfahrt über die Insel in ihrem Bett lag, gingen Marlene die ersten Eindrücke von ihrer neuen Heimat durch den Kopf.

Fehmarn hatte keine spektakulären Bauten und auch keine nennenswerten Sehenswürdigkeiten zu bieten. Es sah fast überall ähnlich aus. Außer der Brücke über den Fehmarn-Sund, die einem das Gefühl gab, nicht eingesperrt und den Gewalten des Meeres bedingungslos ausgeliefert zu sein, gab es nichts, was es mit der Schönheit des Chiemgaus aufgenommen hätte. Orte, Straßen, Weite, Grün, gelbe Rapsfelder, Strände, Wasser – das war's schon. Aber irgendetwas lag über der Insel, so fühlte Marlene, das ihr Ruhe gab. Waren es vielleicht gerade die schlichten Konturen, die Weite der Landschaft, die roten Backsteinbauten oder das Meer, das mit friedlichen Wellen an den Strand rollte? Oder war ihr einfach die ländliche Einsamkeit vertraut?

Das kleine Städtchen Burg, der Hafen in Burgstaaken, die Fischerboote mit den bunten Fähnchen, der lange

Südstrand und der Onkel mit den lustigen Augen waren für Marlene wie alte Bekannte, die auf sie gewartet hatten. Sie konnte es sich nicht erklären, warum sie sich hier, am anderen Ende von Deutschland, nicht fremd fühlte.

Onkel Franz erinnerte sie vom Wesen her an den Gemüsehändler Alois. Er war die Güte in Person. Ansonsten ein typisch nordischer Geselle, mit hellen Haaren, die sich über den Ohren ein wenig kräuselten, und blauen Augen, die Marlene an die Farbe des Chiemsees an einem Schönwettertag erinnerten. Ein hübscher Onkel, hatte sich Marlene gedacht, als sie am Vorabend mit verschlafenen Augen ihren Kopf von der Tischplatte gehoben hatte. Er war groß und schlank und hatte Hände wie Schaufeln, die Marlene kurzzeitig erschreckten.

„Unser Engel aus Bayern ist schon da. So, so, Moin, Moin. Dein Himmelbett haben wir schon aufgestellt, damit du uns nicht davonfliegst. Willkommen, hübsche Deern", hatte Onkel Franz gescherzt und seine weiche, dunkle Stimme hatte sie fast gestreichelt.

Marlene war erstaunt gewesen, dass sie an diesem Abend wirklich ein Himmelbett in ihrem Zimmer vorfand. Sogar ein kleiner Flur mit Kochgelegenheit und ein eigenes Bad gehörten zu ihren neuen Räumen.

„Hier kannst du dich wie zu Hause fühlen", sagte Marlies, nachdem sie Marlene herumgeführt hatte. „Dieses Appartement im Dachgeschoss bieten wir den Gästen gar nicht an, weil es sonst nur alle haben möchten. Was es nicht gibt, weckt auch keine Bedürfnisse."

62

Marlene war absolut begeistert. Sie fiel ihrer Tante um den Hals und hüpfte anschließend durch ihr Zimmer. „Ich werde ganz viel arbeiten und keinen Ärger machen", versprach sie.

„Wenn du möchtest, kannst du gleich anfangen, Momo. Die Küche wartet. In einer Stunde kommen die ersten Gäste zum Abendessen. Hilf doch bitte deinem Onkel mit den Fischen."

Marlene fühlte sich in ihrem Element, als sie den Fischfang sortierte. So schöne Fische waren dabei, solche, wie sie sie vorher nur in Büchern gesehen hatte. Ihr Onkel zeigte ihr, wie man Dorsche und Schollen filetierte. Abgesehen davon wurde sie an ihrem ersten Abend von Arbeit noch verschont.

Später dann, im Bett, ließ sie ihren Ankunftstag Revue passieren. Sollte sie hier für alles entschädigt werden, das so schwer auf ihrer Seele lag? Sie konnte es kaum glauben, dass sich ihr Weg, der auf einer Entscheidung beruhte, die zwischen Mut und Wahnsinn angesiedelt war, zum Guten wenden sollte. Nur der Gedanke an ihre Mutter trübte das erhebende Gefühl. Einen Brief hatte sie noch nicht geschrieben. Sie wollte erst die Antwort der Mutter auf das Telegramm der Tante abwarten.

Neun

„Schöner hättest du es nicht ausdrücken können. Es klingt fast wie ein Märchen."

Marlene schmeichelte ihm damit, dass er ihre Gefühle besser erfasste, als sie es beschreiben konnte. Doch eigentlich war es nicht so, befand Johannes. Marlene brachte ihre Gefühle zum Ausdruck und er vertraute die aufgenommenen Gedanken nur dem Papier an.

„Du kannst dich so gut hineinversetzen, als wärest du dabei gewesen."

Heute hatte Johannes Marlene zum Essen in ein Restaurant eingeladen. Er wollte raus aus seinem zurückgezogenen Alltag. Es tat ihm gut, obwohl er sich lange davor gefürchtet hatte.

Wenn er es recht bedachte, zählte er zu den Menschen, die in einem immer gleichlaufenden Alltag ihre Sicherheit fanden. Er war so aufgewachsen und hatte dieses Lebensmodell seiner Eltern mit Lilli weitergeführt. Die Urlaube in Spanien waren, bis auf wenige Ausnahmen, immer dem gleichen Rhythmus gefolgt. Diese Aufteilung eines jeden Tages in Planquadrate schien der preußischen Zeit entsprungen zu sein, wo Ordnung und Vorausschau einen hohen Stellenwert hatten. Auch für seinen Beruf als Arzt war dieses Denk- und Handlungsschema nützlich gewesen. Mit Lilli hatte er auf diese Weise in Harmonie gelebt. Aber mit Marlenes Abenteuerlust – da war er sich sicher – würde das nicht zusammenpassen. „Hast du eigentlich Medizin studiert?", fragte er aus dem Gedanken an seinen eigenen Werdegang heraus.

„Halt, halt, nicht überholen. Die Zeit auf der Insel Fehmarn bleibt dir nicht erspart. Ganz so rosig wie in deinem schönen Märchen war es nicht."

Johannes fühlte sich ein wenig ertappt.

„Reden wir doch mal von dir", schlug Marlene dann vor. „Du warst sehr jung, als du deine Praxis eröffnet hast. Wie war das möglich? Das Medizinstudium dauert doch eine Ewigkeit."

Johannes nahm einen Schluck seines Aperitifs. „Das ist leicht zu erklären. Ich bin in einer gutbürgerlichen Familie in Bamberg aufgewachsen. Meine Eltern waren für die damalige Zeit aufgeschlossene Menschen, die eine gute Ehe geführt und ihre Kinder geliebt haben. Das war mein größtes Glück. Warum auch immer, eigentlich zum Leidwesen meiner Eltern, hatte ich eine besondere Lernfähigkeit. In der Volksschule übersprang ich eine Klasse und durch die Förderung des Direktors zu Anfang meiner Gymnasialzeit später noch eine. Ich musste nicht zum Militär und im Studium ging es mit den erforderlichen Scheinen auch ein bisschen schneller. Ja, so war das möglich." Johannes sprach nicht gerne darüber, ihm war seine schnelle Auffassungsgabe immer als ein Makel erschienen. Seine Mitschüler hatten ihn das auch spüren lassen. Vielleicht war ihm gerade deshalb ein gut durchgeplantes Leben in Ruhe und Sicherheit so wertvoll. Er wollte die Menschen verstehen, ihnen als Arzt helfen und seine Sache gut machen. Außergewöhnlich hatte er nie sein wollen.

„Und warum bist du Landarzt geworden? Warum hast du nicht die Welt erobert?" Marlene sah ihn an, als wüsste sie seine Antwort schon.

„Natürlich ist es schön, ein berühmter Forscher zu sein und den Nobelpreis in der Sparte Medizin zu bekommen oder als Chefarzt viel Geld zu verdienen. Aber das entsprach einfach nicht meinem Traum. Ich glaube, ich wäre kein guter Chirurg oder Chefarzt geworden. Ich war immer der Ansicht, dass ich im Kleinen mehr bewirken kann. Dass so meine Hilfe direkter bei den Patienten ankommt."

„Deshalb versteckst du dich lieber und hast Zeit zum Leben. Gerade das macht dich so liebenswert. Herr Doktor, ich verstehe, was du meinst. Die kleinen zwischenmenschlichen Dinge sind es, die uns wirklich glücklich und gefühlsmäßig reich machen können."

In diesem Moment hätte er Marlene am liebsten in seine Arme geschlossen. Diesen kleinen Augenblick des Verstehens, des absoluten Gleichklangs ihrer Ansichten hätte er gerne zum Ausdruck gebracht und Marlene seine Gefühle gestanden. Doch er unternahm nichts. Warum war er nicht spontan, sondern kompliziert? Warum nicht fähig, eine so einfache Reaktion umzusetzen? Verblieb er lieber in der Illusion, Marlene könnte ihn mögen, als eine mögliche Ablehnung zu verkraften? Nein, das war es auch nicht. Er hatte einfach nicht den Mut herauszufinden, wie es sein könnte, eine andere Frau als Lilli zu berühren.

Trotzdem war der Abend stimmungsvoll. Der Garten

des Restaurants lag nur wenige Meter vom östlichen Ufer des Chiemsees entfernt. Das Wasser und die Berge wurden im Farbspiel der untergehenden Sonne zu einem Gemälde. Das Licht zeichnete milde und warme Konturen in Marlenes Gesicht und auf den Spitzen ihrer Locken tanzten rötliche Feuerteufel. Sie sah noch bezaubernder aus als sonst. Wenn sie redete und gestikulierte, ohne Scheu laut lachte und die leichte Brise mit ihrem Haar spielte, konnte Johannes seinen Blick nicht von ihr lösen.

„Komm, wir bestellen noch eine Flasche Rotwein und fahren später mit dem Taxi zurück. Diesen Abend dürfen wir nicht unterbrechen, sonst erlischt die Romantik des Sonnenuntergangs und ich kann nichts mehr erzählen", schlug sie vor.

Johannes musste über seinen Schatten springen. „Ich glaube, ich muss noch viel lernen. Spontanität ist nicht gerade meine Stärke. Aber gut, ich lasse mich gerne von dir verführen."

Als die zweite Flasche Wein zur Neige ging, sammelte der Kellner bereits die Sitzpolster der Gartenstühle ein. Die letzten Gäste waren vor ein paar Minuten gegangen. Marlene hatte den Kopf an Johannes' Schulter gelegt. Kurz zuvor hatte sie sich weinselig und nach Wärme suchend neben ihn gesetzt, seinen Arm genommen und ihn über ihre Schulter gelegt. Vom Wasser stieg kühle Luft auf.

„Du hast heute keine Notizen gemacht und ich weiß nicht mehr, was ich erzählt habe", beklagte sie sich.

Johannes schloss die Augen und genoss den Augenblick. Er erinnerte sich an jedes Wort, das Marlene ihm erzählt hatte. Keine Sekunde dieses Abends würde er vergessen.

Zu Hause setzte er sich vor dem Schlafengehen in seinen Sessel am Fenster und notierte ein paar Gedanken. Er würde längere Zeit benötigen, um alles aufzuschreiben. Der Verlauf der Geschichte behagte ihm nicht. Er fürchtete, dass ihm das Schicksal von Marlene zu nah gehen würde und dass eine längere Pause bis zum nächsten Treffen entstehen könnte.

Zehn

Am nächsten Morgen wurde Marlene von einem heftigen Klopfen geweckt. Die Tante steckte den Kopf zur Tür herein. „Momo! Marlene! Komm schnell runter, deine Mutter ist am Telefon."

Marlene hatte so tief geschlafen, dass sie eine Weile brauchte, um zu begreifen, wo sie war und wem sie die Stimme zuordnen sollte. Eilig sprang sie aus dem Bett, zog ihre Strickjacke über den Schlafanzug und polterte noch vor der Tante die Treppe hinunter.

„Langsam, langsam", sagte der Onkel, der in seiner Fischermontur vor ihr stand. „Sie ruft gleich nochmal an. Ferngespräch. Da gluckert das Geld nur so durch."

Es dauerte eine gefühlte Ewigkeit, bis der Apparat auf der Theke des Lokals endlich klingelte.

„Du kannst den Anruf gleich selbst entgegennehmen. Keine Angst, deine Mutter ist dir nicht böse. Nur zu, das Ding beißt nicht."

Marlene nahm zaghaft den Hörer ab. „Mama?"

„Kind, endlich!"

Marlene konnte die Erleichterung in der Stimme förmlich greifen. Ihre Mutter holte kaum Luft, sie überschlug sich fast von Satz zu Satz, von Frage zu Frage.

„Wie hast du das geschafft? So eine lange Fahrt. Bei meiner Schwester bis du gut aufgehoben. Dein Vater ist ganz friedlich. Er redet kaum noch."

„Mama! Wie geht es dir?"

„Ich war bei dem jungen Doktor. Eine gute Seele. Wirst du dort zur Schule gehen? Wir müssen dich ummelden. Ich schicke dir alles. Geht es dir gut? Ich werde dich vermissen. Ja, ich habe verstanden. Die Briefe sendest du an Caro. Nein, ich bin dir nicht böse. Hast du genug Geld? Nein, du musst nicht arbeiten. Kommst du mit Tante und Onkel zurecht? Was? Du willst mit ihm aufs Meer? Ja, pass auf dich auf. Das Geld ist alle, das Gespräch wird gleich ..."

„Mama?" Marlene war erleichtert und traurig zugleich. Die Worte ihrer Mutter hatten ihr gutgetan. Aber plötzlich war ihr die Entfernung zwischen ihnen beiden bewusst geworden – und die Konsequenzen, die mit ihrer Entscheidung einhergingen. Sie würde ihre Mutter lange Zeit nicht mehr sehen und ihre Umarmung nicht mehr spüren können.

Marlene wollte alles richtig machen. Sie war es gewohnt, sich durch die Unebenheiten des Alltags zu kämpfen. Aber hier war es anders als am Chiemsee. Auf der einen Seite herrschte zwischen ihrer Tante und dem Onkel eine unausgesprochene, eingespielte Harmonie, die wohltuend war. Auf der anderen Seite war die Arbeit wesentlich härter als im beschaulichen Bayern. Es machte Marlene nichts aus, früh aufzustehen, wenn sie ihren Onkel aufs Meer hinaus begleitete. Doch das Putzen und Herrichten der Gästezimmer und die langen Abende in der Küche und im Lokal waren anstrengend.

Die Tante ermahnte sie täglich, sich nicht zu überfordern. Manchmal schickte sie Marlene weg mit der Aufforderung, ein Buch zu lesen oder einen Strandspaziergang zu machen. Aber Marlene sah es als ihre Pflicht an, sich nützlich zu machen. Zudem betäubte das Arbeiten die zermürbenden Zweifel in ihrem Kopf.

Sollte sie hier bis zum Abitur zur Schule gehen und ein Medizinstudium ansteuern? Doch wer sollte das bezahlen? In der Pension der Tante zu arbeiten wäre eine Alternative, falls sie sich für eine Ausbildung in der Gastronomie entscheiden würde. Aber das würde bedeuten, auf Jahre hinaus an diese Insel gefesselt zu sein und der weiten Welt Ade sagen zu müssen.

„Du hast doch noch Zeit genug, um dir alles zu überlegen. In der Schule wirst du Freunde finden und sehen, welche Fächer dir liegen", tröstete Tante Marlies sie, als Marlene sich ihr anvertraute.

Nicht nur die Frage, wie ihre Zukunft aussehen sollte, beschäftigte Marlene. Auch um die Vergangenheit kreisten ihre Gedanken. Der fürsorgliche Umgang zwischen Tante und Onkel und die Herzlichkeit ihr gegenüber waren für sie schön und verstörend zugleich. Sie konnte diese Harmonie nicht einfach in sich aufnehmen oder sich darüber freuen. Es machte ihr schmerzhaft bewusst, wie grausam ihr Leben zu Hause gewesen war. Die unerträgliche Spannung innerhalb der Familie und die Angst vor dem nächsten Zornesausbruch ihres Vaters hatten sich unauslöschlich in ihr eingegraben. Die ständige und spürbare Verzweiflung der

Mutter lag wie ein Schatten auf Marlenes Seele, der sich nicht einfach verscheuchen ließ. Das Geschrei und die Demütigungen waren wie eine Gravur, wie Narben und – paradoxerweise jetzt in der Entfernung – wie eine fehlende Gewohnheit. War der Onkel besonders freundlich zu ihr und versuchte sie zu verwöhnen, indem er unverhofft ein kleines Geschenk für sie mitbrachte – einen schönen Kugelschreiber oder, erst gestern, eine nagelneue, ihre eigene Angel – brach Marlene in Tränen aus. Selbst die nun bestehende Möglichkeit, alles aussprechen zu können, das Vertrauen und Verständnis von Onkel und Tante, gaben Marlene das verlorene Selbstvertrauen nicht zurück. Manchmal kam es ihr so vor, als hätte sie den täglich geforderten Kampfgeist während der Zugfahrt eingebüßt.

Der Beginn der Schule nach den Sommerferien stellte Marlene vor eine neue Herausforderung. Sie war eine Fremde in der Inselschule. Neuzugänge waren hier offenbar ungewöhnlich, denn freundlich willkommen wurde sie nicht geheißen. Alle Kinder kannten einander schon seit Ewigkeiten, bildeten eine eingeschworene Gruppe und tuschelten über ihre merkwürdige Aussprache.

„Du darfst dir das nicht zu Herzen nehmen", tröstete die Tante. „Hier sagt man, dass du erst ein Fass Salz mit den Insulanern essen musst, bis sie deine Freunde werden. Ich habe das auch erlebt, glaube mir. Aber wenn du einen Freund gewonnen hast, bleibt er dir für ewig."

Nur die Zwillinge Jan und Fin, die in der Klasse eine

*Bank hinter Marlene saßen, scherten sich nicht um die
ablehnende Haltung ihrer Mitschüler Marlene gegenüber.
Die Brüder waren unzertrennlich, und vielleicht weil sie
einander hatten, waren sie weniger an der Klassengemeinschaft interessiert. Sie begleiteten Marlene auf dem Schul-
weg, trafen sich mit ihr am Hafen oder am Südstrand und
zeigten ihr, wie man die Meeresfische köderte.*

*Trotzdem fühlte sich Marlene nicht wie die Marlene, die
sie in Bayern gewesen war. Sie verbog sich, um hierher zu
passen, wollte alles erdulden, sich nicht auflehnen oder
trotzig sein. Es kam ihr vor, als sei ihr Selbstbewusstsein,
das sie in Bayern so selbstverständlich vor sich hergetra-
gen hatte, nur eine Hülle und nicht in ihr verankert gewesen. Immer mehr wurde ihr klar, dass sie keine weiteren
Verletzungen hätte ertragen können. Der Flurschaden war
zu groß und in der Seele spürbar.*

Johannes hätte viel darum gegeben, an dieser Stelle einen Schlussstrich ziehen zu können. Marlenes Leben plät-
scherte auf der Insel Fehmarn in einem regelmäßigen Alltag dahin und es gab in den Jahren bis zum Abitur keine
dramatischen Zwischenfälle. Sie hatte sich in ihrem Verlangen nach Beruhigung, Geborgenheit und Sicherheit
verloren und passte sich den Mustern der Menschen an,
lebte Normalität. Eigentlich wäre das für Johannes verständlich gewesen, da es seinen Vorstellungen ähnlich war.
Aber passte das zu Marlene? Sie hatte mit Entschlossenheit
einen Ausweg für sich gesucht, um ein anderes Leben zu

führen.

Doch er fragte sich, ob es wirklich gut für sie gewesen war.

Elf

Johannes erinnerte sich an den letzten gemeinsamen Abend und an die Heimfahrt im Taxi, als sich Marlene ganz selbstverständlich an seine Schulter gelehnt und seine Hand gehalten hatte. Der Wein hatte seine Wirkung gezeigt und die Wellen der Vergangenheit besänftigt. Wie meist, wenn etwas Ungewohntes in seinem Leben geschah, brachte ihn erst der Nachhall des Erlebten oder Erzählten auf eine Ebene des Bewusstseins und Verstehens. Sein Empfinden für Marlene, das einer liebevollen Zuneigung gleichkam, konnte er nicht leugnen. Sein Mitgefühl und die Fürsorge dienten ihm ebenso als Anzeichen dafür, dass hier mehr zugange war, als ärztliches Einfühlungsvermögen und Interesse an der Lebensgeschichte, die er versuchte für sie aufzuschreiben.

Es war viel mehr.

Und dieses neue Gefühl irritierte ihn. War er wirklich bereit, Verantwortung für eine Beziehung, die Liebe und ein gemeinsames Leben zu übernehmen? War Marlenes Annähern eine Botschaft an ihn oder ein selbstgefälliges Missverständnis seinerseits? Er fühlte sich wie ein unerfahrener Kapitän, dem auf dem offenen Meer der richtungsweisende Sternenhimmel und das Navigationsbesteck fehlten.

Gerade als er mutig beschlossen hatte, darüber beim nächsten Treffen mit Marlene offen zu sprechen, klingelte es an der Tür. Marlene? Wer sonst sollte ihn am Abend besuchen? Es klingelte erneut. Das konnte nur Marlene sein.

Sie wedelte mit einem Blatt Papier und umarmte ihn, als wäre es das selbstverständlichste Ritual ihrer Begrüßungen. „Ich habe eben einen Text gefunden, den ich in meiner Verzweiflung damals für mich selbst geschrieben habe, um meine Gedanken zu ordnen. Johannes, ich war so weit von mir entfernt in meiner damaligen Lebenssituation. Viel weiter als der Chiemsee von der Ostsee. Vielleicht kannst du das in deiner Geschichte erwähnen."

Johannes kam es so vor, als wäre er auch gerade weit von sich entfernt, als er Marlenes Begrüßungsumarmung erwiderte.

„Und wie hast du dich wieder selbst gefunden? Wie konntest du wieder glücklich werden, nach den vielen Jahren? Du bist jetzt ... wie soll ich das sagen ... weitestgehend die Marlene, die ich von früher kenne, die nun erwachsen ist und die unbeschadet wirkt." Er küsste sie auf die Stirn.

„Das war ein langer Weg. Damit du es besser verstehst, habe ich dir den Text mitgebracht. Ich könnte es heute nicht mehr so gut beschreiben."

Johannes sah auf die Uhr. „Hast du Zeit? Sollen wir uns einen spanischen Wein und Tapas gönnen?"

„Nichts lieber als das. Aber heute gibt es keine Vergangenheit, sondern nur uns. Im Jetzt."

Nach dem ersten Glas Wein brachte Johannes die Courage auf, seine Gedanken auszusprechen. „Marlene, es fällt mir schwer, das Thema anzuschneiden", begann er, „weil ich so unerfahren bin." Seine Stimme wurde leiser. „Was wird das mit uns? Möchtest du eine Beziehung?" Er drehte verlegen das Weinglas zwischen beiden Händen und wich ihrem Blick aus.

„Herr Doktor, das ist doch ganz unkompliziert. Ich habe ja schon gesagt, dass ich gerne einen Mann wie dich an meiner Seite hätte. Ja, und wenn wir uns auch noch nach unseren geplanten Angelausflügen verstehen und du mich weiter so verliebt anschaust, dann machst du mir halt irgendwann einen Antrag."

Johannes musste lachen. Seine Verlegenheit löste sich in Luft auf. „Mit dir ist wirklich alles ganz einfach, was bei mir kompliziert ist."

Marlene schaute ihn liebevoll an. „Johannes, mir ist nur eines wichtig. Vertrauen! Und das habe ich zu dir."

Zwölf

Marlies und Franz sorgten sich um Marlene. Ihre Nichte war bedrückt und zu ruhig. Ihre Lebhaftigkeit und ihre Energie setzte sie für die Arbeit in der Pension und ihre Schulausbildung ein, aber abgesehen davon unternahm sie so gut wie nichts. Oftmals lag sie in ihrem Zimmer auf dem Bett und las.

„Was ist denn mit der Kleinen los? In dem Alter kann man doch nicht so ... so vernünftig sein." Onkel Franz schaute seine Frau verschmitzt an. „Ob sie Sehnsucht nach Bayern hat?"

Wir sollten ihr Zeit lassen, dachte Marlies und nahm die Hand ihres Mannes. „Nein, ich glaube nicht, dass sie zurück möchte. Das hatte sie mir mehrfach erklärt. Ich glaube, sie hat für ihr Alter schon zu viel mitbekommen, was sie traurig macht. Wir hatten in ihrem Alter zwar schon den schrecklichen Krieg erlebt, aber das war kein Einzelschicksal, es betraf uns alle. Die traumatischen Erlebnisse haben uns zusammengeschweißt und wir konnten uns unsere Liebe bewahren. Vielleicht wäre es anders gewesen, hätten wir nicht nur uns gehabt, sondern auch Kinder. Was meinst du? Hätten wir uns verändert?" Marlies sah ihren Mann nachdenklich an. „Jedenfalls, ich bin sicher, dass Kinder die Orientierung verlieren, wenn die Eltern sich entzweien. Woran sollen sie überhaupt noch glauben, wenn nicht an die Familie?"

„Ich glaube nicht, dass wir uns entzweit hätten, Mar-

lies. Und wir hätten unsere Kinder liebevoll behandelt, so wie deine Schwester das tut. Warum Georg vom guten Pfad abgekommen ist, weiß ich nicht. Wir werden uns um Marlene kümmern und sie wie ein Geschenk des Himmels betrachten."

Marlies hatte Tränen in den Augen, drückte die Hand ihres Mannes und lachte dann, als sie sagte: „Da fangen die Sorgen schon an. Ich sehe es zum Beispiel gar nicht gerne, dass sie sich mit den Zwillingen trifft. Ausgerechnet die Söhne von diesem Banausen Fleet. Der Kerl ist doch unberechenbar – und der größte Schwerenöter der Insel. Wenn nur die Hälfte davon stimmt, was sich die Leute erzählen, ist es schon schlimm genug. Der kann die Finger von keinem Rock lassen! Hoffentlich färbt das nicht auf die Söhne ab, sonst erlebt Marlene in der Familie das gleiche Drama wie in Bayern."

Franz stand auf und holte eine Flasche Wein und Gläser vom Schanktisch. „Die Jungen scheinen mir ganz in Ordnung zu sein. Das Vorbild des Vaters bewirkt vielleicht genau das Gegenteil bei den Zwillingen. Keiner entrinnt seinem Schicksal. Oder hat irgendjemand behauptet, dass das Leben einfach ist? Marlene wird ihren Weg gehen und wir geben ihr die Unterstützung dazu, soweit wir es können. Jetzt stoßen wir mal an, auf uns – und auf die verrückte Welt, die ja auch schön sein kann."

Marlies prostete ihrem Mann zu. „Zum Glück haben die Brüder äußerlich nicht viel von dem rothaarigen Teufel mit der Hakennase. Ich habe nie verstanden, was die Frauen *eigentlich an ihm finden."*

*Franz grinste. „Ich finde, wir sollten Marlene nicht be-
einflussen. Die Zwillinge sind bisher ihre einzigen Freunde."*

*In dem Moment flog die Tür zum Gastraum auf. Marle-
ne stand strahlend, mit hoch erhobenen Armen im Türrah-
men. „Ich habe eine Eins in Mathe. Fin hat mir alles so gut
erklärt, aber er hat nur eine Zwei bekommen. Jetzt ist er ein
bisschen sauer auf mich. Trotzdem hat er mich geküsst. Ich
glaube, er ist in mich verliebt."*

*Marlies bekam einen hochroten Kopf und brachte kein
Wort über die Lippen.*

*Franz dagegen lachte laut, weil ihre Sorge um Marlenes
Traurigkeit, über die sie gerade noch gesprochen hatten,
überhaupt nicht zu diesem temperamentvollen Auftritt passte. „Und du?", fragte er. „Bist du auch verliebt? Oder
verdrehst du den Zwillingen nur den Kopf?"*

*Marlene sah zwischen Tante und Onkel hin und her.
„Das überlege ich mir noch, Onkel Franz. Ich weiß ehrlich
gesagt gar nicht, wie sich das anfühlt. Muss es da nicht im
Bauch kribbeln? Mama hat das mal gesagt." Sie wandte
sich zu ihrer Tante. „Was feiert ihr am helllichten Tag?"*

*Marlies nahm ihre Nichte in den Arm. „Momo, wir wol-
len nur, dass es dir gut geht. Und wir trinken auf uns und
die Liebe und auf das verrückte Leben."*

*Verrückt war das Leben, das stimmte. Das Verrückteste
war, dass sie morgen mit Tante und Onkel zum Love-and-*

Peace-Festival gehen durfte. Franz hatte ihr versprochen, dass sie wenigstens mal vorbeischauen wollten. Jimi Hendrix und andere berühmte Musiker sollten beim Leuchtturm Flügge ein Konzert geben.

„Wir fahren aber noch zu dem Festival? Das habe ich mir nämlich jetzt verdient", sagte Marlene und legte ihre Klassenarbeit zwischen Onkel und Tante auf den Tisch.

„Versprochen ist versprochen", sagte der Onkel lachend.

Am nächsten Tag war das Wetter miserabel. Sie hatten geplant, sich am ersten Tag am Rande des Festivals aufzuhalten, dem Treiben ein bisschen zuzugucken und vor allem zuzuhören. Es waren Tausende von Menschen auf die Insel gereist, die trotz des Regens und Sturms vor der Bühne ausharrten. Aber wie es aussah, würde das Wetter den Veranstaltern einen Strich durch die Rechnung machen.

Marlene hatte von der sogenannten Hippie-Bewegung – oder irgendwelchen anderen kulturellen Veränderungen – bisher nicht viel mitbekommen. Wie auch? Sie war neugierig, aber auch unsicher, ob sie diesem Zeitgeist etwas würde abgewinnen können. Die Musik, die sie von der Ferne hören konnte, riss Marlene jedoch sofort mit. Doch leider schien Petrus erzürnt zu sein, denn es hörte nicht auf zu regnen. Es gab Tumulte und Schlägereien unter den unzufriedenen Zuschauern und einige Musiker sagten ihre Teilnahme ab.

Am letzten Tag der Veranstaltung war das Wetter bes-

ser. Das Festival schien gerettet, zumal dann auch der von allen sehnsüchtig erwartete Star, Jimi Hendrix, auftrat. Hannes Fleet war als Ordner angestellt worden und nahm seine Söhne und Marlene mit an Rand des Geschehens. Die Musik war schon von Weitem zu hören. Die klagenden Klänge von Jimi Hendrix' E-Gitarre trug der Wind über die ganze Insel. Jan und Fin tanzten und sangen begeistert mit, bis der Vater zur Rückfahrt drängte, weil die Massen bereits im Aufbruch waren.

Nach dem Spektakel dieser legendären Musikgeschichte hatten die Inselbewohner über Wochen ein Gesprächsthema. Allerdings stand ihnen für die nächste und auch die weitere Zukunft nicht der Sinn nach einer Wiederholung.

Die Zeitungsberichte über das Festival, die Marlene allesamt ausschnitt und in einem Ordner verwahrte, sprachen von einem enormen Verlust. Als wenige Tage nach seinem Auftritt auf Fehmarn Jimi Hendrix verstarb, blieb er nicht nur für die Insel, sondern auch für Marlene unvergesslich.

„Und du sagst, dass du nichts erlebt hast auf der Insel", sagte Johannes. „Jimi Hendrix live ... Ich bin richtig neidisch."

Marlene schaute Johannes schelmisch an. „Es stimmt aber nicht, was du geschrieben hast: dass das Festival für mich unvergesslich geblieben ist. Ich hatte es fast vergessen. Rückblickend gehört diese verrückte Zeit irgendwie nicht zu meinem Leben. Ich hatte nie das Bedürfnis, mich irgendwelchen Gruppen anzuschließen oder Ideologien zu folgen – außer meinen eigenen. Mir war die Musik in Discos zu laut, und überhaupt war ich immer anders, ohne gegen die sinnvollen Veränderungen zu sein."

Sie unterhielten sich lange über die ganzen Bewegungen und politischen Ströme, die es in den Jahren nach dem Krieg gegeben hatte.

„Da ging es mir wie dir, Marlene. Doch die damaligen Entwicklungen waren wichtig, auch wenn sie damals verrückt schienen. Schon als du klein warst, Ende der fünfziger Jahre, ist ein Umbruch in der Gesellschaft entstanden. Abgesehen davon, dass die Menschen durch den Krieg Nachholbedarf hatten und sich nach dem Wiederaufbau etwas Vergnügen gönnen wollten, begannen sich die Strukturen zu ändern." Johannes dachte an seine Familie, die dieser Zeit immer schon ein wenig voraus gewesen war. Seine Mutter war gar nicht in den alten Zwängen gefangen gewesen, von denen sich damals viele Frauen erst mühsam befreien mussten. „Wenn ich mir überlege, welch rasante Entwicklung in den letzten fünfzig Jahren stattgefunden hat, denke ich nicht nur an die Technisierung. Es waren auch die althergebrachten Familientraditionen, die aus den Angeln gehoben wurden, durch den Kampf um die Gleichberechtigung der Frauen."

Alles folgerichtig, dachte Marlene etwas wehmütig. „Aber du vergisst leider die schlimmste Droge dieser Erde, die wie Satan gegen positive Entwicklungen ankämpft oder sie vernichtet."

„Nämlich?"

„Krankhafte Macht, lieber Johannes. Sei es in einer Beziehung, in der Familie, in einer politischen Gruppe, in einem Land. Und demzufolge Geldgier oder Krieg." Marlene wirkte in diesem Moment aufgebracht, fast wütend.

„Trotzdem sollten wir die Macht der Liebe nicht vergessen", fügte Johannes hinzu.

„Das versuche ich gerade wieder zu lernen. Nein, das stimmt nicht. Es ist die Liebe gewesen, die mich nicht ganz hat verzweifeln lassen. Ich glaube, dass die Liebe das einzig wahre Perpetuum mobile ist, etwas, das immer weiterläuft und nie seine Energie verliert", sagte sie lächelnd.

Was für ein Satz! Johannes sah Marlene an und wusste in dem Moment, dass er ihr Lächeln ganz besonders liebte.

Dreizehn

Es fiel Johannes zunehmend schwerer, die richtigen Worte für seine Geschichte zu finden, seitdem er Marlenes verwirrenden Text gelesen hatte. Die Zeitabschnitte vermischten sich, Anfang, Mitte und Ende ließen sich kaum noch trennen. Die Leichtigkeit, mit der er die Arbeit an dem Text begonnen hatte, war verschwunden. Er wollte sich lieber auf die Gegenwart konzentrieren, die ihm gerade wichtiger und schöner erschien. Auf der anderen Seite – das war ihm klar – war es gerade Marlenes Geschichte, die sie einander näherbrachte.

Er las den von Marlene verfassten inhaltsschweren Text zum dritten Mal durch. Er war so intensiv wie ein trauriges Gedicht.

Der unerwartete Schub, den die Geschichte dadurch erfuhr, brachte ihn ebenso durcheinander wie seine Gefühle für Marlene, die er inzwischen als aus seinem Herzen kommend lokalisieren konnte.

Er tippte Marlenes Text in seinen Computer ein, um wieder Ordnung in die Geschichte zu bringen. Das half ihm auch, ihn gedanklich abzulegen, bis er an den Punkt ihrer Erzählungen kommen würde, an der er den Abschnitt chronologisch richtig in seine Aufzeichnungen einfügen konnte. Er empfand ihn als eine Art Traum oder Nachtgedanken, da er nicht wusste, welche Art von Enttäuschung Marlene erlebt hatte. Ein Gedanke ließ ihn nicht los: die Kinder. Kinder? Sie hatte in ihren Aufzeichnungen „den Kindern und mir" geschrieben:

„Wie tanzende Blätter, die der Herbstwind durch die
Luft wirbelte, waren die Schwankungen meiner Gefühle.
Ich fing einige der Gedanken auf, wahllos, um sie wie
Wolken am Himmel zu platzieren. Ich konzentrierte mich,
versuchte die Wolken in Ruhe zu betrachten, um zu sehen,
wohin sie ziehen würden. Es sollte heiter sein, doch die
Wolken wurden dunkler, ballten sich zusammen, wurden zu
Regenwolken. Es waren die Tränen, die ich nicht geweint
hatte. Die Tropfen fielen auf einen Boden, der lange Zeit
kein Wasser gesehen hatte und auf neues Leben wartete.

Ich fühlte mich, als wäre ich über hundert Jahre alt, als
hätte ich schon eine Unendlichkeit lang gelebt. Dabei war
ich nicht mal halb so alt wie hundert Jahre – und von dieser
Lebenszeit fehlten mir einige Jahre, die mir paradoxerweise
so intensiv erscheinen, als hätte ich sie doppelt gelebt. Es
war eine Lücke, die mich nicht jünger machte, sondern
älter, ängstlicher und verletzlicher. Es waren Jahre, die sich
doppelt, fast dreifach so schwer anfühlten, obwohl sie mir
fehlten. Das ist keine Mathematik – das ist Diebstahl, die
Folge eines jahrelangen Verrats. Ich hatte geglaubt, ich
würde die Zeit zurückbekommen, wenn ich in der verlore-
nen Zeit verweilte. Nein, sie war nicht mehr greifbar und
doch nicht sinnlos.

Ich fühlte mich, als hätte ich im großen Bauch eines
Walfisches gelebt, der mich verschluckt hatte. Dort hatte
ich mir ein gemütliches Zimmer eingerichtet, mit einem

Sessel, einer Lampe und vielen Büchern. Ich war mit dem Wal durch alle Ozeane gereist, hatte bei starkem Wellengang nicht gut geschlafen und mir war oft schlecht geworden. Dann waren wir lange im Stillen Ozean unterwegs und ich beruhigte mich wieder. Irgendwann strandete der Wal auf dem weichen Sand des Ufers und sein schwerer Körper schaffte es nicht mehr zurück ins tiefere Gewässer. Er spürte es nicht, da es sich durch das Schaukeln im eigenen Tran so anfühlte, als würde er noch im Meer schwimmen.

Ich begann in seinem Bauch zu ersticken, flüchtete aus dem gemütlichen Zimmer und rang nach Luft. Ich konnte mich wieder spüren, auch wenn ich die falsche Geborgenheit vermisste, die er mir geboten hatte.

Ich empfand, obwohl ich ihm vieles verzeihen konnte, die Schwere seines Handelns den Kindern und mir gegenüber als unentschuldbar. Es war nicht mehr tragbar für mein weiteres Leben. Es wog schwerer als zuvor, weil sich nicht viel verändert hatte, auch wenn einige der bösen Geister nicht mehr da waren. Nur ich hatte es gewollt und geglaubt. Er hatte es nie bereut, hatte kein Einfühlungsvermögen, zeigte keine Einsicht, wollte es nur bequem haben.

Ich konnte es mir im ersten Moment nicht verzeihen, dass ich festhalten wollte. Die Angst hatte mich handlungsunfähig gemacht und sie schaffte es immer wieder, mich zu halten. Es waren die Muster meines früheren Lebens, die sich unbewusst bei mir eingeprägt hatten.

Nun eilte die Angst voraus und half mir. Ich würde mich nie wieder einlassen, auf die unberechenbare, passivaggressive Art, die auch wie ein verführerischer Sog sein kann. Auf die Phasen des scheinbaren Friedens und der Schmeicheleien folgten immer wieder Demütigungen, die ich jetzt, da ich sie sehen konnte, nicht mehr zulassen würde.

Mein Lebensplan hatte lange anders ausgesehen, ich hatte mit ihm alt werden wollen. Ich dachte an die schönen Zeiten, die wir gehabt hatten und die wir in Zukunft nicht mehr haben würden. Der Ozean war still. Musste ich diesen Weg gehen, um die Wucht der Demütigungen erst jetzt bewusst zu spüren?

In einem Buch hatte ich mal gelesen, dass Frauen wie Rettungsboote seien. Sie nähmen alles und jeden Bedürftigen an Bord, bis ihnen der Untergang drohe. Und statt sich selbst zu retten, schmissen sie ihr Selbstvertrauen und ihr Selbstwertgefühl über Bord.

Anhang: Gregory David Roberts / aus dem Roman „Shantaram'"

„Vertrauen! Ich vertraue dir", hatte Marlene gesagt.

Jetzt verstand Johannes, was sie damit gemeint hatte, und er wusste gleichzeitig, dass er sie niemals enttäuschen durfte. Er vermutete, dass sie den Verdruss über ihren Vater in ihren Gedanken eingeschlossen hatte und eine ähnliche Erfahrung durchlebt haben musste wie ihre Mutter. Aber sie hatte zu sich zurückgefunden. Nach schmerzlichen Jahren war sie wieder zu der Marlene geworden, die er kannte.

Er dachte an Lilli. Niemals wäre er auf die Idee gekommen, seine Frau zu verraten oder bewusst zu verletzen. Johannes kam sich in seiner Welt manchmal wie ein unverbesserlicher Träumer vor, obwohl er – nicht nur durch seine Praxis – mit den Schattenseiten der menschlichen Seele vertraut war. Die schmerzlichen Schicksale seiner Mitmenschen gingen ihm sehr nahe und lösten in ihm stets Empathie und eine tiefe Traurigkeit aus – aber auch Dankbarkeit. Diese Dankbarkeit und Lillis warmherziges Verständnis waren für ihn wie eine unerschöpfliche Quelle der Kraft gewesen und hatten ihm geholfen, sich selbst nicht zu verlieren. Doch in Traurigkeit oder Verzweiflung zu verweilen, war nicht möglich gewesen, er hatte schlicht keine Zeit dafür – durch seinen Beruf und das ganze Familienleben mit seinen Kindern, das Lilli um ihn herum errichtet hatte.

Kinder! Wieder kam ihm Marlenes Text in den Sinn. Wie alt sie wohl waren? Es gab so viele unbeantwortete Fragen.

Noch etwas verwirrt wandte er sich wieder seinen Notizen zu. Bis zum nächsten gemeinsamen Abend hatte er noch einiges zu schreiben.

Nach dem Festivalspektakel empfand Marlene die übliche Inselruhe als wohltuend. Als sie am darauffolgenden Tag von der Schule nach Hause kam, setzte sie sich im Restaurant zu Tante und Onkel an den Tisch. Das Lokal war heute geschlossen. Während der Nachsaison erlaubten sie sich zum Wochenbeginn drei Ruhetage, da die heimi-

schen Stammgäste eher am Wochenende zum Essen kamen.

„Möchtest du ein Glas Wein mit uns trinken? Ich glaube, du bist schon erwachsen genug, um einen Schluck zu probieren." Ohne auf eine Antwort zu warten, stellte ihr Onkel Franz ein halb gefülltes Glas hin.

Marlene nahm einen Schluck, aber sie hatte das Gefühl, dass ihr schon diese kleine Kostprobe zu Kopfe stieg. „Nein, das lasse ich lieber. Obwohl der Wein besser und süßer schmeckt, als ich dachte", sagte sie und schob dem Onkel ihr Glas hin. „Erzählt mir lieber etwas über die Liebe und die verrückte Welt, falls ihr schon wieder darauf trinken solltet."

Onkel Franz hatte sein übermütiges Funkeln in den Augen. „Deine Tante meint, du solltest die Zwill..."

Marlies trat ihm unter dem Tisch auf den Fuß.

„Aua. Ich meine, du könntest diese Woche mit uns nach Lübeck fahren. Wir zeigen dir die Stadt und wenn du meine Familie kennenlernst, weißt du, wie verrückt die Welt ist. Und die Liebe, mein Kind ..."

„Dein Onkel hat einen im Tee und übertreibt, aber es wird wirklich Zeit, dass du mal wieder aufs Festland kommst", unterbrach ihn die Tante. „Weißt du, Marlene, die Liebe hast du schon in dir und wenn dir ein Mensch ganz, ganz wichtig ist, wenn du ihn an deiner Seite haben möchtest, weil er dich so achtet und schätzt wie du ihn, wenn ihr euch auf etwas Gemeinsames einlassen könnt, dann wirst du es ganz deutlich spüren. Besser kann ich es dir nicht erklären."

Marlene schaute wieder zwischen den beiden hin und her. „Ich glaube, ich weiß, was du meinst, wenn ich mir euch so anschaue. Ich denke aber, dass ihr eine der wenigen Ausnahmen seid, und wenn ich an meinen Vater denke, möchte ich gar niemanden heiraten."

„Neugierig wäre ich an deiner Stelle doch. Wenn du alles umschiffst in deinem Leben, um Kummer oder Enttäuschung zu vermeiden, kommst du zu keinem schönen Hafen und bleibst ein unerfahrener Kapitän", warf Onkel Franz ein.

Marlies lachte ihren Mann an. „Das hast du jetzt sehr seemännisch erklärt, aber ich stimme dir zu."

„Ach Tantchen, mein Hafen ist erst mal bei euch."

Vierzehn

„Du hast ja diesmal eine richtig schöne Geschichte geschrieben", lobte Marlene und lachte. „Deine Fantasie ist
unglaublich. Oder schreibst du jetzt mein Leben um, weil
es dir nicht gefällt?" Sie wirkte keineswegs verärgert. „Johannes, du willst dir und mir in deiner Geschichte etwas
anderes erzählen. Es scheint mir, als könntest du die Wahrheit nicht ertragen. Mein Schicksal will nicht in deine Welt
passen. Stimmt das? Hast du Angst, dass du mich mit anderen Augen betrachten müsstest, weil ich meine Würde verloren habe?"

Johannes sah nachdenklich aus dem Fenster. Der Himmel war wolkenverhangen und über dem See lagen Nebel-
schwaden. Die ersten Anzeichen des Herbstes kündigten
sich an. Der Spätsommer hatte sich lange von seiner besten
Seite gezeigt, sodass er mit Marlene an vielen Abenden den
Sonnenuntergang am Ufer des Sees hatte genießen können.

„Dir zuzuhören ist nicht das Problem, Marlene. Dein re-
ales Leben kannst du mir anvertrauen und ich verspreche
dir, dass sich mein Blick auf dich dadurch nicht verändern
wird. Aber ich gestehe, dass es mir schwerfällt, diesen sehr
persönlichen Bereich deines Lebens aufzuschreiben. Seit
ich deinen wunderschönen Text gelesen habe, wünscht sich
der Träumer in mir, dein Schicksal in eine andere, hoff-
nungsvollere Richtung zu lenken. Und sei es nur in meiner
Geschichte."

Marlene lächelte Johannes an. „Du bist wirklich zu gut

für diese Welt. Du kannst schreiben, was du willst, deine Version gefällt mir und schließlich ist es deine Geschichte. Möchtest du, dass ich meine trotzdem weitererzähle?"

Johannes ging noch die Frage nach ihren Kindern durch den Kopf. „Du hast von Kindern geschrieben. Wo sind deine Kinder?"

„Ah, der Rätselfuchs in dir ist wieder erwacht, Herr Doktor. Ich mache dir einen Vorschlag. Du lädst deine Kinder ein und ich meine. Das wird eine bunte Überraschung werden. Ein bisschen vorbereitet sollten sie allerdings sein, bevor wir sie aufeinander loslassen."

Das war wieder typisch Marlene, dachte Johannes. Er wusste noch von nichts und sie machte schon Pläne für ein Treffen der nächsten Generation. Er gab ihr einen Kuss auf die Stirn und umarmte sie.

„Nein, als ich deinen Text gelesen habe, habe ich mich gefragt, ob es deinen Kindern gutgeht, einfach, weil es für mich elementar und lebenswichtig ist, dass meiner Familie kein Unheil geschieht. Aber die Idee mit dem Treffen ist gut – ich möchte nur noch einen Schritt weiter gehen."

Er zögerte bei dem Gedanken an ein gemeinsames Leben. Nein, das konnte er doch jetzt nicht einfach fragen. Da gäbe es so viel zu bedenken, vorab zu klären. Doch, bei Licht betrachtet, wäre es nur ein winziger Unterschied zu der jetzigen Situation, da sie beide immer häufiger die Nähe zueinander suchten.

Wie zu erwarten, kam Marlene ihm zuvor. „Möchtest du, dass ich bei dir wohne?"

„Bin ich so leicht zu durchschauen?"

Anstatt darauf zu antworten, schmiedete sie aufgeregt Pläne. Wie das Kind von damals. „Vinzenz wird nächste Woche in der Fischerei anfangen und Ferdinand möchte ihn unterstützen. Das heißt, ich werde nicht mehr dringend gebraucht. Es ist fast wie eine Fügung. Wir könnten es probieren ... wenn du es mit mir aushalten kannst."

„Marlene, Marlene", versuchte er sie zu bremsen und nahm sie wieder in den Arm. „Ich bin noch nicht ganz so weit, wie du vielleicht denkst. Hör mir zu. Nein, schau nicht so enttäuscht und verstehe mich jetzt bitte nicht falsch. Ich wünsche mir nichts mehr, als dass wir zusammenleben. Ich möchte neben dir aufwachen, den Tag mit dir verbringen, deine Nähe spüren und die Zuneigung und das Vertrauen zwischen uns wachsen und gedeihen sehen. Aber alles andere, das geht mir zu schnell." Johannes verfluchte seine verbale Ungeschicklichkeit, weil er das Gefühl hatte, Marlene zu enttäuschen.

Doch Marlene schaute ihn mit ernsthafter Rührung an. „Ich könnte ein paar Tränen vergießen, weil deine Worte genau meinen Gedanken entsprechen. Wenn wir jetzt gleich miteinander Sex hätten, wäre auch für mich der Schritt heute noch zu groß. Das würde meine Seele noch nicht verkraften. Aber ich hätte nie gedacht, dass es einen Mann gibt, der das verstehen kann, mehr noch, der genau so fühlt. Halt mich einfach fest, Johannes, und lass uns den Augenblick genießen."

Eine wohltuende Wärme durchströmte ihn und löste eine Welle ungewohnten Übermuts bei ihm aus. „Nach diesem gemeinsamen und wegweisenden Entschluss wäre ein Glas Champagner angemessen. Es gibt tausend Dinge zu besprechen, die wir dann, wenn wir zusammenwohnen, bis zum Einschlafen weiter besprechen können, oder auch nicht. Wir können tausend Dinge gemeinsam planen und unternehmen, oder auch nicht, wenn uns spontan etwas anderes einfallen sollte. Marlene, ich stelle mir das wunderbar vor."

„Einen wichtigen Punkt sollten wir allerdings noch besprechen." Marlene sprach leise und mit einer Verlegenheit, die Johannes fremd war. „Meinst du, dass Lilli einverstanden wäre, wenn ich ..."

Johannes unterbrach sie. „Das ist wirklich sehr einfühlsam von dir. Aber ich kann dir versichern, dass Lilli mit uns mehr als einverstanden wäre. Du kannst dir nicht vorstellen, wie oft sie mir gesagt hat ..." Johannes stockte und seine Stimme wurde brüchig. „... nein, mich ermahnt hat, nicht in meiner Einsamkeit zu versinken und mein Leben an mir vorbeiziehen zu lassen. Sie hat es mich versprechen lassen. Ich habe mich bisher nicht an mein Versprechen gehalten, das ich ihr am Sterbebett gegeben habe. Sogar meine Kinder habe ich zur Verzweiflung gebracht. Marlene, glaube mir, ich habe in den letzten Jahren gar nicht mehr gelebt. Nur in der Morgendämmerung ...", er zögerte kurz und überlegte, ob er ihr das anvertrauen wollte, „weil ... weil ich dich beobachten konnte, wie du mit dem Boot auf den See hinausgefahren bist. Ich habe mir in meiner

Verzweiflung eingebildet, dass du mir mein Leben zurückbringen würdest. Ja, und irgendwie ist das nun geschehen. Verstehst du, wie ich das meine? Ich möchte neu beginnen. Mit dir!"

Sie schauten beide auf das gerahmte Foto von Lilli, das seinen Platz neben dem Fenster zum See hatte.

„Ich möchte nicht wie ein Eindringling ihren Platz einnehmen. Lilli ist ein Teil deines Lebens, den ich zu schätzen weiß und achten werde. Ich kann mich sogar an ihre Stimme erinnern. Die war irgendwie … warm."

Weil Johannes die Rührung übermannte und er nicht wollte, dass Marlene die Tränen in seinen Augen sah und sie womöglich missverstand, ging er in die Küche, um den Champagner zu öffnen und die Gläser zu holen. „Magst du Musik von Stan Getz?", fragte er und als sie bejahte, schaltete er auf dem Rückweg im Vorbeigehen den CD-Player an.

„Jetzt trinken wir auf deine und meine Vergangenheit und unsere Zukunft. Außerdem werde ich weiterschreiben und du kannst mir jeden Tag über die Schulter schauen und mich bremsen, wenn ich wieder abschweife. Ich glaube, es wird leichter für mich sein, wenn ich dich in meiner Nähe weiß und die schöne Gegenwart vor Augen habe."

„Du willst wirklich weitermachen?"

„Ja, wenn ich bei deinem Temperament noch die Zeit dazu finde. Darf ich bitten?" Er nahm ihre Hand und sie tanzten ein paar Schritte zur Musik.

Marlene lachte. Sie war sichtlich überrascht von seiner spontanen Aufforderung. „Das fängt ja gut an, Herr Doktor."

„Du wirst staunen. Bis du so weit bist, bei mir zu wohnen, werde ich einige Veränderungen im Haus vornehmen."

Fünfzehn

Eigentlich hatte Johannes bereits vor Jahren geplant, das Haus umzubauen, doch Lillis Krankheit beendete die Modernisierung bereits in der Planungsphase. Die Bäder waren altertümlich und die Möbel und Bodenbeläge hatten ausgedient. Eigentlich war es höchste Zeit für eine Renovierung. Aber nach Lillis Tod war es Johannes unpassend vorgekommen, die Kulisse ihres gemeinsamen Lebens zu verändern.

Doch jetzt hatte er alles in die Wege geleitet und zusammen mit Marlene einen Großteil der Badeinrichtung und neue Möbel für den Wohnbereich ausgesucht. Und Farbe gekauft – Marlene mochte es bunt. Nur selten kämpfte er mit seinem Gewissen, weil er so viel Euphorie und Freude an der neuen Gestaltung empfand. Doch dann erinnerte er sich wieder an sein Versprechen an Lilli und war beruhigt.

Marlene hatte darauf bestanden, seinen alten Schreibtisch und andere wertvolle Erinnerungsstücke zu behalten, weil, wie sie sagte, sie so viele Geschichten erlebt hatten. „Hier an deinem gewohnten Platz kannst du Ruhe und Geborgenheit finden."

Johannes war geradezu glücklich, wenn er von seinem Schreibtisch aus auf den Chiemsee schaute und seine Gedanken in Richtung Fehmarn schickte.

Marlies und Franz waren nach dem Gespräch mit Marlene noch lange zusammengesessen.

„Ich wünsche mir nur, dass sie glücklich ist hier bei uns. Ich möchte meiner Schwester nicht erzählen müssen, dass wir mit der Situation nicht fertig werden."

Franz schüttelte den Kopf. „Warum sollten wir das nicht schaffen? Marlene ist zwar noch ein halbes Kind, aber für ihr Alter mehr als vernünftig. Du müsstest mal sehen, wie hart und geschickt sie arbeitet, wenn wir morgens auf dem Kutter sind. Da steckt sie die jungen Fischer allemal in die Tasche."

„Ich meinte jetzt gar nicht ihre Arbeitskraft, ich habe nur ein ungutes Gefühl bei diesen Zwillingen. Und wenn Fin ihr doch den Kopf verdreht hat? Ich will ihr natürlich nicht den Spaß verderben. Die beiden sehen mit ihrem blonden Schopf und den unschuldigen blauen Augen ganz harmlos aus. Aber ich weiß nicht recht: Fin hat Marlene geküsst."

Franz lachte laut. „Du bist ja besorgter als eine Äbtissin um ihre Novizinnen. Solange Marlene uns das alles erzählt, kannst du ruhig schlafen. Aber du wirst auch nicht verhindern können, dass sie ihre Erfahrungen macht, gute und schlechte. Wir fahren morgen nach Lübeck. Das wird uns alle auf andere Gedanken bringen."

Am nächsten Tag holten sie Marlene von der Schule ab. Tante Marlies hielt sich mit Fragen zurück, so wie es Franz ihr eingeschärft hatte.

Marlene war freudig aufgeregt. „Mit dem Auto bin ich noch nie so weit gefahren. Und abgesehen von meiner Reise von Obing nach Fehmarn habe ich überhaupt noch nichts von der Welt gesehen."

Der Onkel suchte ihr Gesicht im Rückspiegel. „Dann solltest du einen Kapitän heiraten, der dir alle Ozeane zeigt."

Marlies warf ihm einen entsetzten Blick zu. „Die Welt kann sie sich auch ohne Kapitän anschauen. Deine Schwester sitzt nun allein in Lübeck, weil ihr Kapitän irgendwann nicht wiedergekommen ist."

Marlene kicherte. „Ach Tantchen, das hatten wir gestern schon. Ich werde sowieso nicht heiraten. Obwohl, Kapitän hört sich nicht schlecht an."

„Na, wie findest du das? So langsam komme ich wieder zu dem, was du mir erzählt hast", sagte Johannes, als er bemerkte, dass Marlene interessiert auf seine letzten Zeilen schaute.

„Ja, das ist der Anfang der Entwicklung, die meine Tante befürchtet hatte. Hier könntest du fast einen kleinen Sprung machen. Wie schon erwähnt, ist bis zum Abitur nicht mehr viel passiert. Außer, dass Fin mein engster Freund wurde. Aber die Ausflüge nach Lübeck waren immer Höhepunkte, weil die Verwandtschaft von Onkel Franz genauso lustig war wie er."

Wie schon oft war Johannes irritiert von Marlenes

sprunghaften Themenwechseln. Warum redete sie jetzt von Lübeck?

„Fin wurde dein Freund? Dein erster ernsthafter Freund sozusagen? Das ist neu. Bisher hast du nur von alltäglicher Normalität gesprochen: Arbeit, Schule, Tante, Onkel, Angeln und den Zwillingen, die anscheinend doch nicht ganz so unzertrennlich waren."

„Ja, so war es ja auch. Ich habe gute Noten geschrieben, was mich bei meinen Mitschülern nicht unbedingt beliebter gemacht hat. In der Klassengemeinschaft bin ich nie richtig angekommen. Die Mädchen haben mich gemieden. Ich habe aber selbst gespürt, dass ich zu ihnen nicht passte, was vielleicht daran lag, dass ich nur mit Brüdern aufgewachsen bin. Mit Fin und Jan war es unkompliziert. Na ja, bis sich Fin von seinem Bruder zeitweise abgesetzt hat, um mit mir allein zu sein. Allerdings war es für Jan nur ungewohnt. Er war nicht enttäuscht und die meiste Zeit waren wir sowieso zu dritt unterwegs."

„Warte einen Augenblick – und nicht vom Thema weglaufen", mahnte Johannes. „Ich hole uns das Abendbrot. Es steht schon alles auf dem Tablett in der Küche. Bin sofort zurück."

Marlene deckte in der Zwischenzeit den Tisch.

Beim Essen kam er auf das Thema Fin und Jan zurück. „Hast du die Eltern von den Zwillingen gekannt? Du bist ja sicher öfter dort gewesen."

„Bei der Familie war ich oft und gern. Nicht nur wegen unseren Hausaufgaben, die wir zusammen gemacht haben.

Die Mutter hat mich als eine Art Haustochter angesehen, sozusagen als ihre Verstärkung im Männerhaushalt, in dem der Vater dominierte."

„War er wirklich so, wie ich ihn beschrieben habe?"

Marlene lachte bitter auf. „Schlimmer. Du hast aus meinen Andeutungen die richtigen Rückschlüsse gezogen und meine Tante hatte nicht Unrecht mit ihren Bedenken. Er hätte wahrscheinlich nicht einmal vor mir Halt gemacht, wenn ich heute darüber nachdenke. Aber damals war ich zu jung und unbedarft, um das zu erkennen. Durch seine Freundlichkeit war ich geblendet und wollte das Gute in ihm sehen. Hannes Fleet war nicht besonders gutaussehend, doch mit seinem Charme hat er Wirkung erzielt. Ja, es war irgendwie verrückt. Ein Wolf im Schafspelz, so hat die Tante ihn genannt. Durch seinen Posten in der Gemeinde, konnte er auf der Insel überall präsent sein und jagen. Ein bestimmter Frauentyp flog grundsätzlich auf ihn."

Johannes dachte nach. „Ich denke gerade an Menschen, die scheinheilige Speichellecker sein können, obwohl sie hinterlistig und teuflisch sind."

„Nein, ein Speichellecker war er gar nicht. Seine Freundlichkeit war irgendwie echt, nur … wie soll ich es sagen … er war ein Süchtiger, der überall geliebt werden wollte und ein Übermaß an Anerkennung brauchte. Dafür hat er alles gegeben und riskiert, aber letztendlich sowohl seine Familie als auch sein Leben verloren."

„Das klingt krankhaft. Was ist passiert?"

Marlene schwieg eine Weile. Ihre Augen spiegelten

Traurigkeit. „Er ist mit dem Motorrad verunglückt. Ich denke allerdings, dass es Selbstmord war. Es gab keinen Unfallgegner und keinen ersichtlichen Grund, warum er frontal, ohne die Spuren eines Ausweichmanövers, an einen Baum geknallt sein sollte. Er war ein erschöpfter, getriebener Mensch. Du wirst es im Laufe der weiteren Geschichte verstehen, warum ich glaube, dass er sterben wollte."

Eine gewisse Dramatik bahnt sich an, dachte Johannes und wollte für diesen Abend keine weiteren Fragen stellen. Er legte seine Notizen beiseite.

Als sie sich nach dem Abendessen und dem Abräumen im Wohnzimmer auf die Couch setzten, fuhr Marlene jedoch fort.

Sechzehn

Die lustige Stimmung, die Franz angezettelt hatte, begleitete sie bis zur Rückfahrt. Die Verwandtschaft in Lübeck war herzlich und ein wenig verrückt, genau wie es der Onkel gesagt hatte.

Die alten Hanseaten lebten in einem großen Haus zusammen. In der noblen Erdgeschosswohnung residierte die verlassene Kapitänsfrau Inga mit ihren zwei Söhnen. Darüber wohnte Franz' Bruder Jasper mit seiner Frau Anja und einer kleinen Tochter. Zu den monatlichen Familientreffen saß man bei der Schwester im „Salon", wie sie ihr Wohnzimmer hochtrabend nannte. Ingas Jungen waren etwas älter als Marlene und das kleine Mädchen, Swenja, erzählte Marlene stolz, dass sie schon zehn Jahre alt sei. Marlene hatte nicht gewusst, dass Onkel Franz aus einer reichen Hanseatenfamilie stammte und sich seinen eigenen Lebenstraum auf der Insel Fehmarn erfüllt hatte. Sein Bruder Jasper leitete ein Handelskontor und seine Schwester Inga lebte finanziell gut versorgt durch ihre Anteile am Kontor und durch die Pension des verschollenen Kapitäns. Inga war sehr schön und vornehm und kam Marlene in ihrem halblangen Kleid wie eine aus der Zeit gefallene, zarte Elfe vor.

Marlene verstand die finanziellen Zusammenhänge nicht. Doch sie traute sich nicht zu fragen, selbst ihren Onkel nicht. Allerdings hatte sie verstanden, dass Franz nicht unbedingt als Fischer oder Gastwirt hätte arbeiten müssen.

Die kleine Swenja erzählte ganz naseweis und wichtig, dass der Mann von ihrer Tante als Held verschollen war und später für tot erklärt wurde. Für Marlene erschloss sich im Zusammensein mit dieser unbeschwerten Familie eine neue, ihr unbekannte Welt, die sich als wohltuend erwies.

Ingas Söhne Michael und Philipp wollten ihr unbedingt die Stadtmitte zeigen und den Hafen, wo ein Segelschiff lag, das der Familie gehörte. Marlene genoss es, mit den beiden gutaussehenden, wohlerzogenen und höflichen jungen Männern durch die Stadt zum Hafen zu flanieren.

„Du kannst bei schönem Wetter jederzeit am Wochenende kommen, damit wir mit dir rausfahren können", boten ihr die beiden an. „Aber warte nicht zu lange. Das Boot kommt bald aus dem Wasser und außerdem muss Philipp demnächst zum Militär. Du könntest mit dem Zug herkommen und wir holen dich am Bahnhof ab."

Marlene wurde verlegen. Das war nun doch zu viel des Neuen, besonders nach ihren bisherigen, bescheidenen Lebenserfahrungen. Etwas kleinlaut sagte sie, dass sie erst die Tante fragen müsse.

Der Nachmittag in Lübeck endete mit Heringssalat, Pellkartoffeln und roter Grütze. Als sie abfuhren, begleitete Marlene das warme Gefühl, zu einer Familie zu gehören.

„Marlene habe ich noch nie so ausgelassen wie heute

erlebt. Sie wirkte entspannt und gleichzeitig aufgeweckt", sagte Marlies, als sie zu Hause im Wohnzimmer waren und den Fernseher angeschaltet hatten. Es lief ein Western, doch Marlies sah nur mit einem halben Auge hin.

Franz stand auf und stellte den Ton leiser. Er wirkte ungewohnt nachdenklich. „Du glaubst gar nicht, wie froh ich bin, dass alles so unbeschwert verlaufen ist. Du weißt doch, wie einengend der Familiensinn der Hanseaten sein kann. Wir sind zwar durch unsere Eltern, Gott hab sie selig, nicht ganz so spröde erzogen worden, aber eine gewisse Hochnäsigkeit schimmert gelegentlich durch."

Marlies schnaubte. „Jetzt bist du aber ungerecht. Deine Familie war stets herzlich zu mir. Sie hätten mir genauso gut vorwerfen können, dass ich daran schuld bin, dass du das Kontor verlassen und andere Lebenspläne verfolgt hast. Da war nie ein Wort davon." Sie stand auf und holte eine Schale mit Salzgebäck. „Ich bin übrigens sehr stolz, dass du deinen eigenen Weg gegangen bist. Als angeheiratete Frau, ohne hanseatischen Hintergrund, wäre ich in Lübeck eingegangen wie eine Primel. Auch wenn deine Familie letztendlich anders ist und sich wie du über den Dünkel hinwegsetzt, gefällt mir unser Leben ein bisschen abseits auf Fehmarn besser."

„Unseren bayerischen Engel hat die hanseatische Gesinnung auch nicht verunsichert. Na ja, das war schon ein Sprung ins kalte Wasser der Vornehmheit. Unter einer verrückten Familie hat sich Marlene sicher etwas anderes vorgestellt."

106

Ähnliche Gedanken gingen Marlene durch den Kopf, als sie in ihrem Zimmer auf dem Bett lag. Sie dachte an Michael und Philipp und daran, dass sie gar nicht gerne mit ihnen segeln gehen würde. Die Nähe zum Wasser hätte ihr natürlich gefallen, aber dieses familiäre Idyll war irgendwie nicht nach ihrem Geschmack beziehungsweise wusste sie nicht, wie sie damit umgehen sollte. Auch hier lösten zu viel Güte und Herzlichkeit eine nicht zu erklärende Traurigkeit in ihr aus. Ihr war, als habe sie so viel Zuneigung nicht verdient. Der Tag in Lübeck war wunderschön gewesen – sicher – und sie freute sich auch schon auf den nächsten Besuch. Aber das Ausbleiben des väterlichen Donnerschlags, der eine so schöne Zeit treffsicher zunichtegemacht hätte, war für Marlene irritierend. Normalerweise folgte auf etwas Schönes zur Strafe der Zorn ihres Vaters.

Außerdem belastete Marlene die Tatsache, dass die Mutter auf ihren langen Brief noch nicht geantwortet hatte und das letzte Telefonat mit ihr auch schon eine Ewigkeit her war.

Und wenn sie an Fin dachte, musste sie sich eingestehen, dass ihr seine Anhänglichkeit guttat.

„So ein Mist", sagte sie zu Bruno, der am Kopfende ihres Bettes saß und sie mit gütigen Bärenaugen beobachtete. „Wo soll das hinführen, wenn man keine Ahnung von der Liebe hat?"

Als der Bär nicht antwortete, stand sie wütend auf, lief die Treppe hinunter und platzte mit ihrer Frage ins Wohn-

107

zimmer. Onkel und Tante sahen sie verwundet an.

„Wie war das bei euch mit der Liebe? Hat euch jemand gezeigt, wie das geht? Meine Brüder haben zwar manchmal dummes Zeug geredet und sich mit ihren Freundinnen in ihre Zimmer eingeschlossen, aber was sie da gemacht haben, weiß ich nicht."

Zu Marlies' Überraschung blieb Franz ernst und sagte: „Setz dich doch zu uns, Marlene. Das ist ein zu großes Thema und eine zu wichtige Frage, um sie zwischen Tür und Angel zu beantworten." Er klopfte auffordernd neben sich auf die Couch. „Deine Tante und ich", begann er, nachdem Marlene sich gesetzt hatte, „waren, als wir uns kennenlernten, nicht gerade in einer Situation, in der die Liebe vom Himmel fällt. Es ist nicht so, wie es in Liebesfilmen und Büchern erzählt wird. Darin wird romantische Liebe beschrieben, herbeigesehnt, ausgelebt und sie überlebt auch den Alltag. Ich denke, dass das Wort Liebe zu allgemein verwendet und oftmals falsch verstanden wird. Ich war sehr krank, wie du weißt, und Marlies hat mich versorgt. Da war für Romantik wenig Platz."

„Onkel Franz, ich verstehe kein Wort", unterbrach ihn Marlene.

„Das ist genau das, was ich meine. Liebe kann man nicht erklären. Du kannst dich in jemanden verlieben und trotzdem keine Liebe finden. Neben der Verliebtheit zweier Menschen sollte auch die gegenseitige Bereitschaft zu einer beständigen Bindung da sein. Wenn dieses Verlangen nur einseitig ist, geht eine Beziehung meist in die Binsen oder

108

es ist für einen Partner leidvoll. Hast du mit deiner Mutter mal darüber gesprochen?"

Marlene warf ihm einen traurigen Blick zu. „Nein. Von Liebe war bei uns nie die Rede und was ich über Jungs weiß, habe ich von Caro und aus der BRAVO."

Es war ein abendfüllendes Gespräch, bei dem Tante und Onkel Beispiele schilderten und sich auch dem Thema der körperlichen Liebe näherten. Bis Marlene gestand, dass ihr Bruder Ferdinand sie schon ein wenig aufgeklärt hatte. „Eigentlich ist Ferdinand mein liebster Bruder, obwohl wir uns dauernd gestritten haben. Und Fin ist ein bisschen wie mein Bruder. Ich glaube, ich bin auch verliebt in ihn."

Tante Marlies schloss die Augen, holte tief Luft und sagte leise: „Du kannst mit uns über alles sprechen." Etwas weinerlich fügte sie hinzu: „Wir sind froh, dass du ein so großes Vertrauen zu uns hast."

„Na, na, na", brachte sich Franz lachend ein, „ihr werdet doch jetzt nicht losheulen."

„Wenn das meine Tante lesen könnte. Sie würde tatsächlich heulen, so schön fände sie deine Geschichte. Außerdem könnte sie von meiner Zeit auf Fehmarn erzählen – besser als ich und wie ein Wasserfall."

Es war ein warmer frühherbstlicher Tag. Marlene und Johannes saßen auf der Terrasse und schauten zum Steg. Die Boote schaukelten sachte auf den Wellen, als würden sie zu einer monotonen Melodie tanzen.

„Leben Marlies und Franz noch?", fragte Johannes vorsichtig.

„Ja, sehr gut sogar. Einige Jahre nach meiner Zeit auf Fehmarn haben sie die Pension geschlossen und sind auf die Insel Madeira gereist. Das ist der Wunsch meiner Tante gewesen, weil sie wie die Kaiserin Sissi einmal auf dieser Insel sein wollte. Marlies hat Sissi-Filme geliebt. Wir haben sie immer zusammen angeschaut und Onkel Franz hat jedes Mal grinsend darauf gewartet, dass bei uns die Tränen fließen. Jedenfalls haben sie sich in die Insel verliebt. Nach dem Urlaub dort sind sie kurz zurückgekommen, haben die Pension verpachtet und den Kutter verkauft und sind nach Madeira ausgewandert."

Marlene rückte einen zweiten Stuhl heran und legte ihre Füße darauf. „Wenn ich an die Postkarten denke, die meine Mutter von Marlies bekommen und gesammelt hat, stelle ich mir das herrlich vor. Inzwischen leben sie zeitweise in Spanien, um nicht gar so abgeschieden zu sein. Den Winter verbringen sie jetzt dort und den Sommer auf Fehmarn."

Einen kurzen Moment überlegte Johannes.

„Was hältst du davon, wenn wir unsere erste gemeinsame Reise dorthin machen? Vielleicht eine Schiffsreise …?"

So ein Strahlen in Marlenes Augen hatte Johannes bisher noch nie gesehen. Sie sprang von ihrem Stuhl hoch und umarmte ihn stürmisch. „Herr Doktor, du überraschst mich jeden Tag mehr! Du bist ein wunderbarer Mensch und nun kann ich mit Gewissheit sagen: Ich bin glücklich, dass ich einen Mann wie dich an meiner Seite habe."

Johannes antwortete nicht darauf. Sie setzte sich wieder und eine Weile genossen sie schweigend dieses neue Gefühl der Zusammengehörigkeit. Dann schlug er vor: „Wenn hier der Rest eingerichtet ist, besuchen wir deine Tante und danach überqueren wir den Atlantik – oder umgekehrt."

Sie küsste ihn. „Nicht ganz so eilig. Wir haben noch eine lange Zeit vor uns."

„Aber jetzt möchte ich einen Sprung machen, damit ich für deine Tante weiterschreiben kann", scherzte Johannes. „Deine erste Liebe interessiert mich natürlich auch und ob es dabei geblieben ist."

Marlene überlegte einen Moment. „Eine bessere erste Erfahrung als mit Fin hätte ich kaum machen können. Allerdings war diese Sache noch ziemlich von kindlicher Gesinnung geprägt. Bruno ist zwar eine Erfindung von dir, aber er hätte damals noch wirklich gut zu mir gepasst. Das Küssen und Händchenhalten war schon spannend genug, und Fin erging es nicht viel anders als mir. Wir sind zusammen erwachsen geworden, haben die ganze Schulzeit miteinander verbracht und haben uns als Paar gefühlt."

„Hat das deine Ängste beruhigt?"

Marlenes Blick wurde traurig. „Es war eine unbeschwerte Zeit. Sie gehört zu meinen wichtigsten Jahren, und sie haben mir Stabilität gebracht. Das war mir damals überhaupt nicht bewusst. Denn in dem Alter denkt man nicht darüber nach, dass eine verletzte Seele Gesundung durch positive Erfahrungen und Verlässlichkeit braucht. Aber es war so. Ich konnte später darauf zurückblicken, mit

111

dem Gefühl, dass es immer wieder Momente in meinem Leben gegeben hat, die mir die Kraft gaben, Belastungen und Verzweiflung zu überwinden."

Die letzten Sonnenstrahlen überfluteten den See. Der Wind hatte nachgelassen und damit auch den Tanz der Segelboote beendet.

„Und diese Kraft hast du dir bis heute bewahrt?"

„Nein, die Basis musste ich immer wieder finden, und je älter ich wurde, umso schwieriger und langwieriger ist es für mich geworden."

Johannes strich sich nachdenklich über sein Kinn. Marlenes Andeutungen ließen ihn bereits ahnen, dass er nach diesem Abend ein trauriges Kapitel zu schreiben haben würde.

„Im letzten Schuljahr wurde die Frage nach meiner zukünftigen beruflichen Ausrichtung immer drängender. Ich wollte auf jeden Fall mit Fin zusammenbleiben, aber Jan und Fin wollten einen gemeinsamen Weg. Mir ist zu dem Zeitpunkt erst klargeworden, wie unzertrennlich Zwillinge sein können. Wir waren also gewissermaßen ein Trio, da Jan keine Freundin hatte. Mit der Frage, ob wir studieren oder eine Lehre auf der Insel machen sollten, waren wir eigentlich permanent beschäftigt."

„Gab es denn auf Fehmarn eine interessante Perspektive für Leute mit Abitur?", wollte Johannes wissen.

„Damals wäre es seltsam gewesen, wenn eine Abiturientin einen Lehrberuf ergriffen hätte. Den Frauen blieb fast nur Heiraten und Hausfrau werden, irgendwo als Aushilfe in der Tourismusindustrie zu arbeiten oder Fischerin zu werden. Für mich keine Aussichten, die mir sinnvoll erschienen."

Langsam wurde es kühl auf der Terrasse und Johannes schlug vor, bei einem Essen weiterzureden. Auf der gegenüberliegenden Straßenseite hatte kürzlich ein italienisches Restaurant eröffnet und bot Trüffelgerichte an. Johannes wusste, dass Marlene dieses Aroma liebte.

„Gute Idee! Jetzt, wo du es sagst, merke ich, dass ich kurz vor dem Verhungern bin."

„Und praktisch ist, dass wir kein Taxi nehmen müssen, falls uns der Wein zu gut schmeckt."

Sein schelmisches Lächeln entging Marlene nicht. „Du möchtest mir den Wein schmackhaft machen, damit du mir später die Fortsetzung der Berufsentscheidung entlocken kannst?"

Als sie zum ersten Mal Arm in Arm über die Straße gingen, war es für Johannes wie ein vertrautes Ritual, das sich so anfühlte, als habe es schon immer zu seinem Leben gehört.

„Ich schreibe jetzt für deine Tante, wenn ich dich daran erinnern darf", flüsterte er ihr ins Ohr, als wäre es ein wichtiges Geheimnis.

„Du wirst immer raffinierter", sagte sie und sah ihn gespielt entrüstet an.

Johannes lachte. „Wo in Spanien leben Marlies und Franz?"

Marlene überlegte. „Nicht weit von Valencia entfernt, glaube ich."

„Nein! Das ist ja wunderbar. Die Gegend kenne ich gut."

Sie fanden einen gemütlichen Tisch am Fenster. Nachdem der Kellner die Bestellung aufgenommen hatte, sagte sie: „Okay, du hast gewonnen. Ich werde dir jetzt alles so schnell wie möglich erzählen, damit wir bis zu unserer Reise mit der Vergangenheit fertig sind. Und uns der sehr reizvollen Gegenwart widmen können."

Siebzehn

„Das kann doch nicht so schwierig sein, Kind", sagte Franz' Schwester Inga, als sie alle beim Besuch anlässlich Swenjas Geburtstag im „Salon" zusammensaßen. Inga hatte leicht empört ihren Hals gestreckt, um die Wichtigkeit ihrer Worte zu betonen. „Was sagen denn die Lehrer? Bei deinen guten Noten wäre es doch eine Verschwendung, wenn du nicht studieren würdest. Jetzt schau mich nicht so bescheiden an, Marlene. Raus mit der Sprache."

„Meine Klassenlehrerin ist deiner Meinung. Aber ich weiß nicht, wo ich studieren soll." Und dann fügte sie leise hinzu: „... und wer das bezahlt."

„Also ich höre nur heraus, dass du nicht von deinem Freund, wie heißt er gleich ... ach ja, Fin ... getrennt werden möchtest. Aber der läuft dir doch nicht weg. Und wenn doch, war seine Freundschaft eh nichts wert. Außerdem, hast du daran gedacht, dass er zum Militär eingezogen wird?"

Marlene war dieser strenge Ton von Inga fremd. Bisher war sie immer sanft und vornehm gewesen. Jetzt hatte sie sich in Rage geredet.

„Aber ich möchte nicht so weit weg von Tante Marlies und Onkel Franz."

Ingas Miene wurde weicher. „Also, ich habe da so eine Idee, die ich bereits mit meinem Bekannten, Professor Doktor Hüring, besprochen habe. Du könntest hier in Lübeck studieren. "

Onkel Franz war erstaunt. „Was kann man denn in Lübeck studieren? "

Inga spitzte die Lippen. „Also ihr lebt wirklich hinter dem Mond, da auf eurer Insel! Medizin natürlich, das kann man in Lübeck studieren. Inzwischen ist es eine eigene Fakultät und nicht mehr der Universität in Kiel angeschlossen. "

Marlene fiel aus allen Wolken und ihr Herz klopfte schneller. Ihr Traum, den sie vor vielen Jahren dem Doktor am Chiemsee anvertraut hatte, könnte vielleicht doch noch wahr werden.

„Also, mit deinen guten Noten bekommst du sicher einen Studienplatz. Das hat mir Hüring versichert. "

„Aber, ich ... "

„Kein Aber! Du hast mir selbst erzählt, dass du gerne Ärztin werden würdest. Du kannst bei mir wohnen und nach Fehmarn ist es auch nicht weit. "

Einen Moment schwiegen alle. Marlene fixierte die streitbare Inga, die schon wieder Luft holte. „Bist du in der Schule nicht über deine Möglichkeiten informiert worden? Das ist wirklich ein verschlafenes Volk auf dieser Insel", schimpfte sie.

Franz schaute seine Schwester missmutig an. Da war er, dieser hanseatische Hochmut, dem er mit seinem Umzug nach Fehmarn zu entkommen versucht hatte.

Inga war nicht zu bremsen. Sie schien sich wirklich Ge-

116

danken gemacht zu haben. „Soweit ich informiert bin, liebe Marlene, kommen deine Eltern gerade über die Runden mit dem Fischereibetrieb und können dich nicht finanziell unterstützen. Somit kannst du eine staatliche Förderung beantragen."

„Was?"

„Ausbildungsförderungsgesetz! Lernt ihr so etwas nicht in der Schule? Damit kommst du um die Runden, weil du sicherlich den Höchstsatz erhalten wirst. Du wohnst bei mir – in dem Zimmer am Ende vom Flur, da kommen wir uns nicht in die Quere. Und ich verlange auch nicht viel Miete."

Franz begann, über das ganze Gesicht zu strahlen. „Deern, das machst du, wenn es doch dein Wunsch ist! Und falls es an Geld fehlen sollte, können wir auch noch etwas beisteuern."

Sie redeten noch eine Weile über Anträge und Formalitäten, die möglichst schnell erledigt werden sollten. Am Ende schwirrte Marlene der Kopf. Sie war glücklich über die Entscheidung, die ihr von Franz' Schwester energisch in den Schoss gelegt worden war. Seit deren Söhne nicht mehr im Haus waren, galt Ingas überschwängliche Fürsorge immer mehr den Mädchen in der – erweiterten – Familie.

„Du musst unbedingt zu uns ziehen. Das wünsche ich mir heute zu meinem Geburtstag", sagte die kleine Swenja zum Abschied. „Dann habe ich endlich eine große Schwester und bin nicht mehr allein mit den Erwachsenen."

In der Nacht machte Marlene kein Auge zu. Sie schrieb lange Briefe an Caro und ihre Mutter. Als sie danach immer noch keinen Schlaf finden konnte, wurde ihr bewusst, dass sie Fin in ihre Entscheidung überhaupt nicht miteinbezogen hatte. Es tat ihr leid, aber sie fühlte, dass dieser Weg eine Perspektive für sie bot, bei der sie keine Rücksicht auf Fin nehmen durfte.

Am nächsten Tag hielt sich Marlene noch mit ihrer Neuigkeit zurück. Sie schwieg, obwohl eine Lehrerin die angehenden Abiturienten ermahnte, die Zeit vor der Abiturprüfung unbedingt für die Vorbereitung ihrer Bewerbungen zu nutzen. Bei den gemeinsamen Hausaufgaben erzählte sie Fin und Jan, dass sie gerne zum Medizinstudium nach Lübeck gehen würde.

„Wir haben uns auch entschieden", sagte Fin mit einem gekränkten Unterton und sah seinen Bruder beschwörend an.

Marlene bemerkte sofort, dass Jan keine Ahnung hatte, wovon Fin sprach. Verlegen spielte er an seinem Füllfederhalter herum.

„Wir werden uns freiwillig für die Bundeswehr melden! So bekommen wir gleich von Anfang an mehr Geld und später sind die Aufstiegsmöglichkeiten ..."

Jan sprang auf. „Du spinnst wohl", unterbrach er seinen Bruder. „Da kannst du alleine hingehen, ich mache da nicht mit."

118

„Jan, wir haben darüber geredet."

„Du hast mit Vater darüber geredet!"

Marlene hatte die Zwillinge noch nie so uneinig und aufgebracht erlebt. Doch Fins Gedanken waren durchaus realistisch. Die Möglichkeit, dass beide als Verweigerer des Militärdienstes durchkamen, war mehr als gering.

„Wenn wir zur Marine gehen und dort eine Offizierslaufbahn anstreben, wird das nicht das Schlechteste für uns sein. Außerdem verdienen wir als Freiwillige schon zu Beginn mehr Geld", sagte Fin. „Marlene, du kannst dich doch auch erinnern, dass wir drüber gesprochen haben."

Marlene stimmte Fin zu, schaute besorgt zu Jan und sagte dann: „Ich habe die ganze Nacht nicht geschlafen, weil ich nicht wusste, wie ich euch meine Entscheidung erklären soll. Ich bin mir wie eine Verräterin vorgekommen, obwohl es für mich das Beste ist. Wir hätten wahrscheinlich doch keine Lösung finden können, wo wir alle beieinander und zufrieden sind."

Jan wollte sich nicht beruhigen. „Ich werde einen Weg finden, um der Bundeswehr zu entkommen, das schwöre ich euch." Wutentbrannt räumte er seine Bücher zusammen. „Für heute reicht es mir. Ihr könnt ohne mich weitermachen."

„Wartet doch erst die Musterung ab. Vielleicht seid ihr ja gar nicht tauglich", riet Marlene.

Fin legte den Arm um Jan. „Bruderherz, wir freuen uns jetzt für Marlene. Auch wenn ich enttäuscht bin, weil ich sie viel seltener sehen werde, kann ich ihr diese Möglichkeit gönnen."

Jan löste sich energisch aus der Umarmung. Bevor er das Zimmer verließ, rief er genervt: „Du gehst mir auf den Wecker mit deiner Das-Leben-ist-ja-so-toll-Philosophie."

Marlene begann ihre Schulsachen in die Tasche zu packen. „Es tut mir leid, da habe ich wohl etwas angerichtet. Du kümmerst dich jetzt besser mal um deinen Bruder."

„Das hat nichts mit dir zu tun", lenkte Fin ein. „Ich weiß auch nicht, was er hat. So ist er in der letzten Zeit öfter. Mutter macht sich Sorgen um ihn. Sie glaubt, dass es mit seinem Vater zu tun hat. Jan hat irgendeinen Streit zwischen unseren Eltern mitbekommen und dass mein Vater ausziehen will. Diese leeren Drohungen kenne ich schon, aber Jan leidet ebenso darunter wie unsere Mutter."

Jan hatte auch in der Schule nachgelassen, was Marlene bereits aufgefallen war. Dieser Umstand erinnerte sie an ihre eigene Familiengeschichte und an Ferdinand, der nur mit knapper Not seinen Abschluss geschafft hatte. Zusätzlich hatte er damit gedroht, sich umzubringen, wenn ihn der Vater noch einmal schlagen würde.

„Ist dein Vater nur so nett, wenn andere dabei sind?", fragte sie deshalb. „Oder schlägt er euch?"

„Du findest meinen Vater nett? Ja, das kann er durchaus sein, in Gesellschaft, und auch zu uns, wenn alles nach seinem Kopf geht. Er würde uns niemals schlagen. Aber er hat eine andere Methode, die Menschen fertigzumachen."

„Was meinst du mit fertigmachen?"

„Wenn ihm irgendetwas nicht passt oder er sich entlarvt fühlt, ignoriert er dich einfach. Er sieht dich nicht an, spricht nicht mit dir und lässt dich am ausgestreckten Arm so lange verhungern, bis du nicht mehr kannst. Liebesentzug! Dann bettelt man um seine Liebe, weil man die einseitige Eiszeit nicht mehr ertragen kann."

Marlene sah ihn skeptisch an. Im Vergleich zu dem, was ihr Vater getan hatte, klang das doch harmlos.

„Versuche dir mal vorzustellen, dein Onkel hätte dich ungerecht behandelt. Du sagst ihm das. Er sieht es aber nicht ein, und anstatt sich zu entschuldigen, ist er beleidigt. Daraufhin spricht er so lange nicht mehr mit dir, bis Selbstzweifel an dir nagen und du beginnst, dich schuldig zu fühlen."

„Ich würde das emotionale Erpressung nennen."

„Genau das ist es auch. Und wenn du an dem Punkt bist, an dem du nicht mehr kannst und alle Schuld auf dich nimmst, kommt er dir freundlich und verzeihend entgegen."

„Aber, wie kann das noch funktionieren, jetzt, wo ihr den Mechanismus verstanden habt?

„Das ist eben der Punkt. Du kannst dir sein Verhalten nicht erklären und verstehst die Welt nicht mehr. Plötzlich ist alles wieder entspannt und danach verdrängst du das Problem, weil du eigentlich ein anderes Bild von dem Menschen hast, den du liebst. Das ist deine eigene Falle. Du willst es nicht wahrhaben."

„Ein bisschen verstehe ich das, aber nicht ganz. Bei
meiner Mutter war es vielleicht ähnlich, nur, dass mein
Vater zornig und brutal war. "

„Johannes, was hast du da geschrieben? Glaubst du
wirklich, wir hätten die Probleme unserer Eltern damals
auch nur ansatzweise durchschaut?" Irritiert blickte Marlene wieder auf den Text. „Wenn Fins Verständnis so weit
gegangen wäre, hätte ich ihm geraten, Psychiater zu werden."

„Du hast mir erzählt, was passiert ist, und ich habe versucht, mir selbst das Verhalten solcher Menschen zu erklären. Mit zwischenmenschlichen Problemen dieser Art
musste ich mich während meiner Zeit als praktizierender
Arzt öfter auseinandersetzen. Meine Texte haben mir dabei
geholfen, das weißt du inzwischen. Aber ich konnte den
Menschen kaum helfen, nur zuhören und trösten."

„Ja, aber …"

„Warte, ich möchte es dir an dieser Stelle erklären. Der
Fin, der in meiner Geschichte mit Marlene spricht, konnte
ihr das nicht erläutern, das ginge zu weit. Oder er hätte ihr
erklärt, dass er heimlich bei einem Therapeuten gewesen ist
und deshalb das Verhalten des Vaters versteht. Aber du
hast vor ein paar Tagen selbst formuliert: Es geht um
Macht. Erinnerst du dich?"

Marlene nickte und sah ihn gebannt an.

„Ich habe keinen psychotherapeutischen Hintergrund

und bin auch kein Psychiater. Allerdings habe ich mich früher damit beschäftigt und auch mit Kollegen darüber gesprochen. Bei deinem Vater oder bei Hannes Fleet habe ich folgende Vermutung: Es macht für die Kinder solcher Menschen wenig Unterschied, ob das Verhalten der Väter passiv, wie bei Fleet, oder aggressiv, wie bei deinem Vater, ist – die Wirkung ist ähnlich. Sie sind insofern in einer Falle gefangen, weil sie weiterhin an dem festhalten, was nicht mehr vorhanden ist oder nie vorhanden war. Ihre Seele verbündet sich sozusagen mit dem Widersacher, weil sie es sonst nicht aushalten kann. Und auf eine unerklärliche Art verdreht sich die Wahrnehmung auch bei dem Übeltäter. Denn dieser ist nicht in Lage, sich objektiv zu sehen und spiegelt die Schwäche, nenne es Versagen, auf sein Gegenüber. So entsteht gewissermaßen eine Verknüpfung zwischen Tätern und Opfern."

Marlenes wütender Blick zeigte ihm, dass er einen sensiblen Punkt bei ihr getroffen hatte. „Das ist mir zu einfach, Johannes. Damit soll mieses Verhalten begründet und auf gewisse Weise sogar entschuldigt werden, wie bei einem psychiatrischen Gutachten vor Gericht. Ja, da gibt es mildernde Umstände für die Gründe, warum der arme Mensch so böse geworden ist. Eine traumatische Kindheit wird da gerne genommen, oder der Täter war als Kind Bettnässer oder die Hebamme hat das Kind falschherum angefasst. Meinst du das?"

„Nein, meine Liebe, das meine ich nicht. Bei mir gibt es keinen Gedanken an mildernde Umstände oder gar eine

Rechtfertigung. Ich würde den Begriff „Ursache" verwenden. Gründe, die einer Veränderung dieser Menschen zum Positiven entgegenstehen oder eine Einsicht verhindern."

„Meinst du erbliche Veranlagungen?"

„Nein, obwohl die auch eine Rolle spielen. Bei dir und deinem Vater oder auch in meiner Erzählung bei Jan und seinem Vater herrscht ein Ungleichgewicht. Menschen, die auf Augenhöhe sind, finden selbst bei Konflikten immer wieder einen gemeinsamen Nenner. Wenn sich ein Mensch jedoch immer minderwertig vorgekommen ist, versucht er, andere auf sein Niveau herunterzuziehen, indem er sie erniedrigt oder entwertet. Hinzu kommt, dass die Gefühlsebene verarmt bis verroht ist. Die angenehmen Gepflogenheiten dieser Menschen, der Charme im Bespiel von Jans Vater, sind oft nur erlernte Handlungsweisen und täuschen etwas vor, was nicht wirklich vorhanden ist. Das ist die Falle und der Grund, warum diese Defizite schwer erkennbar sind."

„Johannes, tut mir leid, darüber muss ich erst nochmal nachdenken. Aber doch, du könntest recht haben. Das ergibt irgendwie Sinn."

„Es gelingt nur selten, mit derart unberechenbaren Menschen auf Dauer zurechtzukommen, weil diese Charaktere keiner klaren Definition folgen. Sie können ihre Mitmenschen in den Wahnsinn treiben."

„Wie meinst du das?"

„Du wirst in deiner Ohnmacht verrückt, weil du nicht weißt, wer gerade vor dir steht, mit wem du es bei dieser

Launenhaftigkeit zu tun hast. Du fragst dich: Steht nun der Wolf im Schafspelz vor dir oder das Schaf im Wolfspelz?"

„Der Satz ist gut", sagte Marlene lachend, „und leuchtet mir ein."

Nach einem kurzen Schweigen stand Johannes auf und holte eine besondere Flasche Cognac aus dem Schrank. „Das war heute verwirrend für dich, ich weiß das, Marlene. Aber ein Verstehen macht vieles leichter. Wenn ich mir etwas erkläre und einordne, dann kann ich Abstand davon nehmen und wieder zu mir finden."

„Mir kannst du gleich einen doppelten Cognac ein-schenken, damit ich wieder zu mir finde. Ich glaube, heute Nacht möchte ich gerne bei dir bleiben. Mich wühlt die Vergangenheit so auf, gerade so, als würde ich sie nochmal erleben. Ich wäre heute nicht gerne alleine."

Johannes' Bedenken hinsichtlich ihrer gemeinsamen Arbeit an Marlenes Vergangenheit, die er schon eine Weile mit sich trug, schienen sich zu bewahrheiten. Es war nicht eben nur *irgendeine* Geschichte, die er da schrieb, nein, es war *ihre* Vergangenheit, und sie erneut zu durchleben, war schmerzhaft für Marlene. Aber ihr Wunsch, bei ihm über-nachten zu wollen, erfreute und beruhigte ihn gleicherma-ßen. Wieder einmal war ihr Entschluss überraschend ge-kommen. Dennoch klang ihre Bitte am heutigen Abend wie die selbstverständlichste Sache der Welt.

„Wenn du durch deine Täler gegangen bist, wird es dir bessergehen. Ich gestehe, ich habe Zweifel gehabt, ob es gut ist, wenn wir fortfahren. Inzwischen bin ich nicht mehr neugierig, sondern möchte einfach Zuhörer sein. Aber für heute, schlage ich vor, machen wir Schluss und genießen den Abend. Ich würde gerne dafür sorgen, dass deine erste Nacht bei mir mit ausschließlich schönen Erinnerungen verknüpft ist."

Marlene nickte. Sie war mehr als einverstanden, das Thema für heute ruhen zu lassen. Plötzlich kamen ihr die Worte ihrer Mutter in den Sinn. Hermine war jedes Mal erfreut gewesen, wenn Johannes vorbeikam, um ihren Gesundheitszustand zu überprüfen. „Mein Blutdruck ist fast immer gleich und mir geht es gut", hatte sie Marlene eine abends gestanden, „aber ich sage nichts. Der Doktor ist für mich wie eine Medizin, wenn er sich zu mir setzt und mir zuhört."

Achtzehn

Seine Hand war eingeschlafen, als Johannes am nächsten Morgen aufwachte. Marlenes Kopf lag darauf, ihre Locken kitzelten ihn an der Nase.

Da sie noch fest zu schlafen schien, wagte er sich nicht zu rühren. Er genoss diesen Moment der Zweisamkeit, obwohl seine Nerven ihm befehlen wollten, seine Finger zu bewegen. Die Wärme ihres Körpers schien ihn zu durchströmen und ihr leises Atmen drang in sein Ohr. Sie mussten die ganze Nacht eng umschlungen geschlafen haben.

Die ersten flammenden Sonnenstrahlen fanden ihren Weg durch den Gardinenspalt und tauchten den Raum in ein sanftes Licht. Dem Sonnenstand nach zu urteilen war es mindestens acht Uhr. So lange hatte er seit einer Ewigkeit nicht mehr geschlafen. Der Cognac hat vielleicht auch dazu beigetragen, dachte Johannes. Doch hauptsächlich war es dieses wunderbare Gefühl, angelehnt an einen Menschen, den man liebt, zu schlafen, förmlich mit ihm zu verschmelzen. Ja, sie hatten sich geliebt gestern Nacht, ohne Worte, mit leiser Zärtlichkeit, als würden sich ihre Seelen schon lange kennen.

„Sag mal, lebe ich noch oder bin ich auf einer Traumwolke?" Ihre ersten Worte kamen flüsternd, noch rau von der Nacht.

„Warte", sagte er und platzierte zwei Fingerspitzen seiner anderen Hand an ihrem Hals. „Wenn mich meine medizinische Wahrnehmung nicht täuscht, bist du sehr lebendig.

Aber ganz sicher kann ich nicht sein, da meine Finger eingeschlafen sind."

Lachend hob sie ihren Kopf und er zog seine taube Hand darunter hervor. Dann drehte er Marlene zu sich herum und nahm sie behutsam in den Arm.

„Es ist ein Zauber, da bin ich mir ganz sicher, und ich werde den ganzen Tag im Bett bleiben, damit dieses Gefühl nicht vergeht", schnurrte sie.

„Wie wäre es dann mit einem Frühstück im Bett? Du darfst liegen bleiben und ich gehe in die Küche." Mit einem glücklichen Strahlen über das ganze Gesicht sah er Marlene an. „Die Königin der Morgendämmerung hat verschlafen und wird heute verwöhnt."

„Hhmmm, Frühstück im Bett", sagte sie mit einem genießerischen Ton. „Das gab es manchmal in meiner Kindheit, wenn ich krank war. Bin schon überredet. Nur weiß ich nicht, wie ich die nächsten Minuten ohne dich hier aushalten soll."

„Und ich weiß nicht, warum ich in deiner Gegenwart ständig auf Ideen komme, die mir in meinem Leben nie zuvor eingefallen wären."

Marlene hielt ihn fest, als er aufstehen wollte. „Die da wären …?"

„Zum Beispiel, mit dir zum Angeln zu gehen."

„Dafür wäre morgen ein guter Tag. Aber wie kommst du gerade jetzt auf die Idee?"

Er schwieg und lächelte.

„Jetzt lässt du mich zappeln. Erst Frühstück im Bett, dann Frühstück beim Angeln und dann?", fragte Marlene mit gespielter Ungeduld.

„Hast du nicht gesagt, dass ich dir einen Antrag machen darf, wenn wir uns beim gemeinsamen Angeln gut verstehen und ich geduldiger werde?"

Marlene schenkte ihm einen liebevollen Blick. „Mein lieber Herr Doktor, diese Bedingung ist seit letzter Nacht außer Kraft gesetzt. Ja, wir sprachen in dem Zusammenhang auch von Geduld, aber ich habe mir gerade überlegt, dass du mir ungeduldig einfach lieber bist."

Nach dem Frühstück waren beide nicht bereit aufzustehen. Johannes goss den frischgepressten Orangensaft in die mitgebrachten Kristallgläser, gab eines davon Marlene und prostete ihr zu. „Ich möchte dir etwas erzählen, Marlene." Er hielt ihr das Glas entgegen und lachte. „Du bist für mich ein ganz besonderes Geschenk. Bevor du mit dem Angelhaken in der Hand vor meiner Tür gestanden hast, hatte ich mich in meiner Einsamkeit eingewickelt wie in einem wohligen Kokon."

Marlene lachte bei der Vorstellung. „Du wirst es mir nicht glauben, weil du mich für einen lebensfrohen Menschen hältst, aber mir ging es genauso wie dir. Doch die Einsamkeit und Traurigkeit sind wie ein Winterschlaf, der so lange dauert, bis einen der Duft des Frühlings in der Nase kitzelt. Das ist für mein Empfinden besser als unbewusstes Verdrängen oder eine gespielte Heiterkeit."

Es war bereits Mittag, als Marlene dann doch aufstand, weil sie nach ihrer Mutter schauen wollte. Johannes setzte sich an seinen Schreibtisch, nahm die Notizen zur Hand und dachte über eine von Marlenes Bemerkungen nach: „Auch wenn es dir gelingen sollte, das sogenannte Glück zu finden, heißt das nicht, dass du glücklich bist." Glück war ein ebenso breitgefächertes Gefühl wie die Liebe, dachte Johannes. Doch er wusste, was Marlene gemeint hatte und erinnerte sich an eines von Goethes Zitaten: Glücklich allein ist die Seele, die liebt.

Während er darüber nachdachte, schaute er auf den See und beobachtete die Enten, die sich am Ufer versammelt hatten. Die Berge waren inzwischen wolkenverhangen und der Wind wirbelte die ersten bunten Blätter über die Rosenbeete. Die herbstliche Stimmung trübte sein Empfinden jedoch nicht. Er konnte in diesem Augenblick sein Glück spüren.

Ja, er war einfach glücklich.

Das Gespräch mit den Zwillingen und Jans Ärger gingen Marlene nicht aus dem Kopf. Warum war das Leben so kompliziert?

Marlene und Fin hatten sich gegenseitig geschworen, dass sie nicht so leben wollten wie ihre jeweiligen Eltern. Die Frage der Berufswahl ließen sie ruhen, denn in den nächsten Wochen würden sie alle mit Prüfungsvorbereitungen mehr als beschäftigt sein.

Trotzdem kam Marlene nicht umhin, Jan mit besorgter Aufmerksamkeit zu beobachten. Anstatt für die bevorstehenden Klausuren zu lernen, beschäftigte er sich damit, sich über die Bedingungen zu informieren, unter denen er den Wehrdienst würde verweigern können.

„Warum lernst du nicht mehr mit den Zwillingen?", fragte die Tante eines Nachmittags, als sie Marlene an ihrem Schreibtisch antraf, wo sie einen Stapel Blätter um sich herum ausgebreitet hatte.

„Ach, die beiden streiten nur noch über ihre unterschiedlichen Auffassungen, wie es nach dem Abitur weitergehen soll. Ihre Mutter dreht fast durch, weil sie ihre Söhne nicht dazu bewegen kann, sich mehr auf das Lernen zu konzentrieren. Der Vater schweigt mal wieder oder verschwindet, weil ihm alles auf die Nerven geht."

Marlies verzog verärgert das Gesicht. „Die arme Frau. Das ist typisch für den alten Fleet. Kürzlich ist er wieder auf seinem Schiff beobachtet worden, wie er bei Nacht und Nebel mit einer fremden Frau ... "

„Oh, Tante, bitte hör auf damit, das erinnert mich an meinen Vater."

„Oh, Entschuldigung, Kind, ich habe nicht nachgedacht." Sofort wechselte Marlies das Thema. „Was hältst du davon, wenn wir deine Mutter zu deiner Abiturfeier einladen?"

Marlene schaute ihre Tante traurig an und war kurz davor, in Tränen auszubrechen. „Das wäre zu schön, aber sie würde niemals diesen weiten Weg auf sich nehmen."

Froh darüber, dass sie Marlene von ihren trüben Gedanken hatte ablenken können, zwinkerte sie ihrer Nichte verschwörerisch zu. „Warte mal ab, ich habe schon eine Idee, wie wir meine Schwester dazu bringen können, herzukommen. Schließlich sind wir früher auch kreuz und quer durch Deutschland gefahren. Dein Onkel wäre gewiss beleidigt, wenn sie nicht kommen würde."

„Stimmt genau", sagte Franz, als er ins Zimmer kam. Er hatte darauf bestanden, dass Marlene bis zu den Abiturprüfungen nicht mehr in der Küche und auch nicht beim Fischfang mithalf. „Inga reißt mir den Kopf ab, wenn ich dich vom Lernen abhalte. Wenn meine Schwester sich etwas in den Kopf gesetzt hat, widerspricht man ihr besser nicht. Deine einzigen Aufgaben, sagt sie, sind jetzt noch Schule, Lernen und Ausruhen, damit du gute Abiturnoten schreibst", erklärte Franz und warf ergeben die Hände in die Luft.

Marlene kicherte. „Onkel Franz, das schaffe ich spielend. Inga ist ja strenger als meine Klassenlehrerin."

„Wo hast du nur diesen schlauen Kopf her? Deine Brüder waren nicht so gut in der Schule."

„Die waren nur fauler und wollten nicht aufs Gymnasium. Sie wollten lieber Fischer oder Handwerker werden."

Der Onkel schaute nachdenklich auf den Bücherstapel, den Marlene auf dem Tisch liegen hatte. „Ich weiß nicht, was aus mir geworden wäre, wenn es den Krieg nicht gegeben hätte. Mein Vater wollte mich gerne als seinen Nachfolger sehen. Als ich dann schwer verletzt von der Front zurückkam, fiel die Aufgabe Jasper zu, der viel besser für das Kontor geeignet war. Aber ich glaube, dass ich ebenso wie deine Brüder lieber mit den Händen arbeite, als Bücher zu wälzen."

Nachdenklich betrachtete Johannes die erste Seite des Textes, den er Marlene noch nicht vorgelesen hatte. Sie wird mit mir unzufrieden sein, dachte er. Er hatte, um die Tragik hinauszuzögern, der Geschichte von Tante und Onkel in seinem Text viel Raum gegeben. Vielleicht lag es daran, dass Marlene immer wieder betont hatte, wie liebevoll – und somit wichtig – die beiden für ihre Entwicklung gewesen waren.

Inzwischen hatte er zu Recherchezwecken viele Bilder von Fehmarn angeschaut, auch, um Marlenes Erzählungen in seinem Kopf sichtbar zu machen. Jetzt erkannte Johannes, dass er sich darauf freute, diese Insel zusammen mit ihr zu besuchen.

Einen Moment kamen ihm erneut Zweifel an der Fortsetzung der Geschichte, die er jedoch verscheuchte, indem er die nächsten Seiten zur Hand nahm.

In den letzten Tagen hatte Marlies mehrfach versucht, ihre Schwester telefonisch zu erreichen. Hermine hatte erst kürzlich all ihre Überredungskünste eingesetzt, um einen Telefonanschluss für den Fischereibetrieb durchzusetzen.

„Warum geht da keiner dran“, schimpfte Marlies. „Die werden doch ihren Laden nicht dicht gemacht haben?“

„Vielleicht hat Georg ein Schloss an das Telefon gemacht, weil deine Schwester zu viel mit dir telefoniert“, sagte Franz und grinste.

„Rede doch nicht so einen Unsinn. Wenn ich anrufe, bezahle ich doch für das Ferngespräch.“

Die Sorgenfalten auf der Stirn seiner Frau entgingen Franz nicht. „Welche Überredungskünste willst du denn einsetzen, um deine Schwester hierher zu locken?“

„Frauensache!“, sagte Marlies unfreundlicher, als sie beabsichtigt hatte. „Nein, sie hat es mir versprochen und darauf nagele ich sie fest. Außerdem möchte ich ihr den Schmuck von unserer Mutter geben und das Reisegeld zahle ich ihr noch dazu, damit sie mit Georg nicht wieder streiten muss. Zudem locke ich sie mit Fischrezepten.“

„Deine Schwester kann doch selbst lecker kochen“, warf ihr Mann ein.

*Marlies nickte nachdenklich. „Du hast doch mal Süß-
wasserfische wie Matjes eingelegt und die haben nicht
schlecht geschmeckt. Vielleicht wäre das eine Geschäftsi-
dee für den Chiemsee. Was meinst du?"*

*„Raffinierter als du kann man nicht sein. Doch Hermine
sollte wegen Marlene kommen und nicht, weil du sie mit
Schmuck oder Fischrezepten köderst. Es wird das schönste
Geschenk für Marlene sein. Wenn es sein muss, hole ich
Hermine persönlich ab. Ruf nochmal an."*

*Als die letzte Abiturprüfung geschrieben war, hatten
Marlies und Franz endlich die Zusage, dass Hermine kommen würde. Ihre Söhne hatten sich dafür eingesetzt und
zusammengelegt, um ihr die Zugfahrt zu zahlen. Bis zur
Zeugnisvergabe und der offiziellen Feier in der Schule war
zwar noch Zeit, aber Onkel Franz hatte gleich für den
Abend nach der letzten Klausur ein kleines Fest geplant –
um Marlene eine Freude zu machen. Die Zwillinge sagten
nur zögerlich zu – ihnen war nach der letzten Prüfung nicht
nach einer Feier zumute.*

*„Sei nicht traurig, falls Fin und Jan nicht kommen soll-
ten. Dann feiern wir eben für uns und mit unseren Gästen.
Die Lübecker Sippschaft freut sich schon, allen voran
Swenja. Marlies besteht darauf, einen bayerischen Schwei-
nebraten zu brutzeln. Ach, und was sie sich noch alles ausgedacht hat ... Du wirst staunen, Deern."*

*Marlene konnte inzwischen mit der großzügigen
Freundlichkeit von Tante und Onkel besser umgehen. Sie*

wurde nicht mehr traurig, wenn man sich um sie kümmerte oder ihr Geschenke machte. Nur die Zwillinge machten ihr Sorgen. Doch diese Gedanken traten in den Hintergrund, als sie erfuhr, dass ihre Mutter wirklich kommen würde.

Tante Marlies war den ganzen Abend so ausgelassen, aufgeregt und temperamentvoll, als gälte ihr das geplante Fest. Marlene hatte den Verdacht, dass ihre Begeisterung hauptsächlich dem Besuch ihrer Schwester galt, die sie seit ewigen Zeiten nicht mehr gesehen hatte. Fin und Jan erschienen auch, sogar mit ihrer Mutter, und ließen sich von der ausgelassenen Stimmung mitreißen.

„Hat sich dein Bruder wieder beruhigt?", fragte Marlene Fin, der sich den Platz neben ihr erobert hatte.

„Irgendwie schon, aber mir kommt es so vor, als würde er sich freuen, wenn er das Abitur wiederholen müsste."

„Wie? Meinst du, er hat es darauf angelegt, durchzufallen?"

„Das glaube ich nicht. Doch der Gedanke daran wirkt bei ihm wie ein Selbstschutz und Trost. Denn wenn er durchfällt, kann er sein Problem mit dem Militär verschieben."

Auch eine Lösung, dachte Marlene.

Fin gab ihr einen Kuss und hielt ihre Hand, was sie in diesem Moment richtig glücklich machte. Aus den Augenwinkeln sah sie amüsiert, dass Swenja sich auf Jan gestürzt hatte, ohne Luft zu holen auf ihn einredete und ihn damit zum Lachen brachte. Sie sah sehr hübsch aus mit ihren locker hochgebundenen, blonden Haaren. Erst jetzt fiel Marlene auf, wie sehr Swenja ihrer Tante Inga glich, viel mehr als ihrem Vater oder ihrer Mutter, die irisches Blut in den Adern hatte.

Die Zeit bis zur Ankunft von Hermine zog sich quälend dahin.

Marlene hatte sich den Moment des Wiedersehens immer wieder in den schönsten Farben vorgestellt. Besonders den Augenblick, in dem sie ihre Mutter nach so langer Zeit zum ersten Mal wieder umarmen würde. In ihren Tagträumen hatte sie der Mutter „ihre" Insel, alle ihre Lieblingsplätze schon fünfzig Mal gezeigt und sich ebenso oft ausgedacht, was sie ihr alles erzählen wollte.

Drei Tage vor dem Festakt in der Schule fuhr Marlene mit Tante und Onkel zum Bahnhof nach Lübeck. Unwillkürlich stiegen in ihr die Erinnerungen an ihre eigene Ankunft – und ihre damalige Verzweiflung – vor drei Jahren hoch. Und auch an andere Momente in ihrem Leben, die sich ähnlich angefühlt hatten: wenn man sich nicht wirklich vorstellen konnte, wie es sein würde, wenn ein lange erwünschter Moment eintrat oder ausblieb. Oder, wenn ein Zeitpunkt, nach dem man sich lange gesehnt hatte, schon wieder Vergangenheit war.

Sie waren zu früh in Lübeck. Der Zug würde erst in einer Stunde ankommen.

„Wir könnten meine Schwester besuchen", schlug Franz vor.

Marlies und Marlene waren sich jedoch einig, dass sie jede Minute der Vorfreude am Bahnhof auskosten wollten.

„Wenn die Zeit nur einmal so langsam vergehen würde, wenn ich morgens länger im Bett bleiben möchte", scherzte die Tante.

Endlich fuhr der Zug aus München ein und Marlene hüpfte in der Hoffnung, ihre Mutter zu entdecken, an den Waggonfenstern entlang. Die Türen öffneten sich und bei der dritten Tür fiel eine große Tasche auf den Bahnsteig, über die Marlene fast gestolpert wäre.

„Halt sie fest, mein Kind, da ist der Schinken für deinen Onkel drin. So eine Schlepperei und das viele Sitzen! Schön, dass ihr da seid. Lass dich anschauen, Marlene! Ich habe dich so vermisst. Du bist dünn geworden. Isst du nicht genug?"

Die feste Umarmung und der Wortschwall, der wie ein warmer Regen auf sie niederprasselte, gaben Marlene das Gefühl, als wäre sie erst gestern das letzte Mal mit ihrer Mutter zusammen gewesen. Sie war ihr so vertraut.

„Marlies, Franz, kommt in meine Arme. Warum müsst ihr eigentlich am Ende der Welt wohnen?"

Franz nahm die Tasche und schaute amüsiert zu, wie sich die drei Frauen in den Armen hielten. „Wollen wir mal los?", fragte er nach einer ganzen Weile, in der die drei ihre Freude über ihr Wiedersehen immer noch nicht fassen konnten.

Auf dem Weg zurück nach Fehmarn war die Stimmung so ausgelassen, dass Marlene gar nicht auffiel, dass der Onkel am Ende des Südstrandes hielt, anstatt zum Hafen zu fahren.

„Danke, Franz, dass du daran gedacht hast", sagte Hermine zu Marlenes Verwunderung. Sie lächelte verklärt.

„Was hat das zu bedeuten?"

„Genau hier habe ich vor fast zwanzig Jahren einen der schönsten Abende in meinem Leben mit deinem Vater verbracht. Erst haben wir uns den Sonnenuntergang angesehen, dann ein Lagerfeuer gemacht und sind, in Decken gehüllt, die ganze Nacht hier geblieben. Es war unser erster Urlaub nach vielen Jahren und ein außergewöhnlich warmer Sommer."

„Ja, und wir haben uns Sorgen gemacht und die beiden gesucht", ergänzte Franz. „Als wir sie hier gefunden haben, sind wir ganz leise wieder davongeschlichen."

Marlene konnte die sentimentale Stimmung der Mutter nicht ganz nachvollziehen. Eine Nacht am Strand – na und?

„Ich hatte eine Lungenentzündung", setzte Marlenes Mutter zur Erklärung an. „Ich war sehr krank und die Ärzte hatten mich fast aufgegeben. Dann haben sie mir eine Luftveränderung verordnet und das Inselklima hat mir so gutgetan, dass ich mich wie neu geboren gefühlt habe. Ich bin mir ziemlich sicher, dass du ein bisschen Fehmarn in deinem Blut hast, Kind."

„Willst du damit sagen, dass ich deshalb instinktiv hierher zurückgekehrt bin? Eine interessante Vermutung …", sagte Marlene leicht säuerlich. „Doch dadurch wird Vaters Verhalten umso unverständlicher. Bist du sicher, dass mein Vater richtig tickt?"

Marlies und Franz gingen zum Uferweg zurück und ließen Mutter und Tochter am Strand allein.

„Seine Veränderung habe ich, genau wie du, bis heute nicht verstanden. Es tut mir so leid für dich, dass du deinen Vater nur von dieser Seite kennst."

„Vielleicht hat er dir seine gute Seite nur vorgespielt und irgendwann war sein Repertoire erschöpft. Warum verteidigst du ihn auch noch? Glaubst du wirklich an seine gute Seele?"

Die Situation und überhaupt dieses Gespräch passten nicht ansatzweise zu der romantisch überhöhten Vorstellung, die Marlene sich vom ersten Wiedersehen mit ihrer Mutter gemacht hatte. Sie wollte von ihrem Vater überhaupt nichts hören und schon gar nicht, dass ihre Mutter für ihn Verständnis aufbrachte. Sie wollte nicht einmal darüber nachdenken, dass sie von ihm gezeugt worden war. Warum hatte Onkel Franz ihre Mutter nur hierhergefahren?

Die Mutter schien ihre Gedanken zu erraten. „Marlene, ich habe mir für unser erstes Zusammenkommen auch erfreulichere Themen vorgestellt. Aber diese Aussprache ist längst überfällig. Dein Vater ist psychisch krank."

„Aber das muss doch nicht jetzt sein! Ich hatte mich auf

dich gefreut und nun reden wir über meinen Vater", sagte sie trotzig. Tränen stahlen sich in ihre Augen.

„Weine nicht. Es ist wichtig, dass du das weißt. Als es mir nach meiner Krankheit besser ging, haben mir die Ärzte einen Urlaub am Meer empfohlen, und der hat sich hier bei Marlies angeboten. Fast täglich hat der Hausarzt nach mir geschaut und hat mich sehr fürsorglich behandelt. Ich wurde gesund und dein Vater krank. Ihn hat eine krankhafte Eifersucht befallen. "

„Eifersucht ist doch keine psychische Krankheit! Mama, du willst ihn mir nur schönreden. Hast du vergessen, dass er uns alle fertiggemacht hat?" Marlene konnte sich gerade noch rechtzeitig bremsen, ihrer Mutter von ihrer Beobachtung mit der Bedienung zu erzählen und auch, dass ihr damals, was die Untreue des Vaters betraf, noch viel mehr zu Ohren gekommen war. Doch sie schwieg.

„Nein, das habe ich nicht vergessen und ich sehe es nicht anders als du. Doch durch seinen Zusammenbruch, nachdem du weggegangen bist, ist mir im Nachhinein einiges klargeworden. Oder besser gesagt, nachdem der junge Doktor sich um ihn gekümmert hatte. "

„Zusammenbruch?"

„Dein Vater hat offenbar seit Jahren unter Depressionen gelitten, die er sich nicht eingestehen wollte. So etwas erzählt man ja auch nicht herum und lässt die Erkenntnis auch nicht an sich heran. Als du weg warst, ist er irgendwie in seine eigene Hölle gestürzt. Er hat einfach nicht mehr gesprochen. Der Doktor hat sich erst rührend um ihn ge-

141

kümmert. Und ihn dann zu einem Spezialisten überwiesen, der ihm aber nicht wirklich helfen konnte, weil dein Vater mit dem nicht geredet hat."

Vor Marlene öffnete sich ein schwarzes Loch. „Warum hast du mir das nie gesagt? Ich hätte zurückkommen können ...."

„Ich war der Meinung, dass die Ruhe, die du hier endlich finden konntest, besser für dich wäre."

Eine ihr gänzlich unbekannte Wut stieg in Marlene hoch. Sie versuchte, sie in den Griff zu bekommen, bevor sie weitersprach. Doch dann schrie sie – mit der ganzen Traurigkeit und dem Schmerz, der sich in ihrer Seele eingenistet hatte: „Diese Entscheidung hättest du mir überlassen können. Nein, müssen! Du hast mir etwas verschwiegen, weil du geglaubt hast, dass es so besser für mich ist. Du hast immer für jede Situation einen Deckel gehabt. Aber für mich haben deine Deckel nicht gepasst. Ich hätte es lieber gewusst! Und verstanden, was da passiert."

„Marlene!" Hermine rang nach Luft. „Das mag vielleicht sein, trotzdem stehe ich zu meiner Entscheidung, dass es für dich, und nebenbei auch für mich, eine größere Belastung gewesen wäre, wenn du zurückgekommen wärst. Alle weiteren Entscheidungen für dein Leben kannst du nun selbst treffen."

„Es tut mir leid, Mama", wimmerte Marlene, selbst entsetzt über ihren Ausbruch. „Aber ich hätte dich unterstützen können. Wie geht es Vater jetzt?" Sie umarmte ihre Mutter.

Hermine weinte. „Er macht seine Arbeit und redet nicht viel."

„Gibt es keine Tabletten dagegen?"

„Der einzige Mensch, der Zugang zu deinem Vater hat, ist der junge Doktor von nebenan. Der schafft es, dass er wenigstens irgendein Kraut nimmt. Seitdem geht es ihm ein bisschen besser. Niemand wäre auf die Idee gekommen, dass seine Aggressivität mit einer Depression in Verbindung stehen könnte – außer unserem Doktor."

Hermine sah zu ihrer Schwester und Franz hinüber, die abseits standen und aufs Meer hinaus sahen. Marlies deutete gerade auf etwas in der Ferne.

„Lass uns zu den anderen gehen", sagte Hermine. „Ich glaube, wir haben fürs Erste genug gesprochen. Nur noch eines, Marlene: Du sollst dein Leben leben – und nicht das deiner Eltern."

„Soll ich mit dir zurückfahren?"

„Ich komme gut klar. Doch ein Besuch in den Semesterferien würde deinen Vater wahrscheinlich sehr freuen."

„Das war ja mal eine tränenreiche Begrüßung, wie ich sehe", sagte Franz, als er die verweinten Augen seiner Schwägerin sah. „Jetzt ist aber Schluss mit Kummer und Nostalgie. Wir haben Dorsch in Senfsoße vorbereitet und der kann nicht länger warten."

Bevor Johannes diesen Abschnitt geschrieben hatte, war er bei Hermine gewesen und hatte mit ihr gesprochen. Obwohl Georg Huber inzwischen verstorben war, fühlte er sich trotzdem noch an seine ärztliche Schweigepflicht gebunden, außerdem wollte er keinen Konflikt zwischen Mutter und Tochter heraufbeschwören, indem er womöglich irgendwelche ärztlichen Details über Georg preisgab, die Marlene noch nicht kannte. Hermine versicherte ihm jedoch, dass sie längst mit Marlene über ihren Vater gesprochen hatte. Mehr noch, ihre Tochter hatte ihm verziehen. Trotzdem scheute Johannes sich ein wenig, Marlene diesen Teil seiner Geschichte und die folgenden Seiten vorzulesen.

Onkel Franz steckte wieder alle mit seiner guten Laune an.

„Wusstest du eigentlich, dass Aquavit und Dorsch sich gegenseitig besonders mögen und deine Mutter da nicht widerstehen kann?", fragte er Marlene.

Hermine lachte, als Franz die Flasche auf den Tisch stellte.

„Wir trinken auf meine wunderbare Tochter und ihr gutes Abitur." Hermine hob ihr Glas und trank es in einem Zug aus.

„Vielleicht habe ich gar nicht bestanden", warf Marlene ein.

„Ich wette auf eine Eins vor dem Komma", sagte Franz und schenkte nach.

Die nächsten zwei Tage vor der Zeugnisausgabe waren

erfüllt mit Ausflügen auf der Insel, unbeschwerten Stunden mit Gesprächen über die Familie und viel zu viel Essen.

Für die Feierlichkeiten hatte die Schule einen festlichen Rahmen geschaffen. Die Reden vom Direktor und dem Klassensprecher waren so bewegend, dass nicht nur Hermine mit den Tränen zu kämpfen hatte.

Selbst Onkel Franz hatte merkwürdig glänzende Augen, als er das Zeugnis seiner Nichte betrachtete. „Ich habe es doch gewusst, dass Marlene eine Eins vor dem Komma hat."

Niemand in diesem Jahrgang war durchgefallen. Darauf war der Direktor besonders stolz. Fin und Jan hielten ihre Zeugnisse zusammengerollt in der Hand und schienen auch zufrieden zu sein.

„Marlene, wir freuen uns mit dir", sagte Fin, „jetzt kannst du wirklich Ärztin werden."

„Kommst du mit uns feiern?", fragte Jan.

Marlene schaute verwirrt. Sein eigenartiger Tonfall machte sie stutzig. Es klang nicht einladend.

„Die Party ist doch erst später, weil jetzt erst mal alle mit der Verwandtschaft zum Essen gehen", erinnerte ihn Marlene.

„Dieser Teil der Festlichkeiten fällt bei uns aus. Hast du nicht gemerkt, dass unser Vater es nicht einmal heute für nötig befunden hat, in der Schule zu erscheinen?" Jan grinste bitter, drehte sich um und ließ Marlene stehen.

„Ich komme später nach", rief ihm Marlene nach. „Ihr

könnt aber auch mit uns zum Essen gehen ... "

Fin zögerte einen Augenblick, dann sagte er: „Bis später, ich warte auf dich" und eilte seinem Bruder hinterher.

Marlene schluckte die Enttäuschung hinunter. Ihr war es jetzt wichtiger, die Zeit mit ihrer Mutter zu verbringen. Warum Tante Marlies erleichtert aufatmete, als die Zwillinge abzogen, wurde ihr klar, als sie den festlich gedeckten Tisch im Lokal sah. Für Fin und Jan war kein Platz vorgesehen. Zu Marlenes Überraschung waren Swenja und Inga angereist und wollten sogar über Nacht bleiben.

„Wolltest du nicht zur Party gehen?", fragte Onkel Franz zu vorgerückter Stunde.

„Party?" Swenja horchte auf. „Kann ich mitkommen?"

„Wir bleiben hier", bestimmte Marlene entschlossen. „Das kann alles nicht so schön sein wie bei uns. Ich habe keine Lust auf angetrunkene Abiturgespenster und laute Musik."

„Wahrscheinlich hätte es mir Tante Inga sowieso nicht erlaubt", schmollte Swenja.

Als Marlene spät am Abend endlich in ihrem Bett lag, dachte sie an Fin. Ein bisschen tat es ihr leid, dass sie nicht mit ihm gefeiert hatte. Aber morgen Mittag würde sie dabei sein, wenn sich alle nochmal zu einem Abschiedspicknick am Südstrand trafen.

Am nächsten Morgen zupfte Swenja, die bereits fertig

angezogen war, an Marlenes Bettdecke. „Frühstückst du mit mir? Unser Zug fährt erst um zwölf. Tante Inga ist sicher schon ganz zappelig, obwohl noch genügend Zeit ist."

„Warst du denn schon unten?"

„Nö, aber ich kenne meine Tante."

Marlene begnügte sich mit einer Katzenwäsche, wobei Swenja ihr ungeniert zusah und gleichzeitig auf sie einredete. „Ich freue mich schon so darauf, wenn du endlich bei uns wohnst. Dann konzentrieren sich nicht alle nur auf mich. Ich wünschte, ich hätte die blöde Schule auch schon hinter mir."

„Ich weiß nicht recht, Swenja, ob das Erwachsensein so erstrebenswert ist. Auf geht's, ich bin fertig."

Kichernd polterten sie die Treppe hinunter. Als sie sich zu den anderen an den Frühstückstisch setzten, herrschte eine Stimmung wie bei einer Beerdigung. War das wieder mal eine spaßige Inszenierung, die sich Onkel Franz ausgedacht hatte, um sie zu necken, oder war das echt?

Die erstarrten Blicke aller, die auf Marlene ruhten, waren ihr Antwort genug.

Marlies legte ihr die Hand auf die Schulter. „Ein schreckliches Unheil ist letzte Nacht geschehen. Jan ist verunglückt."

Marlenes Gedanken überschlugen sich bei diesen Worten. Zeit und Raum nahmen eine andere Dimension ein. Marlene weigerte sich, das Gehörte anzunehmen, stemmte *sich mit aller Kraft gegen diese unglaubliche Wirklichkeit. Das durfte nicht wahr, musste ein Missverständnis sein, betraf jemanden anderen, aber nicht Jan. Und nicht sie.*

Die nächsten drei Worte, die sie hörte, pochten wie Hammerschläge in ihrem Kopf: „Er ist tot!" Wie mit einer bösen Schlange, die sie würgte, rang sie mit der Wahrheit, die ihr Bewusstsein nicht aufnehmen wollte. Hätte sich das Schicksal anders verhalten, wenn sie mit den Zwillingen zusammen gewesen wäre?, schoss es ihr durch den Kopf.

„Was ... was ist passiert?", fragte sie nahezu lautlos.

„Bisher hat die Polizei die Vermutung, dass Fin und Jan ziemlich betrunken auf die Idee gekommen sind, auf dem Schiff ihres Vaters zu übernachten. Als sie dort ihren Vater mit einer Geliebten vorgefunden haben, kam es zu einem heftigen Streit auf Deck. Hannes wollte seine Söhne lauthals vom Boot jagen und dabei hat es wohl ein Gerangel gegeben. Als ein Schiffsnachbar, der von dem Lärm geweckt worden war, hinzukam, war es bereits zu spät. Jan war über Bord gestürzt und hatte sich in den Festmachern der Boote verfangen. Zuvor war er mit dem Kopf an die Fußreling des Nachbarbootes geschlagen. Bis der Vater ihn mit Hilfe des hinzugeeilten Nachbarn befreien konnte, war er nicht mehr bei Bewusstsein. Sein Kopf war zu lange unter Wasser gewesen." Die Tante schwieg einen Moment. „Soll ich weitererzählen?"

Marlene nickte und klammerte sich an den Arm ihrer Mutter.

„Die beiden Männer haben sich mit Herz-Lungen-

148

Massage abgewechselt, bis die Rettung gekommen ist. Aber Jan war schon tot. Fin konnte wohl von dem geistesgegenwärtigen Schiffsnachbarn gerade noch davon abgehalten werden, sich umzubringen – in seinem Kummer und seinem Suff. Er liegt jetzt im Krankenhaus. Hannes wird immer noch von der Polizei vernommen, die Mutter von einem Arzt betreut."

„Ein Ermittler war schon hier. Allerdings braucht er dich nicht, weil du nicht auf dieser Party gewesen bist", ergänzte Onkel Franz.

„Woher wisst ihr das alles?", fragte Marlene unter Tränen.

„Von dem besagten Schiffsnachbarn. Das ist ein alter Bekannter von mir, der bei uns erst mal einen Schnaps trinken musste."

Zwanzig

Der Herbstwind hatte ein paar Wolkenfelder zerrissen und den wärmenden Sonnenstrahlen Platz gemacht.

Als Johannes die gelesenen Seiten auf den Schreibtisch legte, war ihm, als weile er gerade nicht im Hier und Jetzt. Obwohl es erst Nachmittag war, fühlte er sich todmüde und ausgelaugt. Einen Teil der folgenden Ereignisse glaubte Johannes schon ahnen zu können.

Als er sich gerade für ein kurzes Schläfchen auf die Couch gelegt hatte, hörte er Marlene an der Tür. Er schlug die Decke zurück und ging ihr entgegen.

„Ich habe uns Essen mitgebracht. Es ist ein kleiner Ausgleich für das wundervolle Frühstück." Freudestrahlend ging sie in den Wohnraum. „Du wolltest dich hinlegen?", stellte sie fest, als sie die Decke auf dem Sofa liegen sah. „Vielleicht möchtest du aber erst Boeuf Bourguignon mit mir essen?"

Ihre Heiterkeit erhellte sein Gemüt wie das Morgenrot die Nacht und holte ihn ins Hier und Jetzt zurück. „Woher weißt du, dass das eine meiner Lieblingsspeisen ist?"

„Weibliche Intuition", sagte sie keck. „Aber, dass du gerne isst, war nicht schwer zu erraten, bei deiner Schwärmerei für die Köstlichkeiten dieser Welt. Sprichwörtlich geht die Liebe durch den Magen. Wenn also alles nicht hilft, gehe ich in die Hexenküche."

„Ich bin hoffnungslos verloren und wehrlos deinem

Zauber erlegen. Obwohl ich zugeben muss, dass du mich vorgewarnt hast."

„Hast du denn kein Gegenmittel, Herr Doktor?"

„Gegen Glücksgefühl hilft nichts."

Als die Dämmerung den See in bleigrauem Licht versinken ließ, nahm Johannes den Text zur Hand und schaute Marlene fragend an. „Lass uns dieses Kapitel abschließen und morgen mit der Gegenwart wieder aufwachen."

Nachdem Johannes zu Ende gelesen hatte, verzog Marlene keine Miene.

„Habe ich etwas vergessen", fragte er unsicher.

„Nein, ich bin sprachlos über deine Wiedergabe. Es ist realitätsnah beschrieben, auf den Punkt. Und es bewegt und trifft mich auch. Trotzdem wirkt dein Text auf mich irgendwie ... befreiend. Ist das ansatzweise verständlich, was ich sage?"

Johannes nickte. „Ist es. Wie ging es weiter?"

„Wir waren alle in einem Schockzustand. Onkel Franz hat seine Standfestigkeit behalten und stützte uns mit Ruhe und Geduld. Zuerst haben wir Inga und Swenja zum Zug gebracht. Ich weiß, dass ich mitgefahren bin, aber ich kann mich an die Fahrt zum Bahnhof überhaupt nicht mehr erinnern. Ich fühlte mich wie in einer gallertartigen Masse oder wie in Trance. Danach hat mich Franz ins Krankenhaus begleitet. Ich wollte Fin unbedingt sehen, obwohl ich nicht wusste, wie ich ihm in meiner Verfassung Beistand leisten sollte. Ich habe mich mitschuldig gefühlt. Kannst du das verstehen?"

Johannes versuchte behutsam, sein Mitgefühl in Worte zu fassen. „Marlene, ich kenne diesen Schmerz. Aber ebenso wie ich Lillis Tod nicht verhindern konnte, bist du nicht verantwortlich für das Schicksal von Jan, Fin und Hannes Fleet. Selbst wenn du zur Party gegangen wärst, hättest du sie vermutlich nicht zum Schiff begleitet. Und selbst wenn, wärst du Zeugin dieses Unglücks gewesen oder sogar Betroffene: verhindern hättest du in keinem Fall können, was da passiert ist."

„Du hast natürlich recht. Deine Fähigkeit, die Dinge klar zu sehen und sie mir auch so darzulegen, tröstet mich." Marlene nahm seine Hand, dann fuhr sie mit ihrer Erzählung fort. „Fin war vollgepumpt mit Beruhigungsmitteln und schlief. Als wir in sein Zimmer wollten, hat uns eine Schwester fortgeschickt. Fin hatte angeordnet, dass nur seine Mutter zu ihm dürfte. Du kannst dir vorstellen, wie sehr die folgende Zeit für mich von Traurigkeit durchtränkt war. Meine Mutter war ein großer Trost für mich, und auch Inga, die am nächsten Tag mit dem Auto wieder zurückgekommen ist, aber auf der ganzen Insel hat es wochenlang kein anderes Gesprächsthema gegeben – was nicht unbedingt tröstlich war. Das Sprichwort „Die Zeit heilt alle Wunden" hat sich hier nicht bewahrheitet, besonders nicht für Fin und seine Mutter. Ich denke, sie haben auch nach Jahren keinen inneren Frieden gefunden." Marlenes nachdenklicher Blick spiegelte sich in den Scheiben. Sie seufzte. „Zwei Tage, nachdem Jans Leiche von der Polizei freigegeben worden war, fand die Beerdigung statt. Sie war nur für den engsten Familienkreis geplant gewesen, aber viele trauernde Mitbürger haben sich um den Friedhof versammelt und wollten auf diese Weise eine diskrete Anteilnahme zeigen. Fin hat auch bei der Gelegenheit kein Wort mit mir gesprochen, was mein Schuldgefühl noch schlimmer gemacht hat. Ich hätte mit ihm sprechen müssen, um aus meiner Trauer herauszufinden, aber diese Möglichkeit der Aufarbeitung ist mir durch Fins Ablehnung verwehrt geblieben. Ich habe mich daraufhin in meinem Leid eingegraben und damit alle Menschen, die mir etwas bedeutet haben, langsam aber sicher überfordert. Studieren wollte ich auch nicht mehr. Irgendwie hatte ich das Gefühl, dass alles Unglück mit meinem einsamen Entschluss, in Lübeck Medizin zu studieren, begonnen hat. Die Einzige, die sich von mir nicht irritieren ließ, war Inga. Sie war wie eine Kommandozentrale, die mir aufzeigte, wo es langging, wenn ich die Orientierung verloren hatte. Das half. Weißt du, Johannes, ich habe einfach das Riesenglück gehabt, Menschen an meiner Seite zu haben, von denen ich lernen konnte. Damit sind meine Tante und der Onkel, aber ebenso meine Mutter gemeint, die mir unbewusst immer ein Vorbild gewesen ist.“

Normalerweise vermied Johannes es, Marlene zu unterbrechen, wenn sie einmal in ihre Vergangenheit eingetaucht war, aber da er Hermine gut kannte und ihre Haltung zum Leben bewunderte, fragte er hier nach. „Wie meinst du das?“

153

„Ich habe erst vor einigen Jahren wirklich begriffen, was die Stärke meiner Mutter ausmacht. Sie hat, bei allen Enttäuschungen und Hürden ihres Lebens, nie sich selbst und ihre Gefühle verleugnet. Sie hätte verbittert und böse werden können, sie hätte sich rächen können an meinem Vater, aber sie hat es nicht getan. Sie hat mit ihrer Art versucht, ihn zu verstehen, auch wenn sie dafür verachtet wurde. Zum Beispiel auch von mir – bis ich ihr Handeln verstanden habe.

„Diese Stärke steckt aber auch in dir. Das habe ich bei der Beerdigung deines Vaters gemerkt."

Marlene nickte nachdenklich. „Na ja, um das Kapitel Fehmarn abzuschließen, muss ich dich insofern enttäuschen, dass ich *nicht* Medizin studiert habe."

„Warum sollte mich das enttäuschen? Du hast deine Gründe dafür gehabt und die kann ich respektieren."

„Du bist so wunderbar verständnisvoll, dass ich keine Hemmungen habe, meine Unzulänglichkeiten einzugestehen, Johannes. Wie gesagt, Tante Inga hat das Kommando übernommen und ihr ist – schneller als mir – klargeworden, dass nach diesem emotionalen Wirbelsturm in meiner Seele ein Medizinstudium für mich vorerst nicht das Richtige gewesen ist."

Zu später Stunde bat Marlene um ein Glas Cognac. „Morgen beginnt dann ein neuer Abschnitt in der Erzählung. Und jetzt hätte ich gern ein Glas zum Einschlafen."

„Der ist so gut, dass er Nachtgespenster verjagen kann", sagte Johannes und schenkte ihr ein. Ein Lächeln ging über

154

seine Lippen, als er ihr das Glas reichte. „Auf unsere zweite gemeinsame Nacht."

Bei ihrem Gespräch an diesem Abend hatte sich Johannes nichts aufgeschrieben. Es war ihm unpassend vorgekommen, er hätte sich wie ein Psychiater gefühlt, der sich bei den Geständnissen seiner Patienten Notizen macht, um nichts zu vergessen. Am nächsten Morgen gleich würde er das Gehörte niederschreiben.

Als sie zu Bett gingen, tobte der erste Sturm des Herbstes um das Haus. Er fauchte über den See und peitschte dunkle Wellen hoch, die unterhalb der Villa an das Ufer klatschten. Zusammen unter die Bettdecke zu kriechen fühlte sich sowohl tröstlich als auch vollkommen natürlich an.

„Du solltest nach diesem Unglück nicht auf der Insel bleiben. Hier wirst du nur ständig an jeder Ecke daran erinnert", sagte Tante Inga mitfühlend, aber so bestimmt, dass für einen Widerspruch kein Raum blieb.

Marlene war immer noch nicht in der Lage, einen klaren Gedanken zu fassen. Die Worte von Inga hörte sie zwar, aber sie erreichten ihr Gehirn nicht. Sie hielt sich wie erstarrt an ihrer Mutter fest.

„Wenn ihr nach Lübeck fahrt, um Hermine zum Zug zu bringen, dann liefert ihr Marlene gleich bei mir ab", wies Inga ihren Bruder an, bevor sie ins Auto stieg und nach Hause fuhr.

„Ich denke auch, dass du bei Inga gut aufgehoben sein wirst", sagte Franz, als er nach der Verabschiedung seiner Schwester wieder ins Haus zurückkam.

Marlene gab keine Antwort.

Die nächsten Tage zogen sich dahin wie eine zähe schwarze Masse. Alles was Marlene tat, kam ihr banal und sinnlos vor. Nur die langen Spaziergänge mit ihrer Mutter taten ihr gut. Sie fühlte sich ihrer Mutter nah und auch auf eine merkwürdige Weise mit ihr versöhnt, auch was ihren Vater betraf.

Nach der Abreise der Mutter lag der Schatten der Trauer immer noch so schwarz über der Insel wie am Tag der Beerdigung. Marlene hatte die Tante gebeten, noch ein paar Tage hierbleiben zu dürfen, bevor sie nach Lübeck gehen würde. Sie fühlte sich keinesfalls in der Lage, sich einem neuen Lebensabschnitt zu stellen, und hoffte außerdem, noch mit Fin sprechen zu können. Doch er wollte weder Marlene noch sonst einen anderen Menschen – außer seiner Mutter – sehen.

Onkel Franz erzählte, dass Hannes Fleet wie vom Erdboden verschluckt war. „Alle haben gedacht, dass er auf seinem Boot ist, aber diese Vermutung hat sich nicht bestätigt. Es hat keine Anklage gegen ihn gegeben, denn Fin hat bei der Polizei ausgesagt, dass sein Bruder das Gleichgewicht verloren habe und gestolpert sei. Der alte Fleet, so hört man, sei vollkommen ungerührt geblieben und nicht einmal erleichtert gewesen. Fin hätte seinen Vater mit einer anderen Aussage belasten und damit dessen Freilassung verhindern können."

Marlene schluckte und fragte sich, ob Fin – im Vollrausch und nach diesem Schock – als Zeuge überhaupt brauchbar gewesen war. Aber offenbar hatte die Polizei seiner Aussage Glauben geschenkt.

„Der alte Fleet traut sich nicht mehr zu seiner Familie", prognostizierte Franz. „Ich glaube ehrlich, dass er im Gefängnis besser aufgehoben gewesen wäre. Woanders kann er sich gar nicht blicken lassen. Ich möchte nicht in seiner Haut stecken."

„Hast du etwa Mitleid mit diesem elenden Kerl? Der soll bleiben, wo der Pfeffer wächst. Ich darf gar nicht darüber nachdenken, wie es seiner Frau und Fin jetzt geht. Und wie sie in Zukunft zurechtkommen werden. Außerdem ist Fleet dafür verantwortlich, dass Marlene ihre Freunde verloren hat."

Es tat gut, dass Tante und Onkel nicht taktvoll um das Thema herumredeten, sondern ihre Wut und Anteilnahme offen zeigten. Dennoch beschlich Marlene zunehmend das Gefühl, dass es wichtig und richtig für sie wäre, nach Lübeck zu gehen. Sie musste versuchen, nicht mehr auf eine Fortführung der Freundschaft mit Fin zu hoffen. Als sie ihn im Krankenhaus gesehen hatte, blass, erschöpft und von den Erlebnissen der schrecklichen Nacht gezeichnet, war ihr bewusst geworden, wie viel er ihr bedeutet hatte und wie schön und wichtig die Jahre mit ihm gewesen waren.

Die Ablehnung, mit der er sie jetzt strafte, war grausam für sie. Doch sie machte sich keine Hoffnung, dass Fin jemals zu ihr zurückkehren würde. Sie hatten zu viel gemeinsam mit Jan erlebt und sie, Marlene, wäre nichts anderes als die lebende – und schmerzhafte – Erinnerung an vergangene Zeiten. Selbst der Gedanke, dass sie bereit wäre, sein Leid mit ihm zu teilen, bedeutete immer noch, dass er die Hälfte würde selbst tragen müssen, und das würde ihre Freundschaft nicht verkraften. Fins toter Bruder würde immer zwischen ihnen stehen. Marlene musste verschmerzen, dass es ihren Fin nicht mehr gab.

„Onkel Franz, kannst du mich morgen nach Lübeck fahren?", fragte sie deshalb. „Bitte seid mir nicht böse. Ich bin euch so dankbar für die Jahre, die ich bei euch sein durfte."

Tante Marlies brach in Tränen aus. „Marlene, du kannst dir nicht vorstellen, wie schön es für Franz und mich mit dir gewesen ist. Kleine Momo – wenn ich das nochmal sagen darf – du hast uns so viel gegeben. Wir sind glücklich, dass du bei uns warst. Und zum Glück ist Lübeck ja nicht so weit weg."

Am nächsten Morgen packte Marlene ihre wenigen Habseligkeiten ein. Traurig sah sie sich ein letztes Mal in ihrem Zimmer um. Sie nahm Abschied von einer Zeit, in der sie sich geborgen und geliebt gefühlt hatte.

Als sie ihr Gepäck an der Haustür abstellte, stand Tante Marlies tapfer vor ihr und versuchte erfolglos, dem Abschied eine leichte Note zu verleihen und Heiterkeit auszustrahlen. „Wenn Hermine und ich als Kinder traurig waren, hat unsere Großmutter gesagt: ‚Schreibt euren Kummer auf einen kleinen Zettel, legt ihn in eine Muschel und werft sie ins Meer.'" Sie nahm Marlene in die Arme und hielt sie fest. „Such dir eine große Muschel, mein Kind, fahr mit dem Boot raus und schenke sie der See."

Franz sagte kein Wort und witzelte nicht wie sonst, wenn die Stimmung seiner Frau etwas zu theatralisch geriet.

„Dein Zimmer bleibt für dich frei, falls du Sehnsucht nach uns haben solltest", betonte Marlies noch. „Und jetzt fahrt los, bevor ich noch sentimentaler werde."

Bis zur Brücke über den Fehmarnsund fuhr der Onkel im Schneckentempo.

„Ist was mit dem Auto?", fragte Marlene.

„Ich wollte dir die Zeit für den Abschied geben und nicht im Schweinsgalopp in deine Zukunft rasen. Wie findest du das?"

Marlene kurbelte das Fenster herab und hielt ihren Kopf zur Seite, um den Wind zu spüren.

„Du bist unverbesserlich, Onkel Franz, du hast mich fast zum Lachen gebracht."

„Ich hoffe, dass du bei den Hanseaten manchmal an mich denkst und nicht zu vornehm wirst." Seine Stimme klang wehmütig, als er weitersprach. „Du darfst lachen,

159

weinen und traurig sein, aber vergiss nicht, in kleinen Schritten vorwärts zu gehen, ohne zurückzuschauen."

Ich werde Tante Marlies und Onkel Franz vermissen, dachte Marlene, als sie vor dem herrschaftlichen Haus hielten, in dem Franz' Familie residierte. So ganz konnte sie sich nicht dafür erwärmen, dass das hier ab jetzt ihr Zuhause sein sollte.

Kaum waren sie ausgestiegen, riss Swenja die Haustür auf, rannte ihnen entgegen und fiel Marlene um den Hals. „Endlich!", rief sie. „Meine Mutter und Tante Inga haben dein Zimmer schon fertig gemacht und sogar einen Kuchen gebacken."

Trotz der herzlichen Begrüßung und der ganzen Freundlichkeit, die ihr hier entgegenströmte, hing der Moment, in dem sie sich von Onkel Franz würde verabschieden müssen, wie ein Damokles-Schwert über ihrem Kopf. Ein bisschen Aufschub wurde ihr durch Inga gewährt, die gleich zu Franz sagte: „Ich hätte noch ein paar Dinge mit dir zu besprechen. Kommst du bitte kurz mit in mein Büro? Bitte entschuldigt uns, es dauert nur ein paar Minuten. Und dann wollen wir zusammen mittagessen."

Alle schauten irritiert ob der Heimlichtuerei.

„Was gibt es denn, das du so dringend unter vier Augen mit mir bereden musst?", fragte Franz, als Inga die Bürotür hinter sich geschlossen hatte.

„Marlies hat vor wenigen Minuten angerufen. Sie haben

Hannes Fleet gefunden."

„Ja? Wo hat der sich denn herumgetrieben?"

In Ingas Blick spiegelte sich Besorgnis. „Er ist tot, Franz! Er ist mit seinem Motorrad frontal gegen einen Baum geknallt." Sie räusperte sich." Ich habe diesen Mann nicht gekannt, aber er war immerhin der Vater von Marlenes Freund. Was meinst du? Müssen wir ihr das erzählen?"

„Das müssen wir", sagte Franz, „aber nicht jetzt, nicht heute und nicht morgen. Ich werde es ihr zu einem späteren Zeitpunkt beibringen. Danke, Inga, dass du mich gefragt hast, bevor du es ihr sagen wolltest."

Als sie in den Salon zurückkamen, war die Stimmung entspannt, aber keiner erlaubte sich die Frage, was es denn so Geheimes zu besprechen gegeben hatte. Franz bewunderte seine Schwester für ihre Haltung. Er selbst hatte Probleme, diese schockierende Nachricht zu überspielen.

Nach dem Mittagessen schlug Inga mit der Gabel an ihr Glas, um sich bemerkbar zu machen, und sprach ein paar Worte, um Marlene willkommen zu heißen. „Außerdem habe ich einen Vorschlag für dich, zu dem ich nicht nur deine Meinung hören möchte, sondern auch die von Franz, weil er dich die letzten Jahre unter seiner Obhut hatte."

Onkel Franz zog die Augenbrauen hoch. „Wir sind alle gespannt", sagte er.

„Ich habe mit Professor Doktor Hüring gesprochen und ihm erläutert, was auf Fehmarn geschehen ist. Und dass *du, liebe Marlene, im Moment daran zweifelst, den Anforderungen eines Medizinstudiums gewachsen zu sein. Ist das richtig?"*

„Ja, ich bin ... ich weiß nicht ... Die Frage kann ich gerade nicht beantworten."

„Hüring schlug vor, dass du zunächst eine Ausbildung zur medizinisch-technischen Assistentin, kurz MTA, anfangen könntest. Bei dieser Ausbildung lernst du alles, was später im medizinischen Labor vonnöten ist. Und du hättest nach wenigen Jahren einen Abschluss. Danach könntest du immer noch in das Vollstudium einsteigen."

Marlene hatte in den letzten Wochen das Thema Ausbildung weit von sich geschoben und fühlte sich überfordert. Doch irgendwie gefiel ihr die Vorstellung, zunächst mit einer kürzeren Ausbildung zu beginnen. „Danke, Inga, ich glaube tatsächlich, das wäre leichter für mich."

„Wir werden uns nächste Woche alles anschauen. Hüring wird dir auch die medizinische Fakultät in der Universität zeigen. Dann kannst du dich entscheiden."

Franz stimmte seiner Schwester zu. „Das ist eine prima Idee. Ich würde gerne mitkommen. Schließlich möchte ich auch mal sehen, wie eine Universität von innen aussieht.

Einundzwanzig

Johannes war sehr früh aufgestanden, hatte den Text geschrieben und ausgedruckt, bevor er Marlene zum Frühstück weckte.

„Du bist so fürsorglich und verwöhnst mich", sagte Marlene lachend und reckte sich genüsslich im Bett. Dann sah sie in Johannes' Gesicht und wurde sofort ernst. „Ist etwas? Du wirkst so nachdenklich."

Johannes deutete nur auf die Seiten, die auf dem Tisch lagen.

„Du hast eine Nachtschicht eingelegt? Verstehe! Und jetzt bist du müde und grübelst. Was beschäftigt dich?" Sie schaute ihn mit einem sanften Lächeln an.

„Bist du Fin später nochmal begegnet?"

„Nein. Nach dem Tod des Vaters haben Fin und seine Mutter die Insel verlassen. Ich habe gehört, dass sie nach Dänemark zu Verwandten gezogen sind. Das war die glaubhafteste Variante aus der Gerüchteküche. Ich habe mich wirklich sehr lange nach einer Aussprache mit Fin gesehnt, aber er ist sang- und klanglos aus meinem Leben verschwunden. Das ist ein Grund, warum ich es bis heute nicht leiden kann, wenn zwischenmenschliche Dinge ungeklärt bleiben."

„Das kann ich gut nachvollziehen. Aber war es für dich nicht leichter, ihn nicht zu sehen? Es war ein Schnitt und eine ganz klare Entscheidung von Fin."

„Heute weiß ich auch, dass mir ein Wiedersehen mit Fin nicht weitergeholfen hätte. Aber damals habe ich es nicht verstanden. Es gab sogar Momente, da habe ich dran gezweifelt, dass es überhaupt Fin gewesen war, der da im Krankenhaus gelegen hatte. Wenn es Jan gewesen wäre, hätte mir das wenigstens erklärt, warum er mich nicht sehen wollte."

„Ein interessanter Gedanke. Du meinst also eine absichtliche Verwechslung, die bei eineiigen Zwillingen durchaus möglich gewesen wäre. Dann hätte die Mutter im Schock den falschen Sohn identifizieren und Jan freiwillig die Identität seines Bruders annehmen müssen. Nein, ohne einen betrügerischen Nutzen macht das keinen Sinn. Und es wäre schon ziemlich dreist, in einer solchen Situation kriminelle Energie zu entwickeln."

Inzwischen hatten sie gefrühstückt. Beim Abräumen des Frühstückstisches kam Marlene auf das Thema zurück. „Was die Verwechslung der Zwillinge betrifft: Du hast zu viel Fantasie. Nein, so war es sicher nicht. Dieses Gedankenspiel war für mich nur der verzweifelte Versuch, mir Fins Verhalten irgendwie zu erklären. Und es war ein psychologisch hilfreiches Hirngespinst: Denn wenn Jan der Überlebende gewesen wäre, hätte ich Fin beerdigen und betrauern können."

„Ein enormer Kunstgriff, den deine Psyche da angewandt hat", bemerkte Johannes.

„Ja, das war unbewusst heilsam für mich."

„Ebenso wie Inga?“

„Darüber reden wir später, denn jetzt werde ich langsam neugierig“, sagte Marlene und hielt Johannes auffordernd den Text entgegen. „Du hast dich extra aus unserem Bett geschlichen, um das einzutippen. Verrückt. Aber dann will ich wenigstens jetzt wissen, was du geschrieben hast und ob es wert ist, mich im Bett alleingelassen zu haben.“ Marlene zwinkerte schelmisch.

Johannes schüttelte den Kopf. „Bedaure. Später. Heute möchte ich dich entführen.“

„Das klingt spannend. Verrätst du mir, wo es bei dem scheußlichen Wetter hingehen soll?“

„Da ich bei dem Wetter nicht mit dir zum Angeln gehen kann, musste ich mir etwas anderes einfallen lassen. Also, wenn du jetzt für eine zweitägige Reise packen würdest, verzichte ich auf eine Augenbinde für dich. Ansonsten verrate ich nur, dass es Sonne und Wasser geben wird.“

Es dauerte keine fünfzehn Minuten, bis Marlene mit einem kleinen Koffer in der Diele stand. „Du bist auch schon fertig? Hattest du vorher schon gepackt? Übrigens war ich eben bei meiner Mutter – die hat nichts gesagt, sondern nur von einem Ohr bis zum anderen gegrinst. Ihr steckt doch gemeinsam unter einer Decke!“

„Hermine war von meinem Plan leicht zu überzeugen. Sie freut sich für uns.“ Johannes konnte Marlene ansehen, dass sie vor Neugierde fast platzte. Er rieb sich innerlich die Hände ob seiner gelungenen Überraschung.

Als Johannes am Inntaldreieck in Richtung Kufstein abbog, begann Marlene zu raten. „Wir fahren über den Brenner, oder nicht? Du entführst mich nach Italien?" Sie klatschte begeistert in die Hände.

„In gut drei Stunden weißt du mehr."

Obwohl Marlene sich bemühte, die Augen offen zu halten, schlief sie kurz nach dem Überqueren der Europabrücke ein. Sie wachte erst wieder auf, als Johannes zwei Stunden später die Brennerautobahn in Richtung Gardasee verließ. Kurz darauf fuhr er die Serpentinen nach Torbole hinunter. Vor ihnen glitzerten tausende von aus Sonnenlicht geborene Diamanten auf der Wasseroberfläche.

„Woher weißt du, dass ich den Gardasee liebe?" Marlene jubelte.

Johannes lächelte nur. Fünfzehn Minuten später hielt er vor einem kleinen Hotel in Limone. „Das Abendessen ist schon für uns bestellt. Bist du mit deiner Entführung zufrieden?"

„Ungemein! Ich lasse mich jederzeit wieder von dir entführen."

Nach einem köstlichen Menü in romantischer Stimmung bei Kerzenschein und mit Blick auf den vom Vollmond beschienenen See fiel Johannes müde ins Bett. „Mir fehlt der Schlaf der letzten Nacht und der leckere Grappa gerade hat mir den Rest gegeben."

Verwundert, dass Marlene nicht antwortete, rollte er sich an ihre Seite. Sie schlief bereits. Lächelnd stand Johannes noch einmal auf, um eine kleine Überraschung für den Morgen auf dem Nachttisch zurechtzulegen.

Als in der Früh die Sonne durch die Vorhänge blinzelte, wartete Johannes geduldig, bis Marlene sich in seinem Arm rührte. „Herzlichen Glückwunsch zu deinem Geburtstag, meine verschlafene Königin der bereits verpassten Morgendämmerung", flüsterte Johannes und legte sein Geschenk auf die Bettdecke.

„Danke! Woher weißt du, dass ich Geburtstag habe?"

„Du traust mir wohl gar keine detektivischen Fähigkeiten zu", sagte er gespielt entrüstet. Dann gab er zu: „Ich habe mich bei deiner Mutter eingeschmeichelt."

„Dachte ich mir doch. Das nenne ich nicht Entführung, sondern Verführung einer ahnungslosen Fischerin."

„Nenn es wie du willst. Du kannst jetzt dein Geschenk auspacken."

Marlene entfernte ohne Eile das glänzende Papier um das Päckchen.

„Halt! Jetzt musst du es mir wiedergeben."

Irritiert überreichte sie Johannes die Schatulle und sah, dass er sie unentschlossen anschaute.

„Warte noch, ich ziehe mich erst an."

„Was soll das denn, Johannes? Bitte nicht zu feierlich."

„Na gut", sagte er und nahm ihre Hand. „Liebe Marlene,

als Angler habe ich mich noch nicht bewähren können. Trotzdem möchte ich heute deinen Geburtstag zum Anlass nehmen, um dich zu fragen, ob du meine Frau werden möchtest."

Marlene fiel aus allen Wolken, das konnte er ihr ansehen. Doch ihre Antwort kam prompt. „Ja, mein lieber Johannes, das möchte ich." Sie schloss die Augen und überlegte. „Du bist der erste Mann, der mich um meine Hand bittet. Und, ich habe das besondere Glück, dass ich einen Mann wie dich an meiner Seite haben werde."

Johannes atmete hörbar aus. Dann öffnete er das Schmuckkästchen. Seine Finger zitterten leicht. „Du weißt, dass ich ein wenig altmodisch bin. Wenn dir mein Geschenk gefällt, könnten wir unsere Verlobung feiern."

Marlene nahm die Ringe aus der Schatulle. „Gefallen? Sie sind wunderschön. Und du, du bist verrückt, Johannes."

Sie lachte und weinte gleichzeitig und auch Johannes konnte seine Rührung nicht verbergen. Er nahm sie in die Arme, und eng umschlungen genossen beide diesen Augenblick ihrer Verbundenheit.

„In zwei Stunden könnten wir in Venedig sein. Was meinst du? Hast du Lust auf eine Gondelfahrt auf dem Canale Grande?" Johannes war selbst überrascht von seiner Spontaneität.

„Ich komme mir langsam vor wie in einem Märchen. Ja, lass uns hinfahren. Ich liebe es, wenn es romantisch wird."

Dem Zauber der Lagunenstadt konnten – und wollten –

168

sich die beiden nicht entziehen. Venedig erstrahlte im schönsten Sommerblau, es waren nicht allzu viele Touristen unterwegs, schon gar nicht in den etwas abgelegenen Vierteln, die sie auf der Suche nach einem romantischen Lokal durchstreiften.

„Das sollten wir wiederholen!", rief Marlene begeistert, als sie an einem kleinen, wackligen Tisch vor ihrem Abendessen saßen und den Blick über einen Seitenkanal schweifen ließen. „Danke für dein unglaubliches Geschenk."

Für den Heimweg nach zwei Tagen wählte Johannes die kurvenreiche Alte Brennerstraße.

„Ich könnte ewig so weiterfahren", sagte Marlene euphorisch. „Zusammen mit dir empfinde ich alles tausendmal schöner."

„Das geht mir genauso. Wir werden noch einige Reisen unternehmen und unser gemeinsames Zuhause genießen."

„Eigentlich ist es sehr mutig von dir, dass du mir nach so kurzer Zeit einen Heiratsantrag gemacht hast", sinnierte sie. „Findest du nicht auch?"

„Kurze Zeit, Marlene? Wir kennen uns doch schon sehr lange."

Es ist fast zu schön, um wahr zu sein, dachte Johannes. „Du könntest mir ein bisschen erzählen, wie es in Lübeck weiterging. Oder würde das deinen Blick auf die wunderschöne Landschaft ablenken?"

„Gute Idee", bestätigte Marlene. „Ich muss dir schließlich neues Futter geben, damit du weiterschreiben kannst."

„Hast du dir wieder die Nachtstunden am Schreibtisch um die Ohren geschlagen?", fragte Marlene, als Johannes am nächsten Morgen bereits fertig angezogen ins Schlafzimmer kam.

„Nein, nur die Morgendämmerung. Du weißt doch, das sind meine Sternstunden. Der Frühstückstisch ist auch schon gedeckt." Mit einer Umarmung zog er Marlene sanft aus dem Bett.

„Wenn du mich so verwöhnst, werde ich noch schrullig und dann heiratest du mich doch nicht."

„Bevor das passiert, denke ich, wirst du auf die Idee kommen, in deine Hexenküche zu gehen."

„Du bist auch nie um eine Antwort verlegen", sagte sie lachend und küsste ihn. „Warte, ich hüpfe schnell ins Bad und ziehe mir den Morgenmantel an."

Johannes war aufgeregt, als sie nach einer gefühlten Ewigkeit ins Wohnzimmer kam.

Marlene schaute sich erstaunt um. „Wo kommen denn die vielen Blumen her?" Gestecke und Sträuße, die im Raum dekorativ arrangiert waren, wirkten wie ein bunter Sommergruß aus dem Garten, so wie Marlene es liebte. „Wie hast du das denn am frühen Morgen schon hinbekommen?"

„Ganz einfach! Ausgesucht, bestellt, liefern lassen und

vor unserer Abreise habe ich deiner Mutter den Schlüssel für unsere Garage gegeben. Schließlich hast du Geburtstag gehabt und hast meinen Heiratsantrag ohne Widerrede angenommen."

„Wenn ich mich gerade nicht überaus lebendig fühlen würde, könnte ich meinen, dass ich schon im Himmel gelandet bin."

„Im Himmel gibt es kein Frühstück."

„Dann will ich da nicht hin. Lies mir gleich vor, was du geschrieben hast, damit ich mich wieder auf der Erde fühle."

Franz hielt sein Versprechen und kam eine Woche später nach Lübeck. Inga war davon überzeugt, dass sein Interesse an der Universität eher vorgeschoben war und er in Wirklichkeit nur Sehnsucht nach seiner Nichte hatte.

„Der Professor ist ganz angetan von dir, Marlene. Er würde dir das Medizinstudium ans Herz legen. Und mein Bruder behauptet, dass ich etwas mit Hüring hätte." Inga kicherte amüsiert. „Was sich manche Männer vorstellen? Als könne eine Frau nicht allein zurechtkommen. Außerdem ist er verheiratet. Wo kämen wir denn da hin?"

Nach dem Besuch der Universität fuhren sie zur Schule, um Swenja abzuholen.

Franz hatte sich bereits verabschiedet, da er noch Einkäufe erledigen wollte. „Überleg es dir gut, meine Deern", hatte er beim Abschied zu Marlene gesagt. „Ein Abschluss als medizinische Assistentin gibt dir viel Entscheidungs-freiheit. Du kannst früher Geld verdienen und dann weiter-sehen. Das Medizinstudium läuft dir nicht weg."

Swenja stand vor dem Schulgebäude und winkte. Kaum war sie eingestiegen, überfiel sie Marlene mit ihren Fragen und Bitten: „Wie war der Universitätsbesuch? Hast du dich entschieden? Bitte, bitte, du musst unbedingt bei uns blei-ben!"

Marlene freute sich über die stürmische Begrüßung. „Du kannst beruhigt sein. Ich denke, dass ich die Ausbil-dung zur MTA machen werde, dann bin ich auf jeden Fall noch einige Zeit bei euch."

Swenja strahlte. „Jetzt habe ich endlich eine große Schwester! Da macht es mir auch nichts mehr aus, dass ich noch eine Weile zur Schule gehen muss."

Marlene lebte sich in Lübeck leichter ein, als sie erwar-tet hatte. Durch Swenja lernte sie die Vorzüge dieser schö-nen Stadt kennen und war von den traurigen Gedanken abgelenkt, die sie auf Fehmarn ständig begleitet hatten. Das Schicksal der Familie Fleet und vor allem die Tren-nung von Fin gingen ihr jedoch lange nahe und sorgten für so manche schlaflose Nachtstunde.

Inga hatte einen untrüglichen Spürsinn für Marlenes unterschwellige Traurigkeit. „Kind, es wird Zeit, dass dei-ne Ausbildung beginnt. Du denkst zu viel über Dinge nach, die nicht zu ändern sind. Um die Vergangenheit musst du dich nicht kümmern. Wie du siehst, läuft sie dir sowieso wie

172

ein Schatten hinterher. Aber wenn du verstehst, dass die Vergangenheit nicht zu ändern ist und sie ignorierst, wird sie sich beleidigt von dir abwenden. Verstehe das bitte nicht falsch: Die Trauer gehört dir, aber du solltest verhindern, dass sie dich beherrschen kann."

„Ich weiß, was du meinst. Onkel Franz hat mir nämlich schon erklärt, dass ich in kleinen Schritten weitergehen soll."

„Ja, mein Bruder ist klug. Er akzeptiert das Leben, wie es ist, obwohl er seinen größten Traum begraben musste. Sein Wunsch war es, eine Familie mit Kindern zu haben, und der wurde ihm nicht erfüllt. Du hast ihm und Marlies mit deiner Anwesenheit viel gegeben und er liebt dich wie ein Vater."

„Die Zeit auf Fehmarn hat mir auch gutgetan. Onkel Franz ist in jeder möglichen Hinsicht das absolute Gegenteil von meinem Vater. Der hätte mich zerstört, aber Onkel Franz hat mich aufgebaut. Ich bin Marlies und ihm sehr dankbar."

„Menschen, die dich zerstören wollen, wird es immer wieder geben. Sie tarnen sich gut! Letztendlich scheitern sie jedoch, wenn du ihnen deine eigene Stärke nicht opferst. Hannes Fleet ist ein gutes Beispiel. Er hat gemacht, was er wollte, und ist ohne Rücksicht auf andere durchs Leben getrampelt. Als er dann am Abgrund stand, ist er gesprungen ..." Inga biss sich auf die Zunge.

Marlene sah sie verwundert an. „Wie meinst du das? Du kennst Hannes Fleet doch gar nicht."

173

Inga verfluchte sich, dass sie diesen Namen ins Spiel gebracht hatte. Franz war bedachter gewesen als sie. Er hatte Hannes' Unfall nicht erwähnen wollen, bis Marlene etwas gefestigter war. „Ach, vergiss es, Kind", sagte sie leicht dahin. „Das Leben kann man nicht erklären. Erzähle mir lieber, für welche Ausbildung du dich jetzt einschreiben wirst."

„Inzwischen bin ich ganz sicher, dass ich MTA werden möchte. Bis ich als Ärztin Geld verdiene, hätte ich einen zu langen Weg vor mir. Trotzdem bleibt mir die Option, ohne großen Zeitverlust."

Nach den ersten Wochen in der Berufsfachschule wusste Marlene, dass sie eine gute Entscheidung getroffen hatte. Ihr gefielen die Art des Unterrichts und die Gemeinschaft in ihrem Jahrgang. Hier wurde sie nicht ausgeschlossen, wie sie es bei den aufeinander eingeschworenen Mädchengruppen in der Schule auf Fehmarn erlebt hatte. Der Unterricht war ebenfalls vollkommen anders – jeder war für sein Lernen selbst verantwortlich. Es fühlte sich erwachsen und eigenständig an. Das gefiel Marlene und es machte ihr Spaß, ein sinnvolles Ziel anzusteuern.

Ihre Verzweiflung wich allmählich einer Lebensfreude, die ihr bis dato völlig unbekannt gewesen war. Sie traute sich zu lachen und unbeschwert zu sein. Auch die Wohnsituation war entspannt: Die Gespräche mit Inga waren interessant und Swenjas sprudelnde Zuneigung tat ihr ebenso gut wie Anjas und Jaspers Herzlichkeit.

„Du darfst keine Angst haben, dass nach glücklichen Phasen ein Donnerschlag auf dich wartet", trösteten Marlies und Franz, als sie wieder einmal zu Besuch waren. „Es wird immer Menschen geben, auf die du dich verlassen kannst und die dich daran erinnern, dass du Vertrauen zu dir selbst haben darfst."

„Die Angst, dass ich irgendwie bestraft werde, wenn es mir zu gut geht, schlummert immer noch in mir", gab Marlene zu.

„Papperlapapp", sagte Inga streng. „Das Leben hat stets Unerwartetes parat, für jeden – da musst auch du einfach durch."

„Habe ich alles richtig verstanden?" Johannes schien ein wenig unsicher zu sein.

„Genau! Ingas Pragmatismus hat mir Sicherheit gegeben, obwohl ich das damals nicht verstanden habe. Bei ihr war alles klar und einfach und sie hatte die Fähigkeit, Fakten von Gefühlen zu trennen. Nachdem ihr verschollener Mann für tot erklärt worden war, hatte sie eine strikte Haltung eingenommen, die keinen Zweifel darüber aufkommen lässt, dass etwas nicht zu schaffen sein könnte. Wahrscheinlich hat sie sich mit dieser Einstellung auch selbst gerettet. Mir hat sie einmal gesagt: ‚Wenn du dich für das Tal des Jammerns entscheiden möchtest, kannst du auf mich nicht zählen'. Ich sehe Inga heute noch vor mir."

„Das ist erstaunlich für eine Frau, die wohl eher sorgenfrei und behütet aufgewachsen ist. Das erinnert mich gerade an meine Familie", sagte Johannes. „Aber erzähl bitte weiter."

„In Lübeck hatte ich eine lange stabile Phase, die weit über den Abschluss des Studiums hinausreichte. Ich hatte endlich das Gefühl, im Leben angekommen zu sein. Es war einfach und unbeschwert. Ich hatte Freundinnen, Familienanschluss und Swenja war die manchmal neugierige, manchmal nervige, aber dennoch liebe kleine Schwester für mich."

Johannes schenkte Kaffee nach. „Wollen wir nachher einen Spaziergang machen? Dabei könntest du mit dem nächsten Kapitel beginnen. Allerdings habe ich vorher noch eine Frage zum Stichwort Freundinnen: Wie war denn später dein Verhältnis zu Caro? Du hast sie gar nicht mehr erwähnt."

Marlene verzog das Gesicht. „Während der Schulzeit haben wir einander noch viele Briefe geschrieben und hin und wieder hat Tante Marlies mir erlaubt, sie anzurufen. Aber nach dem Abitur wurde der Austausch immer weniger. Sie ist zum Jurastudium in den Norden gezogen. Irgendwann später, als ich beruflich in Hamburg zu tun hatte, haben wir uns mal getroffen. Wir haben uns so gut verstanden wie in alten Zeiten, als wäre ich nie weggegangen. Und dann hat sie mir geschrieben, dass sie nach Amerika gehen würde und seitdem habe ich nichts mehr von ihr gehört. Meine Mutter hat mir erzählt, dass Caro alle Kontakte zur Heimat abgebrochen hat, nachdem ihre Mutter wieder ge-

176

heiratet hatte. Ich weiß nicht, was ihre Mutter wieder angestellt hat, um Caro derart zu verärgern."

Ein befremdliches Lächeln zog über Johannes' Gesicht. „Das kann *ich* dir erklären, obwohl es mir zuwider ist, über solche Geschehnisse zu sprechen, aber ich weiß ja, dass solche Dinge bei dir gut aufgehoben sind." Er räusperte sich. „In meiner Praxis ist damals über Caros Mutter getuschelt worden. Ihr sei jedes Mittel recht gewesen, um einen wohlhabenden Mann zu ergattern. Bei ihren Beutezügen blieb letztlich ein reicher Unternehmer in ihrem Netz hängen, der seine Familie daraufhin verlassen hat. Ich glaube, Caro war damals sogar mit der Tochter dieses Mannes befreundet."

„So ein skrupelloses Biest, aber so ist sie schon immer gewesen." Erschüttert schaute Marlene Johannes an. „Aber sie lebten glücklich und in Liebe bis an ihr Lebensende", deklamierte sie in einem bitteren Ton. „Die Welt ist voll solcher Geschichten und ich habe bis heute nicht verstanden, wie das funktioniert. Hoffentlich geht es Caro gut."

„Lass uns jetzt spazieren gehen", schlug Johannes vor. „Die frische Luft wird uns guttun."

Zweiundzwanzig

„Warum triffst du dich immer nur mit deinen Freundinnen? Du bist so hübsch und fast alle Mädchen in deinem Alter haben einen Freund."

Marlene war genervt, weil Swenja sie in schöner Regelmäßigkeit mit einem Gespräch über ihr Lieblingsthema bedachte: Jungs.

„Sogar ich habe einen Freund, wenn du es genau wissen willst. Leider weiß der noch nichts davon", fügte sie kichernd hinzu.

Sie saßen im Salon und Inga kramte in einem Stapel Unterlagen, die sie aus ihrem Büro geholt hatte. Marlene war sicher, dass sie gerade die Ohren spitzte.

„Ach, endlich, hier ist ja das Schreiben, das Philipp gesucht hatte. Diese Bengel halten einfach keine Ordnung. Im Übrigen, Swenja hat recht, Marlene. Du kannst dich nicht nur hinter deinen Büchern verkriechen. Dein Fleiß in allen Ehren, aber du solltest dich auch vergnügen. Hüring lobt dich in den höchsten Tönen und möchte dir später eine Stelle in der Klink anbieten. Trotzdem! Du kannst dich nicht ewig verschließen."

Swenja fühlte sich bestärkt. „Siehst du, wenn Tante Inga mir schon zustimmt, kannst du mir auch glauben."

Marlene schaute verlegen zu Inga. „Ich habe Angst vor meinen eigenen Gefühlen ... und vor der nächsten Enttäuschung", gestand sie leise.

Inga schaute sie sanftmütig an. „Marlene, du wirst immer wieder lernen müssen, mit Enttäuschungen umzugehen. Das Leben serviert jedem Menschen von der Wiege bis zur Bahre reichlich davon. Es ist kein Wunder, dass dir bisher kein Mann vertrauenswürdig vorgekommen ist. Lass dir Zeit, aber sperre dein Herz nicht in einen Tresor, nur weil du Angst hast. Du bist zu jung, um ein Leben wie deine alte Tante Inga zu führen."

„Tante Inga, du bist aber auch noch nicht so alt, um ewig allein zu bleiben", mischte sich Swenja ein.

„Das ist gut gemeint, Kind, aber der Mann, der meinen Ansprüchen genügt, den gibt es gar nicht. Den müsste ich mir selbst backen."

Marlene war bei dem Gespräch nicht ganz aufrichtig gewesen, weil sie Swenjas Neugierde nicht weiter schüren wollte. Es gab einen Mann, der sie interessierte, und sie hatte sich schon einige Male mit ihm getroffen. Er hieß David und hatte sie so oft um eine Verabredung gebeten, bis sie irgendwann nachgegeben und einem Treffen zugestimmt hatte. Inzwischen waren sie in verschiedenen Cafés gewesen und hatten über allgemeine Themen geplaudert. David war Gastdozent an der Fakultät für Ernährungswissenschaften und, wie Marlene vermutete, etwa zehn Jahre älter als sie. Er war überaus charmant, und vielleicht trug auch sein vertrauter Akzent dazu bei, dass sie sich in seiner Gesellschaft wohlfühlte. David war in München aufgewachsen und konnte seinen Dialekt nicht verbergen. Oder war es sein Mienenspiel, sein gewinnendes Lächeln, das auf seinem Gesicht erschien, wenn er sie anschaute, was ihr gefiel? Optisch erinnerte er Marlene an den bekannten Olympiaschwimmer Mark Spitz, bei dessen Erwähnung sogar Tante Marlies ins Schwärmen geriet. Allerdings war David ein bisschen korpulenter und weniger sportlich gebaut.

Marlene hatte Inga inzwischen von David erzählt. Doch sie hatte diskret geschwiegen, wie es ihre Art war, wenn man ihr etwas anvertraute.

„Du siehst heute besonders hübsch aus. Dein buntes Kleid zu deiner braunen Haut und dem offenen Haar – David wird begeistert sein", sagte sie, als Marlene sich für das nächste Treffen mit David fertig machte. „Kind, ich hoffe nur, dass er nicht zu alt für dich ist", ergänzte sie sorgenvoll.

Heute waren sie zum Abendessen verabredet und Marlene war richtig aufgeregt, worüber sie sich ärgerte. Reiß dich zusammen, befahl sie sich selbst, als er ihr vor dem Restaurant lächelnd entgegenkam.

„Du wirst heute alle Blicke auf dich ziehen", sagte David zur Begrüßung und gab ihr einen angedeuteten Kuss auf die Wange. „Heute reden wir nicht von der Uni", schlug er vor, als sie an dem Tisch saßen, den er bestellt hatte. „Ich möchte gerne erfahren, was diese junge, geheimnisvolle Frau vom Chiemsee nach Ostholstein geführt hat."

Bei dem ersten Glas Wein war Marlene immer noch un-

180

sicher, wie viel sie von sich preisgeben sollte. David gefiel ihr, das schon, aber das Gespräch mit ihm fühlte sich fremd an, irgendwie nicht nach einer beginnenden Freundschaft. Aber vielleicht war sie auch einfach nur ungeübt im Flirten. Onkel Franz' Metapher von einem Kapitän, mit dem sie es wagen sollte, in fremde Häfen zu segeln, kam ihr in den Sinn. War es der Altersunterschied, der sie skeptisch machte, oder lag es an ihrem persönlichen Vertrauensverlust?

Marlene beschloss, den Sprung ins kalte Wasser zu wagen. „Also gut", begann sie, „ich bin mit fünfzehn vor meinem Vater geflüchtet und zu meiner Tante nach Fehmarn gezogen."

David schaute sie betroffen an. „Entschuldige, mit einer so traurigen Geschichte habe ich nicht gerechnet. Möchtest du mir erzählen, warum du fliehen musstest?"

Seine gefühlvolle Reaktion ermutigte sie, ihre Kindheit mit wenigen Worten zu beschreiben. David hörte aufmerksam zu, bis sie das Thema mit der Studienzeit hier in Lübeck abschloss. Fin und seine Familie erwähnte sie nicht.

„Das war eine mutige Entscheidung. Aber warum sehe ich so eine Traurigkeit in deinen Augen? Wenn ich dich richtig verstanden habe, hatte sich dein Leben doch zum Guten gewendet."

Marlene dachte noch über eine Antwort nach, als er bereits weiterfragte. „Kann es sein, dass du wegen deinem Vater der Männerwelt ein wenig misstrauisch gegenüber-

stehst?" David schenkte Wein nach und sah sie auffordernd an.

„Ich glaube, darüber möchte ich nicht weiter reden, weil ich es nicht genau weiß. Erzähl mir lieber etwas von dir. Wie lange bleibst du noch in Lübeck?"

„Ich werde noch eine Weile zwischen Kiel und Lübeck pendeln, bis ich genug Geld habe, um mir die Welt anzuschauen."

„Wie ist das zu verstehen?"

David lachte. „Ich versuche eine Verbindung von Beruf und Abenteuer zu finden. Vielleicht auf einem Forschungsschiff. Wäre das nicht auch etwas für dich? Mit deiner Affinität zum Wasser, die ich immer wieder aus deinen Erzählungen heraushöre."

„Werden auf so einem Schiff nicht eher Biologen gesucht?", fragte Marlene und versuchte ihren Schreck unter Kontrolle zu bringen, der sie erfasst hatte, als David von einer möglichen gemeinsamen Zukunft an Bord eines Schiffes gesprochen hatte.

„Ach, zwischen der Biologie und der Ernährungsforschung gibt es viele Überlappungen, ebenso wie bei der Medizin und der Ernährung. Ein Forschungsauftrag in dieser Richtung wäre sinnvoll und zukunftsweisend. Leider fehlen oft die Mittel für solche Forschungen, wenn der ökonomische Mehrwert nicht auf Anhieb erkennbar ist."

David erzählte, dass er in Freising studiert hatte und seither eine feste Anstellung suchte.

Marlene hatte den Eindruck, dass er nicht wirklich wusste, wo ihn sein Lebensweg hinführen sollte.

„Vielleicht sollte ich ein eigenes Institut gründen oder Schlankheitstipps predigen", sagte er lachend und biss herzhaft in seine Pizza.

„Ich würde sagen, David war seiner Zeit voraus", sagte Johannes, als er Marlene in der Küche beobachtete, wie sie eine Forelle mit Kräutern füllte. „Ernährungsbedingte Krankheiten sind heute ein ernstzunehmendes Thema. Man könnte fast glauben, dass die Lebensmittel- und die Pharmaindustrie ein geheimes, profitables Abkommen miteinander geschlossen haben."

„Trotzdem werden die Menschen immer älter. Aber das Thema müssen wir vor dem Essen nicht vertiefen. Dann schmeckt es uns womöglich nicht mehr."

„Du hast recht", sagte Johannes lachend. „Wenn ich es mir recht überlege, habe ich ja als Arzt auch davon profitiert, dass es Kranke gibt. Sonst wäre ich ja überflüssig gewesen."

„Dann wärst du eben Autor geworden. Du hast wirklich ein Händchen dafür, Johannes, die Fakten, die ich dir liefere, so treffend aufzuschreiben und auch noch auszumalen."

„Ja, inzwischen kenne ich Inga und Swenja ganz gut. Nur du – du bleibst weiterhin geheimnisvoll."

„Nach dem Essen und einem Glas Wein erzähle ich weiter. Ich muss mir nur vorher ein bisschen Mut antrin-

183

ken", sagte Marlene und legte die Fische in die Pfanne.

„Nach der Vorrede bin ich jetzt aber gespannt", betonte Johannes, als er nach dem köstlichen Essen den Espresso servierte.

„David ist in Lübeck geblieben und nur sporadisch nach Kiel gefahren. Wie er das hinbekommen hat, ist mir bis heute ein Rätsel. Er hat behauptet, dass ihm eine Stelle angeboten worden ist, und ich vermute stark, dass Hüring oder Inga die Finger im Spiel hatten. Oder beide."

„Eine Stelle an der Uni zaubert man nicht aus dem Hut", gab Johannes zu bedenken.

„Er war auch der Klinik unterstellt. Es war ein kombiniertes Aufgabengebiet, bestehend aus Ernährungsberatung, Vorträgen und Klinikküche."

Johannes war irritiert. „Interessant. Aber nicht mit der Arbeit auf allen Weltmeeren auf einem Forschungsschiff vergleichbar. Hat das dem Abenteurer überhaupt gefallen?"

„Durch die Vielseitigkeit und die hohe Eigenverantwortung schien es wie zugeschnitten auf David. Er hat eine großzügige Wohnung in Lübeck gemietet und sich nicht über seine Ortsgebundenheit beklagt. Ganz im Gegenteil, er sagte, dass er alles mir und unserer Begegnung zu verdanken hätte."

„Klingt gut."

„Ja, Johannes, es war gut. Swenja zog mich damit auf, wie klug sie mich beraten hat, und Tante Marlies schwärmte geradezu, wenn ich von David erzählt hatte."

„Ich schätze mal, Inga hielt sich diskret zurück. Und David wusste, wie er sich zu benehmen hatte."

Marlene war erstaunt. „Woher weißt du das?"

„Nur so eine Ahnung. Ich versuche einfach, mich in ihn hineinzudenken."

„Wir haben fast jede freie Minute zusammen verbracht und er ist mir so vertraut geworden, dass ich mir bald ein Leben ohne ihn gar nicht mehr vorstellen konnte."

Bei diesen Worten fühlte sich Johannes an sein früheres Leben mit Lilli erinnert.

„Wir hatten gemeinsame Freunde, gingen im Sommer zum Segeln oder erkundeten die Gegend mit dem Rad. Wir waren ständig zusammen, außer er fuhr nach Kiel. Dahin bin ich nie mitgefahren. David meinte, dass die Stadt nicht schön sei und dass ich in der Zeit lieber für meine Prüfungen lernen solle. Mir war das recht, weil ich dann Zeit für mich, Swenja oder Fehmarn hatte."

„Hast du deine Eltern eigentlich mal besucht?"

„Ja, das habe ich vergessen zu erzählen. Wir haben zusammen eine Woche Urlaub in Bayern gemacht und Davids Mutter in München besucht. Der Vater war angeblich verreist. Seine Mutter war höflich, aber unnahbar. Diese Kälte passte nicht zu dem Sohn, den ich als warmherzig kennengelernt hatte. Mit meinen Eltern haben wir uns auf der Fraueninsel getroffen. Ich glaube, zu dieser Zeit war meine Stimmung so sehr in anderen Gefilden, dass ich selbst meinen Vater als positiv wahrgenommen habe." Marlene lächelte bei dem Gedanken. „Naja, jedenfalls habe ich meine Fachschulausbildung mit einem erstklassigen Examen beendet und die Stelle im Labor der Klinik bekommen. Johannes, ich habe so viel Leben in mir gespürt in der Zeit!"

Das Bild von David, das bei Marlenes Erzählung in Johannes aufkeimte, versuchte er zu verscheuchen. Er sah seinen Studienkollegen Max vor sich, der später Chirurg geworden war. Warum dachte er denn ausgerechnet jetzt an diesen Menschen?

Marlene war sein Stimmungsumschwung nicht entgangen. „Warum schaust du so besorgt? Wird es dir zu viel?"

„Aber nein, ich war nur kurzzeitig mit meinen Gedanken woanders."

„Ich bin auch müde. Lass uns zum Abschluss noch von etwas anderem reden", schlug sie vor, um etwas Zerstreuung ins Gespräch zu bringen. „Erzähl mir doch noch etwas aus deiner Studentenzeit. Hast du an diese Zeit auch schöne Erinnerungen?"

„Ich fürchte, ich war zu verbissen, um mein Studium zu genießen, und einige Professoren habe ich nicht in guter Erinnerung", sagte er nachdenklich. „Außerdem hat der Gedanke an die strikte Hierarchie, die in den Kliniken herrscht, mich erdrückt. Ich war erst glücklich, als ich meine eigene Praxis hier eröffnet habe."

Dreiundzwanzig

„Herzlichen Glückwunsch zur bestandenen Prüfung", sagte Onkel Franz feierlich. „Wir sind alle unglaublich stolz auf dich."

Tante Marlies tupfte mit einem Taschentuch in ihrem Gesicht herum und tat so, als habe sie etwas ins Auge bekommen, aber Marlene sah, dass sie vor Rührung weinte. „Außerdem gratulieren wir dir zum einundzwanzigsten Geburtstag und damit zur Volljährigkeit. Ab sofort kann Inga nicht mehr „mein Kind" zu dir sagen und ich darf dich nicht mehr „Momo" nennen."

Alle lachten über Marlies' humorvollen Beitrag und hoben ihre Gläser, um mit Marlene anzustoßen.

„Ihr dürft mich nennen, wie ihr wollt, und ich danke euch allen, dass ihr so fürsorglich zu mir wart. Nur durch euch kann ich diesen wunderbaren Tag so glücklich feiern."

Die große Tafel im Salon war nach langer Zeit mal wieder voll besetzt. Sogar Philipp und Michael waren gekommen, worüber sich Marlene besonders freute. Sie hatten sich zu David gesetzt, plauderten mit ihm, beobachteten seine Mimik und Gestik mit Argusaugen und analysierten seine Antworten.

Auch Swenja lauschte aufmerksam – schließlich wollte sie nichts verpassen. Anschließend setzte sie sich zu Marlene, stupste sie an und flüsterte: „Die quetschen David aus, *als müssten sie einen Eignungstest mit ihm machen. Ich glaube Philipp ist eifersüchtig. Kannst du dich nicht einfach in ihn verlieben? Ihr seid nicht blutsverwandt und du kannst immer hierbleiben, wenn mein Cousin demnächst zurückkommt."*

Marlene musste sich beherrschen, um nicht laut loszulachen. „Was würde ich nur ohne meine Ratgeberin und Spionin machen. Ich danke dir, dass du mir so eine liebe kleine Schwester bist – also inzwischen schon sehr große kleine Schwester, meine ich. Aber es könnte tatsächlich sein, dass ich irgendwann zu David ziehen werde."

„Kind, was tuschelst du da mit Marlene?", fragte Inga ungehalten. Ihr war der Austausch zwischen Marlene und ihrer Nichte nicht entgangen. „Bitte rede nicht so einen Unsinn. Das ist ungehörig unserem Gast gegenüber."

„Inga, beruhige dich, das sind nur Albernheiten zwischen uns, die nichts weiter zu bedeuten haben", sagte Marlene beschwichtigend. Trotzdem fragte sie sich im Stillen, ob Swenja David nicht mochte oder warum sie ihr gerade jetzt ihren Cousin Philipp so energisch ans Herz legte.

Nach dem Essen brachte Onkel Franz Stimmung in die Gesellschaft. „Wir räumen den Tisch beiseite und dann wird getanzt. Wie in alten Zeiten." Und schon schnappte er sich seine Schwester und führte sie auf die Tanzfläche. Swenja traute ihre Augen kaum, wie gekonnt und temperamentvoll die beiden miteinander Rock 'n' Roll tanzten.

Philipp hatte sich derweil neben Marlene gestellt und

schaute sie herausfordernd an. „Du hast dich ja bis jetzt erfolgreich davor gedrückt, mit uns zum Segeln zu gehen, aber um einen Tanz mit mir kommst du nicht herum." Er nahm sie lachend bei der Hand und führte sie gekonnt über das Parkett.

Swenja klatschte so begeistert in die Hände, als würde ihr eben ausgesprochener Wunsch sofort in Erfüllung gehen. David hingegen stand stocksteif und mit säuerlichem Gesichtsausdruck neben Michael, der im Takt mitschwang.

„Klasse, wie Marlene mit Philipp tanzen kann. Da passt jeder Schritt, als hätten sie jahrelang miteinander geübt. An deiner Stelle würde ich sie nicht so oft allein lassen", stichelte Michael.

David überging die Bemerkung und versuchte erfolglos, sich seinen Ärger nicht anmerken zu lassen.

Marlene wusste, dass er nur widerwillig mitgegangen war. Ihr Familiensinn behagte ihm nicht. Marlies und Franz mochte er ganz gerne, aber bei den Hanseaten fühlte er sich nicht wohl. Er fürchtete, von ihnen nicht akzeptiert zu werden, und behauptete, dass ihr vornehmes Getue ihn an seine Familie erinnern würde. Vielleich gefiel es David auch nicht, dass Marlene im Mittelpunkt der heutigen Veranstaltung stand. Die schlechte Stimmung, die er verbreitete, war beinahe greifbar und machte den Tanz für Marlene so unbehaglich, dass sie beinahe aufgehört hätte. Warum gönnte er ihr diese Freude und Euphorie nicht? Ein erster, leiser Zweifel stieg in ihr empor.

Als David sich unter dem Vorwand verabschiedete, er

*müsse früh aufstehen, war Marlene fast erleichtert. Schließ-
lich war heute ihr besonderer Tag, den sie mit der Familie
genießen wollte. Sie spürte den alten, prickelnden, jahrelang verschollenen Übermut wieder in sich, der wie ein
Feuerwerk die Nacht erleuchtete. Einen Moment dachte sie
an ihr ehemaliges Zuhause, den Chiemsee, und daran, dass
sie nun erwachsen war.*

*Zu vorgerückter Stunde wurde die Stimmung immer
ausgelassener und Philipp ließ keine Gelegenheit aus, mit
Marlene zu sprechen oder zu tanzen. „Wenn ich wieder in
Lübeck bin, können wir mehr zusammen unternehmen",
verkündete er. „Dein David scheint ja oft an den Wochenenden unterwegs zu sein."*

*Philipps charmante und gleichzeitig lockere Art hatte
Marlene schon immer gefallen und sie fühlte sich ge-
schmeichelt. Gleichzeitig überlegte sie, ob die kleine Spionin Swenja mittels irgendwelcher Bemerkungen einen ge-
zielten Einfluss auf den Verlauf dieses Abends genommen
hatte.*

*Noch getragen von der Stimmung des Abends, ließ sich
Marlene von Philipp zu einer Radtour am nächsten Tag
überreden. Im Gegensatz zu David, der grundsätzlich nicht
viel von Geburtstagen hielt und ihr deshalb außer einem
Strauß Blumen nichts geschenkt hatte, hatten alle in der
Familie zusammengelegt und Marlene mit einem nagelneu-
en Fahrrad überrascht.*

*Die Sonne schien und es wehte ein laues Lüftchen, als
Marlene und Philipp durch die Felder nördlich von Lübeck*

in Richtung Timmendorfer Strand radelten. Philipps unkomplizierte, verführerische Art ließ sie fast ein wenig wanken. Er konnte nicht nur gut zuhören, sondern war auch klug und zuvorkommend. Ganz klar Ingas Schule, dachte Marlene. Aber was sollte jetzt werden, wo sie doch beschlossen hatte, bald mit David zusammenzuziehen?

Es war wie ein Hauch von Abenteuerlust, den sie plötzlich an sich entdeckte und den sie ausleben wollte. Genau das schien Philipp zu spüren, als er sich abends mit einem wirklich leidenschaftlichen Kuss von ihr verabschiedete. Sie spürte zum ersten Mal ein Kribbeln im Bauch.

„Schließ deine Zimmertür ab, wenn du nicht willst, dass ich dich heute Nacht besuche", riet Philipp ihr scherzend. Dann wurde er ernst. „Du bist wunderschön, Marlene, und ich bin drauf und dran, mich in dich verlieben."

In der Nacht fand sie kaum Schlaf und war fast versucht, an Philipps Tür zu klopfen, um mit ihm zu reden. War er wirklich ernsthaft an ihr interessiert – oder nur der typische Verführer? Einer, der Frauen dann am interessantesten fand, wenn sie einem anderen gehörten? Einer, der jeden Apfel nach einem Biss liegen ließ? Oder war sie selbst diejenige, die etwas probieren wollte, um nur einmal im Leben unvernünftig gewesen zu sein?

Am Morgen war Marlene froh, dass sie in ihrem Bett liegen geblieben und irgendwann über ihren verwirrenden Gedanken eingeschlafen war. Philipp reiste ab und hinterließ eine geheimnisvolle Sehnsucht, die sie weder bei Fin noch bei David jemals so empfunden hatte. Sie spürte ein-

191

fach Leben in sich.

Johannes war stolz auf seine fantasievolle Kurve, die er in seinem Text über Philipp geflogen war. Es befriedigte ihn auf eine seltsame Weise, der scheinbar zu glatt verlaufenden Zukunft mit David einen kleinen Knick zu geben. Aus einem unguten Gefühl heraus gönnte er diesem Mann nicht, Marlene zu besitzen – nicht einmal auf seinem Papier. Den gedanklichen Vorbehalt an Davids Integrität konnte er sich einfach nicht verkneifen und der Gedanke, dass Swenja ein Bündnis mit Philipp haben könnte, gefiel ihm ausgesprochen gut. Er hätte die Geschichte gerne in der Richtung fortgesetzt, hätte Marlene gerne mit Philipp verbunden, um ihr eine weniger dramatische Zukunft zu schenken. Außerdem war es eine persönliche Wunschvorstellung von ihm, Marlene auf diese Weise ihren Übermut zurückgeben zu können.

Bisher hatte sie ihm jegliche Abweichungen von ihrer realen Geschichte mit einem Augenzwinkern durchgehen lassen, sich amüsiert oder ihn zur Realität zurückgeführt. Deshalb kam es für Johannes wie aus heiterem Himmel, dass Marlene sich über diesen Abschnitt ungeheuer aufregte und ohne ein Wort der Erklärung wutentbrannt das Haus verließ. Die Verletzung und das Entsetzen waren ihr ins Gesicht geschrieben. Was hatte er nur angerichtet mit seiner Philipp-Episode, mit der er Marlene eigentlich zum Lachen hatte bringen wollen?

Er lief ihr zum Fischereianwesen hinterher, um mit ihr zu sprechen. Wenn er dann wusste, was er falsch gemacht hatte, würde er sich gerne bei ihr entschuldigen. Doch er fand nur eine verstörte Hermine im Haus vor, die sich Marlenes Verschwinden nicht erklären konnte.

Johannes quälte sich mit Selbstvorwürfen und Überlegungen, wie er diese sinnlose Verrücktheit seiner Schreiberei ungeschehen machen könnte. Als Marlene auch am übernächsten Tag noch nicht aufgetaucht war, befand sich Johannes bereits wieder in seinen alten Mustern. Er schaute von der Morgendämmerung bis zum Abendrot fast ununterbrochen auf den See und fühlte sich seiner Lebensenergie beraubt. Schon wieder wartete er auf den Fischerkahn, der ihm seine Seele zurückbringen sollte.

Hermine wusste auch keinen Rat. Marlenes Brüder vermuteten, dass sie mit einer der Fähren irgendwohin gefahren sein könnte.

„Sie ist bestimmt auf der Fraueninsel. Da kennt sie genügend Leute, bei denen sie Unterschlupf finden kann", tröstete Hermine ihn. Gleichzeitig ärgerte sie sich über die vollkommen überzogene Reaktion ihrer Tochter auf etwas, das doch nur ein kleines Missverständnis sein konnte. „Ich weiß zwar nicht, was sie so erzürnt hat, aber man kann doch über alles reden", sagte sie.

„Als ich ihre Geschichte einfach umgeschrieben habe, muss ich unbewusst eine äußerst verletzliche Stelle berührt haben", diagnostizierte Johannes.

„Oder du hast die Wahrheit erraten", murmelte Hermine

kaum hörbar.

Getrieben von der Sorge um Marlene bat Johannes, den Fischerkahn benutzen zu dürfen. „Ich möchte zur Fraueninsel hinüberfahren und nach ihr suchen."

„In einer Stunde wird es aber schon dunkel", gab Ferdinand zu bedenken. „Das macht heute wenig Sinn. Morgen Mittag nach dem Fischfang kannst du ihn haben. Das ist ungefährlicher, als jetzt durch die Nacht zu fahren. Vielleicht taucht sie ja auch heute Abend wieder auf."

Tat sie nicht.

Am nächsten Tag regnete es in Strömen und der See wurde von einem böigen Westwind aufgewühlt.

Johannes war nicht der mutigste Seemann, da er zuletzt in seiner Studentenzeit mit einem wackeligen Motorboot gefahren war. Trotzdem, er wollte keine Minute länger warten.

Vinzenz bot ihm seine Begleitung an, die Johannes jedoch ablehnte. Er wollte bei dem bevorstehenden Gespräch keine fremden Zuhörer haben, außerdem hatte er einen gewissen Stolz: Er wollte Marlene aus eigener Kraft wieder zurückholen.

Hermine drückte ihm energisch die wasserfeste Berufsbekleidung von Georg Huber in die Hand, die Johannes nach kurzem Zögern doch als einen guten Schutz gegen die himmlischen Gewalten empfand.

„Ich rufe beim Inselwirt an, damit sie dir am dortigen

Steg beim Anlegen helfen können", rief ihm Vinzenz noch nach.

Und dann tuckerte Johannes in Richtung Fraueninsel. Es hätte nicht schlimmer sein können für den unerfahrenen und wenig mutigen Bootsmann. Kaum war er aus der schützenden Bucht heraus, erfassten Wind und Wellen das Boot, hoben es an und warfen es in das bleigraue Wasser zurück. Es goss in Strömen. Innerhalb kürzester Zeit hatte er literweise Wasser im Boot und musste die für diesen Zweck installierte Lenzpumpe betätigen. Er wäre auf halber Strecke fast umgedreht, als plötzlich die Türme der Klosterkirche aus dem Dunst erschienen. Aus einem Wolkenfenster heraus wurden sie von Sonnenstrahlen berührt.

„Wie eine verdammte Ewigkeit fühlt sich die Zeit an, wenn man unerfahren, nass und schweren Herzens ein Ziel erreichen möchte", fluchte Johannes vor sich hin, als er der Insel allmählich näherkam.

Tatsächlich lief ihm beim Anlegesteg ein junger Mann entgegen, der auf das Boot sprang und Johannes half, es zu vertäuen. Kaum hatten sie das Land betreten, hörte es auf zu regnen.

Johannes zog den Schutzanzug aus und begann seine Suche mit einer Umrundung der Insel.

Eigentlich hätte er seine Unternehmung als sinnloses Unterfangen betrachten können, denn es war ja nur eine Vermutung Hermines, dass Marlene sich hier irgendwo aufhalten könnte. Doch aus irgendeinem Grund war er sich

195

sicher, sie hier zu finden. Seiner Hoffnung folgend beschloss er, so lange hierzubleiben und zu suchen, bis er sie in seine Arme nehmen konnte.

Erschöpft von seinen Umrundungen und den Kreuz- und Quergängen, setzte sich Johannes auf eine Bank vor den Klostermauern und schloss die Augen. In seinem ermüdeten Zustand verflüchtigte sich die Hoffnung. Was, wenn Marlene nicht hierher, sondern wie vor Jahrzehnten nach Fehmarn geflohen war – aus Angst, dass sie auch ihm nicht vertrauen konnte?

Gerade als er sich nach einem kurzen Dösen wieder auf die Suche machen wollte, spürte er eine Berührung an der Schulter. Erschrocken fuhr er herum. „Marlene!" Seine Gedanken überschlugen sich. Träumte er noch? „Marlene, es tut mir unendlich leid", sagte er rasch, aus Sorge, dass sie gleich wieder verschwinden könnte – so plötzlich, wie sie aus dem Nichts erschienen war.

„Johannes, *mir* tut es leid, dass ich so überreagiert habe."

„Sagst du mir, was ich falsch gemacht habe, dass du vor mir geflohen bist?"

„Du hast gar nichts falsch gemacht. Ich bin nicht vor dir geflohen, sondern vor mir und meiner Angst, dich zu verlieren."

„Du wirst mich nicht verlieren", beruhigte er sie. „Aber erkläre mir: Wie konnte meine schräge Fantasie nur eine solche Verlustangst bei dir auslösen?"

Marlene setzte sich zu ihm und nahm seine Hand. „Deine – wie du sagst – schräge Fantasie war gewissermaßen die Wahrheit, die bei mir von so viel Sand der Vergangenheit überschüttet war."

Johannes schwieg angespannt.

„Natürlich ist der spätere Abend nicht genau so verlaufen, wie du ihn beschrieben hast. Aber ich war schockiert und so verwirrt, weil Philipp tatsächlich meine heimliche Liebe war, die sich niemals erfüllt hat. Welches hellseherische Gespür hat dich eigentlich zu Philipp geleitet?", fragte sie und rückte ein wenig näher an ihn heran. Ohne eine Antwort abzuwarten, sprach sie weiter. „Dabei hat er sich nicht einen Funken für mich interessiert, so wie Swenja es gerne gesehen hätte – und ich auch, mit meinen irrealen, romantisch überhöhten Wunschvorstellungen. Mit Inga traute ich mich nicht darüber zu sprechen. Ich bin sicher, dass sie etwas spürte, sie war ja sehr feinsinnig, aber da sie mir kein Gespräch anbot, musste ich das Thema verdrängen. Ich habe diesen Keim aktiv erstickt und mich vermutlich deshalb stellvertretend stärker an David geklammert."

Johannes legte seine Hände vors Gesicht und atmete tief ein und aus, als wolle er eine Hyperventilation verhindern.

„Und als du mir deine Passage vorgelesen hast, sind all meine Verlustängste wieder zum Vorschein gekommen und ich habe plötzlich befürchtet, du würdest mich nicht wirklich lieben. Der Gedanke, dass du mich verlassen könntest und ich den Mann, den ich liebe, wieder nicht bekommen würde, wurde so übermächtig, dass ich glaubte, ich würde zerbrechen oder sterben."

„Das kann ich verstehen, Marlene, weil es mir nicht anders ging. Glaube mir, diese Tage waren furchtbar für mich. Ich werde dich niemals verlassen."

Sie schwiegen. Es war alles gesagt. Jedes weitere Wort hätte die vertraute Ruhe gestört, die sich wieder auf den beiden niedergelassen hatte, als hätte nur ein kurzer, dunkler Sturm ihre Zusammengehörigkeit gestört.

„Wir streichen diese Stelle aus dem Text und auch aus unserem Leben und vergessen das, weil es für uns keine Bedeutung haben darf", brach Johannes das Schweigen.

Marlene schien erleichtert. „Philipp hat später für mich auch keine Bedeutung gehabt. Wir haben uns immer hervorragend verstanden, aber eine Beziehung mit ihm wäre nicht gutgegangen. Er war ein ehrgeiziger Einzelgänger und hauptsächlich mit seinem Sport und der Arbeit verheiratet. Und hatte, wie ich von seiner Frau weiß, zahlreiche Affären."

Johannes warf einen besorgten Blick in den Himmel. Die Wolkenlücke über der Fraueninsel hatte sich inzwischen geschlossen und der Wind frischte erneut auf. „Wollen wir zurückfahren, bevor es zu regnen beginnt?", fragte er.

„Die nächste Fähre geht in einer halben Stunde", informierte ihn Marlene nach einem Blick auf ihre Uhr.

„Das geht nicht. Vinzenz köpft mich, wenn ich sein

Boot hier am Anleger stehen lasse."

„Was? Du bist mit dem Boot herübergefahren? Wie ein Held, der seine Liebste retten will?" Sie lachte.

„Ich selbst bin mir zwar wenig heldenhaft vorgekommen. Aber ja", sagte Johannes schmunzelnd.

„Du hast bei dem Wetter mutig ein Wagnis auf dich genommen. Es tut mir leid, dass ich dir solche Sorgen gemacht habe. Ich werde nie wieder an dir zweifeln."

Vierundzwanzig

„Nein, ich stehe jetzt dazu", betonte Marlene, als sie sich nach der Überfahrt am Kaminfeuer wärmten. „Du musst die Passage nicht streichen. Inzwischen finde ich es sogar witzig, was du dir ausgedacht hast. Lies bitte weiter, wir haben schließlich zwei Tage versäumt."

„Aber nur, wenn du mir nicht wieder wegrennst."

„Diese Stunden in sinnloser Verzweiflung waren mir Lehre genug, um nicht mehr vor meiner Liebe davonzulaufen, glaube mir."

Johannes hatte noch nicht ganz zu seiner inneren Ruhe zurückgefunden. Der Blick auf den See schien seine Stimmung zu spiegeln. Draußen war es bedrohlich düster, wie vor einem Unwetter.

Nach der Feier blieben Marlene nur noch zwei Wochen Zeit, bevor sie ihre Stellung antreten musste. Sie war ein wenig enttäuscht, dass David sich nicht freinehmen konnte und sogar an einem Wochenende dazwischen dringend nach Kiel musste. Sie tröstete sich damit, dass sie bald zu ihm ziehen würde, wenn sein momentaner Mitbewohner eine andere Bleibe gefunden hätte.

„Sei nicht traurig, Kind. Wenn ihr zusammenlebt, wirst du dich manchmal nach der Zeit zurücksehnen, in der du für dich allein sein konntest."

„Ich bin auch deshalb traurig, weil ich hier so gerne

wohne. Jedenfalls werden Swenja und ich heute die Stadt unsicher machen und morgen kommt David schon zurück. Außerdem hat er mir versprochen, dass wir bei nächster Gelegenheit nach Bayern fahren."

„Deine Mutter konnte leider nicht zu deinem Geburtstag kommen. Marlies war darüber sehr enttäuscht."

Eigenartig, dachte Marlene, dass die Tante ihr gegenüber diesen Umstand mit keinem Wort erwähnt hatte. Marlene selbst war auch nicht traurig gewesen, da sie durch Davids Versprechen die Möglichkeit gesehen hatte, selbst bald nach Hause zu reisen. Die Vergangenheit ging ihr manchmal durch den Kopf und ihre Verletzung war einem gewissen Groll gewichen, weil ihre Mutter so viel gedeckelt und mit einem klebrig-süßen Guss von falscher Harmonie überzogen hatte. Sie war immer noch der Meinung, dass das Verhalten des Vaters durch nichts zu entschuldigen war, auch wenn er depressiv – und damit krank – war.

„Wo bist du nur mit deinen Gedanken?" Inga schaute besorgt.

„Alles gut, Inga, ich habe nur gerade an meine Familie gedacht."

„Es ist nicht schwer, deine Gedanken zu lesen. Du bist sehr tapfer, Kind, und dein Vater ist ein Idiot."

Bevor Marlene darauf etwas antworten konnte, stand Swenja startbereit in der Tür.

„So ein Wort hätte Inga niemals in den Mund genommen", kritisierte Marlene. „Dazu war sie viel zu beherrscht und vornehm."

Johannes schmunzelte. „Ich möchte das Wort ‚Idiot‘ aber nicht streichen, weil sie es in deinen Gedanken gelesen hat."

Marlene liebte diese Art von Wortgeplänkeln, bei der ihr Johannes nur selten eine Antwort schuldig blieb. „Du schreibst ja auch für Tante Marlies und sie würde dir zustimmen. Also kannst du es so stehen lassen."

„Dachte ich mir. Und, weil du sonst keine Einwände zu haben scheinst, könnte ich heute etwas für uns in der Hexenküche zaubern."

„Ich bleibe gerne am Kamin sitzen und lasse mich von dir verwöhnen. Wir müssen nicht ausgehen, wenn Petrus so zornig ist."

Alles schien wie sonst zu sein. Johannes ließ sich von Marlenes guter Stimmung anstecken.

Inzwischen fegte ein heftiger Sturm über den Chiemsee und die Wellen tobten schäumend ans Ufer. Die Schiffe im Hafen drohten aus den Festmachern zu reißen. Im letzten Jahr hatten die Herbststürme noch an seiner Seele gezerrt – jetzt gaben sie ihm ein behagliches Gefühl der Geborgenheit, dachte Johannes dankbar. Wie rasch sich doch ein Leben verändern konnte!

„Hat Inga jemals von ihrem verschollenen Mann gesprochen? Das würde ich gerne wissen, bevor es mit David weitergeht", sagte Johannes, als er eine duftende Paella auf den Tisch stellte.

„Sie hat kaum von ihm geredet, als wolle sie ihn dort lassen, wo er verschollen war. Doch Inga hat niemals einen Zweifel daran gelassen, dass er ein wunderbarer Mann und Vater gewesen ist. Philipp und Michael haben das auch bestätigt. Er hat einen hohen Rang bei der Marine gehabt und war wohl selten bei seiner Familie. Deshalb kann ich dir nicht sagen, ob sie ihn idealisiert haben."

„Schmeckt es dir eigentlich? Oder kommt dir das Essen spanisch vor?"

Marlene lachte über sein Wortspiel. „Es ist wunderbar, Johannes."

„Weil Ingas Mann vermisst war, könnte sich im Laufe der langen Zeit die Wahrnehmung von ihm seitens der Familie verändert haben. Da er nicht gefunden und für tot erklärt wurde, ist es wahrscheinlich besonders schwer, Abschied zu nehmen. Vielleicht lebte er in ihrem Empfinden noch weiter."

„Ja, so könnte es bei Inga gewesen sein. Sie wirkte nie einsam. Das ist eine plausible Erklärung, auf die ich nicht gekommen wäre. Allerdings hätte ihre Loyalität zu ihrem Mann niemals einen anderen Tenor zugelassen."

„Inga zählte sicher nicht zu deinen Irrtümern."

„Nein, ihr konnte ich bedingungslos vertrauen."

Vier Wochen später hatte Davids Mitbewohner eine

203

neue Wohnung gefunden und Marlene konnte einziehen.

Traurigkeit und Euphorie wechselten einander ab. Es war aufregend und spannend und gab ihr das Gefühl, jetzt ernsthaft erwachsen zu sein, aber auf der anderen Seite wirkte die ersehnte Lebensgemeinschaft befremdend, obwohl ihr Davids Wohnung vertraut war. Denn jetzt erst schien sich der Altersunterschied bemerkbar zu machen. Und Marlene kam sich wie ein Eindringling in der Welt eines freiheitsliebenden Junggesellen vor.

„Hast du schon mal mit einer Frau zusammengelebt?", fragte sie David.

„Marlene, fühl dich einfach wohl und denke nicht so viel nach", sagte er und versuchte ihre Unsicherheit zu beschwichtigen.

„Ich habe ein paar Koffer mit Sachen, aber sonst ist hier alles deins. Das fühlt sich anders an, als bei der Verwandtschaft einzuziehen."

Die Wohnung war groß und luxuriös eingerichtet und Marlene hatte sich so manches Mal gefragt, wie David sich das alles von seinem Dozentengehalt leisten konnte. „Ich möchte mich wirklich an der Miete beteiligen, auch wenn du das so gönnerhaft abgelehnt hast."

„Also gut, wenn du unbedingt willst, werden wir eine Bordkasse anlegen."

Seine Gelassenheit beruhigte Marlene und der Alltag überwucherte nach und nach ihre Bedenken wie ein fruchtbarer Dschungel. David verhielt sich in der ersten Zeit unkompliziert, wirkte, als habe er alles, was er zu seinem Glück brauchte. An den Wochenenden fuhr er jedoch nach wie vor nach Kiel und wenn sie ihn begleiten wollte, überzeugte er sie davon, dass es besser für die Beziehung war, wenn Marlene in Lübeck blieb. „Du kannst alles von mir haben", sagte er immer wieder, „aber ich brauche einen gewissen Freiraum für mich." Auch an manchen Wochentagen war David unterwegs, um Vorträge zu halten.

Marlene konnte sich damit arrangieren und verbrachte die Zeit mit ihren Freundinnen oder besuchte die Familie.

Und dann, aus heiterem Himmel, überraschte er sie mit einem Segelschiff, das er nach Lübeck überführt hatte. „Ich habe mir meinen Traum erfüllt und werde mit dir um die Welt segeln."

Marlene war anfänglich begeistert, als er ihr die komfortable Yacht mit zwei Kabinen zeigte. Inzwischen hatte David sie mit seiner Segelleidenschaft angesteckt. Allerdings gehörten keine gehobenen Rechenkünste dazu, um zu wissen, dass Davids und ihr zusammengenommenes Einkommen keinen solchen Luxus erlaubten. Deshalb fragte sie: „David, kannst du mir bitte erklären, wie du dir die Wohnung und dieses teure Schiff leisten kannst?"

Er schaute wie ein enttäuschtes Kind, dem ein anderes im Sandkasten die Burg zerstört hatte. „Warum freust du dich nicht einfach mit mir?", beklagte er sich. „Ich habe dir von Anfang an gesagt, dass ich Beruf und Abenteuer miteinander verbinden möchte. Über meine Finanzen bin ich dir keine Rechenschaft schuldig. Vielleicht habe ich ja geerbt."

Enttäuscht über die lapidare Antwort und seine Ge-heimniskrämerei ging Marlene von Bord.

Als David abends nach Hause kam, war er angetrunken und bester Laune. „Marlene, vertraue mir einfach, wir werden ein wunderbares, abenteuerliches Leben führen. Wir werden segeln, Kinder haben und meine geheimnisvol-le Frau soll glücklich sein."

Es war immer wieder verblüffend, wie überzeugend Da-vids Leichtigkeit auf sie wirkte. Wenn er so sprach, schien wirklich alles problemlos zu sein. Seine Andeutung von Kindern in der gemeinsamen Zukunft wirkte wie eine Lie-beserklärung auf sie. Marlene zweifelte an sich selbst und schob ihr Misstrauen beiseite. Offenbar hatte das Leben nun beschlossen, sie reich zu beschenken, daher wollte sie sich auch bemühen, ihrer neuen Lebensfreude zu folgen, zu der auch David beitrug.

„Also gut, Kapitän, ich werde den Segelschein machen und dann schippern wir durch die Ostsee."

Nachdem sie mehrmals auf dem Schiff übernachtet hat-ten, war Marlene restlos davon überzeugt, dass es kaum etwas Schöneres geben konnte. Sie liebte das Bordleben, die herzliche Gemeinschaft der Segler und vor allem die täglichen Sonnenuntergänge, die die Stimmung wie ein Zauberumhang vergoldeten. Bei einem Glas Wein und ein-fachen Gerichten aus der Kombüse waren sie glücklich.

Marlene pflegte das Schiff und die Wohnung, wenn Da-vid unterwegs war, mit leidenschaftlichem Eifer. Swenja

206

besuchte sie, wenn sie erfuhr, dass Marlene allein war. „Du putzt schon wieder und wäschst sein Zeug, während er in der Gegend herumkutschiert", sagte sie mit gespielter Empörung. „Ist das dein persönlicher Beitrag, um die Beziehung aufzupolieren?"

„Du bist ziemlich vorwitzig. Ich finde es schön, wenn wir dadurch mehr gemeinsame Zeit zur Verfügung haben."

„Schon klar, und sehr bequem für den Abenteurer. Findest du nicht auch, dass er einige Kilo zugelegt hat?"

Es war nicht ganz zu ergründen, ob Swenja eifersüchtig war und deshalb stichelte oder ob sie David schlicht nicht mochte. Aber es stimmte, dass David kaum noch in seine Sachen passte.

„Ach was, du bist ja nur beleidigt, weil ich nicht mehr in deiner Nähe bin. Los, ich bin fertig. Lass uns ein Eis essen."

„Gut, wir gehen in Richtung Hafen. Dann kannst du mir endlich euer Schiff zeigen."

Es tat Marlene gut, mit Swenja unterwegs zu sein oder Inga, Anja und Jasper zu besuchen, weil sie dadurch von dem inzwischen ständig nagenden Unbehagen abgelenkt wurde, dass David so oft abwesend war. Sie fühlte sich nicht allein, das war es nicht, was sie störte. Es waren die fadenscheinigen, angeblich so wichtigen Termine, die sie nicht nachvollziehen konnte, seine wie Ausreden wirkenden Erklärungen, warum sie nicht mitkommen sollte. Es wäre ganz einfach gewesen, nachzuforschen, ob die Klinik wirklich der offizielle Träger all dieser Vorträge war. Aber

Marlene hatte sich dagegen entschieden. Sie wollte und würde ihrem Freund nicht nachspionieren.

„Das Schiff ist wirklich schön, und toll eingerichtet", sagte Swenja bewundernd, als sie ihren Rundgang über Bord beendet hatte. „Philipp und Michael würden staunen. Leider werde ich seekrank, sonst könntet ihr mich mal mitnehmen."

„Kann es sein, dass deine plötzliche Seekrankheit ein Vorwand ist, nicht mit uns zu segeln, weil du David nicht magst?"

„Ich bin lieber mit dir allein", war ihre diplomatische Antwort. „Vielleicht ist er mir zu alt."

Die Erklärung war für Marlene einleuchtend und sie dachte nicht weiter darüber nach.

Durch den ausgefüllten, gemeinsamen Alltag spielte sich zwischen ihr und David eine wohltuende Gewohnheit ein, die Marlene Sicherheit verlieh. Seit einiger Zeit jedoch war er oftmals unausgeglichen und streitsüchtig. Marlene wunderte sich darüber, dass ihre Verlustängste nicht augenblicklich zurückkehrten. Stattdessen überging sie seine launischen Provokationen oder widersetzte sich, wie sie es als Kind bei ihrem Vater getan hatte. Seine Ausbrüche kamen ihr inszeniert und sinnlos vor, da er kurze Zeit später wieder überschwänglich liebevoll mit ihr umging. Das Wechselspiel seiner Stimmungen irritierte Marlene und sie nahm sich vor, in den nächsten Tagen mit Inga darüber zu sprechen.

Inga führte sie in den Garten, wo bereits der Tisch gedeckt war.

„Kind, es ist schön, dass du mich mal wieder besuchst. Du siehst entzückend aus … aber in deinen Augen sehe ich, dass du ein Problem hast." Inga war wie immer extrem aufmerksam, ihr konnte man nichts vormachen. „Ich habe uns einen kleinen Auflauf zubereitet, der gute Laune macht. Du bist doch hoffentlich hungrig?"

Marlenes Anspannung verflog augenblicklich. Beim Essen erzählte sie Inga von Davids Veränderung. „Es ist nicht so extrem wie bei meinem Vater", erklärte sie, „aber warum provoziert er mich? Meinst du, dass er nervös ist vor seinen Vorträgen? Außerdem hat er sich beschwert, ich würde seine Arbeit nicht genug anerkennen, und das, obwohl ich ihm den Rücken freihalte, indem ich alles im Haushalt erledige."

„Es gibt keine Rechtfertigung für sein launisches Verhalten. Du gibst ihm sicher keinen Anlass dafür. Ich kenne dich gut genug, um das beurteilen zu können. Es mag Gründe geben, warum er so ist, aber dazu könnte er sich äußern, ohne sich wie ein Poltergeist aufzuführen. Das könnte ein Zeichen von Unreife sein – oder er hat keinen guten Charakter."

„Ich weiß nicht", sagte Marlene, „vielleicht ist es nur eine Phase, die vorübergeht."

„Das hoffe ich für dich. Ansonsten wirst du immer tiefer in diese ungute Beziehung hineingezogen werden, weil er

deine verletzlichste Stelle benutzt, um dir weh zu tun."

Marlene sah Inga verständnislos an.

„Das ist schwer zu verstehen, ich weiß. Wenn David nicht damit aufhören sollte, wirst du dich irgendwann nur noch nach Wärme und Zuneigung von ihm sehnen, die er dir dann nach eigenem Ermessen gibt – oder verweigert."

„Du meinst, dass er mit meinen Gefühlen spielt?", fragte Marlene entsetzt. Sie legte ihre Hände vors Gesicht.

„Das kann ich nicht sagen. Ich möchte nur, dass du auf dich achtest, falls sich sein Verhalten nicht ändern sollte."

Eigenartigerweise musste Marlene jetzt an Fin denken und daran, was er über seinen Vater erzählt hatte. Doch sie konnte und wollte sich nicht vorstellen, dass es Parallelen gab.

Ihre Verwirrung wurde noch größer, als David sich in den folgenden Tagen unverhofft nur noch von seiner ausgeglichenen Seite zeigte. Er war charmant, aufmerksam und liebevoll. Hatte er einen besonderen Instinkt, war er in sich gegangen oder gab es eine telepathische Verbindung? Marlene war glücklich darüber, jedoch traute sie dem Frieden nicht. In ihr erwachte wieder dieses merkwürdige Gefühl der Irritation, wenn ein Krach ausblieb, mit dem sie bereits fest gerechnet hatte.

„Du hast dich bei deinen Vorahnungen ganz wunderbar in Inga hineinversetzt", sagte Marlene zu Johannes, der seine Blätter jetzt neben dem Bett auf den Boden legte. „Sie hat es tatsächlich so ähnlich gemeint."

Sie saßen gemütlich eingemummelt im Bett, am Fußende das große Tablett mit Frühstücksleckereien. Das Wetter lud nicht zu irgendwelchen Aktivitäten in der freien Natur ein.

„Warte kurz", sagte Johannes und sprang auf. „Ich höre dir gleich weiter zu. Nicht weglaufen, ich hole nur frischen Kaffee."

„Ingas Klarheit war hilfreich, aber gleichzeitig hat sie mich verunsichert", erzählte Marlene weiter, als er zurückgekehrt war. „Sie hat mir gesagt, ich könne ihr zuhören und ihre Ratschläge abwägen, aber ich würde lernen müssen, auf mein eigenes Gefühl zu hören und meine eigenen Erfahrungen zu machen. Wie du dir vorstellen kannst, habe ich das damals nicht richtig umsetzen können."

„Wir konnten alle nur in unsere Leben hineinwachsen", stimmte ihr Johannes zu.

„Mit meinen Empfindungen war ich einige Jahre im Einklang, weil ich mich von David geliebt fühlte."

Die Frage, ob Marlene David auch geliebt hatte, brannte ihm auf den Lippen, doch sie jetzt zu stellen, schien ihm unpassend zu sein. Wenn er an sein Verhältnis zu Lilli dachte, war ihr Zusammensein in der ersten Zeit eher eine Verliebtheit gewesen, danach war zwischen ihnen eine tiefe Zuneigung und Verantwortung füreinander gewachsen, woraus letztendlich Liebe entstanden war.

„Ihr seid also zusammengeblieben?"

„Ja, wenn du so willst, bin ich der konventionelle Typ gewesen, der auch die Verliebtheit in Philipp ausgeschlossen hat und bei seiner ersten Liebe geblieben ist. Die Freundschaft zu Fin zähle ich nicht dazu, weil wir damals ja noch Kinder waren."

Johannes überspielte seine Besorgnis. „Der finstere Tag und die kuschlige Wärme im Bett laden dazu ein, dass du weitererzählst."

Marlene schob die Bettdecke beiseite und setzte sich an die Bettkante. „Nein, nein, lass uns lieber vor dem Kamin die Aussicht auf den wetterlaunigen See genießen und dem Feuer meine Geschichte erzählen. Dieser Raum sollte nur uns beiden gehören."

Fünfundzwanzig

Es kamen weder Blitze und noch Donnerschläge. David war liebevoll und ausgelassen wie nie zuvor. Er war voller Ideen für Reisen und Törns mit dem Segelschiff, die sie in den nächsten Urlauben verwirklichen wollten. Er zeigte sich großzügig, wenn Marlenes Einkünfte nicht reichten, um ihre Hälfte am Lebensunterhalt zu zahlen, und überraschte sie gelegentlich sogar mit Geschenken und kleinen fürsorglichen Aufmerksamkeiten.

Inzwischen machte sich Marlene keine Gedanken mehr über seine Vortrags- oder Wochenendreisen oder seine finanziellen Verhältnisse. Er nahm sie sogar einmal mit nach Kiel und stellte sie dort ein paar Freunden vor. „Die Jungs werden uns begleiten, wenn wir ein Schiff im Mittelmeer chartern", erklärte er ihr bei der Rückfahrt nach Lübeck.

„Im Vergleich zum Chiemsee finde ich die Ostsee schon abenteuerlich genug", gab Marlene zu bedenken.

„Du glaubst gar nicht, wie schön es ist, wenn der Wind und das Wasser warm sind. Den ganzen Tag werden wir auf dem Meer sein, abends steuern wir eine romantische Bucht an, gehen zum Schwimmen und kochen unser Essen an Bord. Am nächsten Abend kann es ein Hafen sein, in dem wir anlegen, um dann in einem Restaurant die mediterrane Küche zu genießen", schwärmte er ihr leidenschaftlich vor. „Glaube mir, das wird dir gefallen."

Die erste Reise ging dann im Spätsommer nach Grie-

213

chenland. David hatte nicht zu viel versprochen. Es war geradezu berauschend schön. So ein Leben hatte Marlene sich nicht einmal in den kühnsten Träumen vorstellen können.

„Kneif mich mal, damit ich weiß, dass ich nicht träume", sagte sie zu David mehr als einmal, wenn sie von den weißen, prall gefüllten Segeln über die glitzernde türkisfarbene Wasseroberfläche gezogen wurden. Nur mit einer kleinen Wehmut dachte sie bei allen Reisen an den Chiemsee und an die Segelschiffe dort, denen sie als Kind sehnsüchtig nachgeschaut hatte.

Marlene konnte sich für jedes Land, jede Bucht und jeden romantischen Ort so begeistern, dass sie irgendwann gar nicht mehr zu sagen vermochte, wo es am schönsten gewesen war. Ob Griechenland, Sardinen, Elba, Korsika oder die Insel Ibiza – ihr Hochgefühl wuchs mit jedem Törn.

Die Zeit verflog während dieser gemeinsamen Abenteuer wie im Wind. David erträumte sich immer weitere Reisen und sprach von einer Auszeit für eine Weltumsegelung, die als das Nonplusultra in seinem Kopf herumspukte. Er klapperte schon die Hafenanlagen nach größeren und dafür besser geeigneten Schiffen ab, die zum Verkauf standen.

„Wie stellst du dir das vor? Wir können nicht einfach unsere Arbeit an den Nagel hängen", warf Marlene ein. Diese Idee ging ihr zu weit. „Außerdem ist dafür eine besondere Logistik erforderlich, die mir Angst macht. Da segelt man nicht einfach los und kauft abends im nächsten

214

Supermarkt ein. Traust du dir das wirklich zu?"

„Jetzt sei kein Spielverderber, Marlene. Damit kann ich doch nicht warten, bis ich Rentner bin." Dabei schaute David so beleidigt wie ein verwöhntes Kind, das seinen Willen nicht bekommen hatte.

„Du könntest dich doch mit den Urlauben zufriedengeben. Oder du machst es allein und ich ziehe inzwischen unsere Kinder groß", scherzte sie. „Schließlich können wir damit auch nicht warten, bis ich Rentnerin bin. Und ich möchte mein Kind nicht in Honolulu bekommen."

David sah sie fassungslos an. Sein Gesichtsausdruck wechselte zwischen Freude und Entsetzen. „Was möchtest du mir damit … nein, lass mich raten."

Marlene schwieg und unterdrückte ein Lächeln.

„Du bist … wirklich? Schau mich an. Das ist ja wunderbar!!!" Davids Freude war so groß und überschwänglich wie Marlenes Erleichterung über seine Reaktion, denn sie hatte seine latente Unberechenbarkeit nicht vergessen. Er hätte genauso gut wütend sein können.

„Seit wann weißt du es? Entschuldige bitte, ich bin ein Narr. Ein schöneres Abenteuer als ein gemeinsames Kind kann es nicht geben!" David riss sie stürmisch in seine Arme.

Erst jetzt traute sich Marlene sich zu entspannen, ihre Freude zu entfalten und das kleine Leben in ihrem Körper als Wirklichkeit anzunehmen.

„Ich gehe erst morgen zum Arzt", sagte sie an seiner Schulter, „aber ich bin mir ziemlich sicher, dass es ein kleiner Segler werden könnte."

Sie redeten und planten den ganzen Abend, richteten gedanklich schon ein Kinderzimmer ein und beschlossen, dass Marlene die ersten Jahre zu Hause bleiben sollte.

„Ich verdiene genug, um eine Familie zu ernähren", betonte David mit einem gewissen Stolz. „Außerdem kann ich noch mehr Vorträge halten."

Nach dem Arztbesuch ging Marlene als Erstes zu Inga, um ihr die freudige Mitteilung zu machen. David war wieder unterwegs, sodass sie ihm erst am Abend würde berichten können, dass sie bereits im dritten Monat schwanger war.

Inga fiel aus allen Wolken, als sie die Neuigkeit erfuhr. „Wir rufen Marlies und Franz an. Ich schätze mal, dass mein Bruder durchdrehen wird vor Freude. Kind, das ist schön! Wenn ich nicht so alt wäre, würde ich jetzt einen Purzelbaum schlagen."

So eine saloppe Ausdrucksweise war ungewöhnlich für Inga. Marlene war besonders froh darüber, dass sie keinerlei Bedenken gegen David geäußert hatte.

„Wollen wir es Anja und Swenja sagen oder möchtest du damit noch warten?"

Die Frage erübrigte sich, da Swenja bereits an der Salontür klopfte. „Was machst du hier am helllichten Nach-

mittag?", plapperte sie los. „Schön, dass du da bist! Wollen wir zusammen in die Stadt gehen? Mir fällt die Decke auf den Kopf, weil ich nur lernen muss." Ihren freudigen Redeschwall beendete sie mit den Fragen: „Ist David wieder unterwegs? Wann heiratetet ihr?"

„Wie kommst du jetzt auf die Idee?", fragte Inga empört.

„Wird doch Zeit, oder nicht?"

Swenja stichelte immer noch gerne, wenn es um David ging. Manchmal kam es Marlene so vor, als habe sie Kenntnis von einer dunklen Seite an ihm, vor der sie sie warnen wollte. Sie überging die Anspielungen auf eine Hochzeit und erzählte Swenja, dass sie schwanger war.

Diese freute sich überschwänglich. „Darum schaut ihr so geheimnisvoll drein! Ich lag also gar nicht so falsch mit meiner Hochzeitsidee. Und ich melde mich freiwillig als Kindermädchen."

„Jetzt wird es sehr spannend", sagte Johannes vorfreudig. „Diese Passage zu schreiben hat mir Spaß gemacht. Alles scheint sich glücklich zu entwickeln. Doch ich fürchte, das wird sich noch ändern."

Marlene sah Johannes mit glänzenden Augen an. „Wenn ich an die Kinder denke, war das ohne Zweifel die bisher erfüllteste Phase meines Lebens, von der ich keine Sekunde missen möchte. Es waren unsere gemeinsamen Kinder, die zu meinem Glückstaumel beigetragen haben, sodass ich die

Realität nicht sehen konnte. Oder wollte. Und David war ein Weltmeister darin, mir eine andere Wirklichkeit vorzugaukeln."

„Dein Verhalten ist durchaus verständlich und verzeihlich. Menschen mit einem Drang zur Selbstgefälligkeit tarnen sich meist gut", ergänzte Johannes. „Hat Inga das nicht auch so beschrieben?" Er nahm sie in den Arm, dem Bedürfnis folgend, Marlene nachträglich trösten zu wollen.

„Nein, dieses Wort hatte Inga nicht erwähnt. Was bedeutet das, Herr Doktor? Ich hätte den Begriff Selbstgefälligkeit eher mit Eitelkeit in Verbindung gebracht. Bei der körperlichen Fülle, die David im Laufe der Jahre angenommen hatte, wäre das aber keine passende Definition."

„Selbstgefälligkeit, oder nennen wir es krankhaften Narzissmus, ist eine facettenreiche Persönlichkeitsstörung, die nicht leicht erkennbar ist. Was David betrifft, ist es auch nur eine starke Vermutung von mir – er war ja schließlich nicht mein Patient. Aber ich kann mir vorstellen, dass uns am Ende einige seiner Verhaltensweisen bekannt vorkommen werden." Er pausierte und betrachtete Marlene einen Moment lang, um zu prüfen, wie sie reagierte, aber als sie nichts sagte, sprach er weiter. „Seine Unberechenbarkeit hat mich von Anfang an darauf schließen lassen. Ich nehme mal an, dass seine Launenhaftigkeit sich später wieder gezeigt hat. Richtig?"

„Ja, das stimmt. Für mich ist es trotzdem rätselhaft, wie du zu diesen Rückschlüssen kommst."

„Marlene, das kann man in schlauen Büchern nachlesen.

Das ist keine Hexerei", erklärte Johannes bescheiden. „Wie du weißt, brauche ich immer Erklärungen für schwierige Charaktere, deren Verhaltensweisen ich nicht verstehe. – Oh, mein Lieblingslied!" Damit stand er auf, reichte ihr die Hand, um sie dann in seine Arme zu schließen. Zu den leisen Klängen von „Moonlight Shadow" wiegte er sie im beruhigenden Rhythmus der Klänge.

„Du hast mein Mitgefühl, liebe Marlene, für die Enttäuschungen, die du erfahren hast. Vor allem, weil einem niemand glaubt, was man selbst fast nicht glauben kann. Bis zu dem Zeitpunkt des Verstehens, wenn man tief im Bauch des Wales steckt und einem nur noch der schmerzhafte Weg der Trennung bleibt."

Marlene weinte an seiner Schulter, aber es waren, so schien es Johannes, Tränen der Erinnerung. „Halt mich fest, Johannes. Er hat mir über Jahre so weh getan und ich habe mich verraten und allein gelassen gefühlt. Aber wie du siehst, habe ich es geschafft. Und es tut gut, deine Fürsorge und Geborgenheit zu spüren."

„Wir werden uns jetzt etwas Gutes gönnen", flüsterte Johannes in ihr Ohr. Er nahm einen tiefen Zug von dem sinnlichen Duft ihres Haares und küsste ihren Hals.

„Den Gedanken hatte ich auch", flüsterte sie zurück und zog ihn an der Hand ins Schlafzimmer.

„Und jetzt werde ich dich nach Italien entführen. Aber

bevor du zu euphorisch wirst: Ich meine nur über die Straße, in unser Restaurant", sagte Marlene unternehmungslustig eine Stunde später.

Sie bestellten eine Flasche Barolo und Linguine mit Garnelen.

„Ist dir schon aufgefallen, dass wir auch beim Essen den gleichen Geschmack haben?" Johannes zwinkerte schelmisch und hob das Glas, um mit ihr anzustoßen.

„Ich passe mich nur an. Du hast, wie Oscar Wilde zu sagen pflegte, einen ganz einfachen Geschmack, nämlich von allem nur das Beste."

Johannes schmunzelte. Marlene war in ihrem Element, stellte er fest. Sie liebte es, mit Zitaten und Worten zu spielen und ihn damit zu amüsieren. Wie wunderbar hatte sich sein Leben verändert! Sein trauriges Vakuum hatte sich mit kostbaren und bunten Gefühlen für einen liebenswerten Menschen gefüllt.

Hin und wieder überlegte er – und inzwischen drängte es ihn – seine Kinder einzuladen, damit sie Marlene kennenlernen konnten. Er hatte seine Beziehung vor ihnen nicht geheimhalten können, da seine Tochter beim ersten Telefonat bereits gemerkt hatte, dass er sich verändert, ja, vollkommen verwandelt hatte und nicht mehr trauerte. Doch er hatte mit einem Treffen noch warten wollen, bis Marlene von dem Leben ihrer Kinder erzählt hatte. Ihre Vergangenheit sollte erst zu einem Abschluss kommen, so hatte er es mit Marlene vereinbart. Außerdem würde es nicht einfach werden, alle Kinder terminlich unter einen Hut zu bekommen.

„Alles der Reihe nach, Herr Doktor Bütow", hatte sie in ihrer typischen Art gesagt, als ihm mal wieder alles zu langsam ging.

Der Ober servierte eine Zabaione als Dessert.

„Wo bist du mit deinen Gedanken? Schreibst du im Geiste schon weiter, obwohl ich noch gar nichts erzählt habe?", fragte sie, als er nicht gleich zu seinem Löffel griff.

„Nein. Ich bin einfach nur glücklich."

Sechsundzwanzig

Marlenes Schwangerschaft verlief unkompliziert. Die Überraschung, dass sie Zwillinge bekommen sollte, beeinträchtigte sie nur durch ihren Umfang in den letzten Schwangerschaftswochen.

David war völlig aus dem Häuschen, auch aus dem Gedanken heraus, etwas Außergewöhnliches vollbracht zu haben. Er war fürsorglich und packte Marlene in Watte, ganz so, als würde sie sein persönliches Eigentum durch die Gegend tragen. Sein Verhalten wäre ihr auf die Nerven gegangen, hätte es nicht auch etwas Rührendes gehabt.

Inga kam einmal in der Woche zu Besuch. Sie brachte Obst aus dem teuersten Laden von Lübeck mit und zudem ihr Hausmädchen, das sie für Putzarbeiten durch die Zimmer scheuchte.

„Du darfst dich nicht anstrengen, Kind. Und dein David sollte jetzt nicht mehr so viel verreisen."

„Ich bin doch nicht krank", beschwichtigte Marlene sie. „Nur das Umdrehen im Bett fällt mir inzwischen schwer. Ich brauche bald einen Kran."

In der letzten Zeit war Inga nicht besonders gut auf David zu sprechen gewesen. Sie war enttäuscht, weil er nur seinen Stolz herausposaunte, wie sie es nannte, und keinerlei Initiative ergriff, die wachsende Familie auf einen rechtlich abgesicherten Boden zu stellen. „Meinst du nicht, dass ihr vorher heiraten solltet, damit die Kinder seinen Namen tragen?"

Marlene war ebenso verwundert, dass David von einer Heirat nichts wissen wollte. Er erklärte, das habe heutzutage keine Bedeutung und mache eine Beziehung auch nicht besser.

„Wir heiraten erst später", schwindelte Marlene, weil sie das Thema nicht mit Inga diskutieren wollte. „Wie sähe ich denn jetzt in einem Hochzeitskleid aus. Wie ein weißer Wal."

Inga lachte. „Das leuchtet mir ein", sagte sie. „Swenja wird darüber nicht enttäuscht sein, weil sie nur noch auf die Zwillinge fixiert ist. Wichtig ist allerdings, dass David dich und die Kinder auch versorgen kann."

Daran hatte Marlene keine Zweifel. David war es ein besonderes Anliegen, dass sie bei den Kindern bleiben konnte. Er überwies bereits regelmäßig Geld auf ein Familienkonto, wie er es nannte.

Obwohl sich alle abwechselten, um nach Marlene zu schauen, war sie, als sie die ersten Wehen spürte, allein. Sie rief zuerst die Klinik an und dann Inga. Ihr Arzt schickte einen Krankenwagen, weil er nicht wollte, dass Marlene die vielen Treppenstufen ohne die Unterstützung der Sanitäter hinunterging.

David war telefonisch nicht zu erreichen. Marlene hätte heulen können und Inga konnte ihren Unmut nicht mehr verbergen. „Swenja versucht es weiter bei David", beruhigte sie mit sanften Worten, „und ich bleibe bei dir, egal, wie lange das hier dauert."

Glücklich, dass kein Kaiserschnitt notwendig war, hielt Marlene einige Stunden später ihre Zwillinge, ein Mädchen und einen Jungen, in den Armen.

Swenja stand am Fußende von Marlenes Bett und konnte ihren Blick kaum von den Winzlingen lösen. „Gut, dass es nicht zwei Jungs sind, sonst würde David sie vielleicht Max und Moritz nennen. Wo ist er überhaupt, der stolze Vater? Ich habe ihn doch vorhin über den Gang flitzen sehen."

Inga verzog das Gesicht und kritisierte Swenjas saloppe Tonart mit ihrem typischen Räuspern.

„David kauft noch ein paar Babysachen in der passenden Größe. Wir konnten im Vorfeld ja nicht wissen, was wir brauchen werden", verteidigte Marlene den abwesenden Vater. Sie war abgrundtief erschöpft.

„So, jetzt ist es genug", bestimmte Inga. „Wenn David hier ist, gehen wir. Marlene muss sich ausruhen."

„Sie sind so schön und gar nicht zerknautscht. Ich bin so glücklich, dass ich ihre Tante bin. Oder so etwas Ähnliches. Welchen von den vielen Namen auf der Liste nehmt ihr denn jetzt?"

Über Swenjas überschwängliche und neugierige Begeisterung musste Marlene lachen. „Wir werden sie Merle und Leon nennen", verkündete sie.

Wieder fegte ein Sturm durch die kahlen Äste der Bäume und der Regen peitschte gegen die Fenster. Johannes hatte den Kamin bereits angezündet. Marlene liebte es, vor dem Feuer zu sitzen, die Füße in dicken Socken und hochgelegt, wenn er ihr vorlas.

„Schöne Namen", bemerkte er und schaute über seine Lesebrille. „Du hast ein Geschenk des Himmels bekommen, oder eher zwei. Ich kann es kaum erwarten, sie kennenzulernen. Leider nimmst du es mit der Reihenfolge sehr genau. Trotzdem könntest du mir verraten, wo sie leben, denn ihre Geschichte werde ich nicht aufschreiben."

„Du darfst raten. Es fängt mit "B" an und hört mit "N" auf.

„Berlin? Bonn? Bremen?"

„Spielverderber!"

„Oder warte, Burgstaaken."

„Ja! Die beiden führen die Pension weiter. Onkel Franz hat ihnen alles überschrieben und bekommt eine Leibrente. Die Zwillinge sind für ihn und Marlies wie Enkelkinder und ihre ganz große Liebe. Deshalb sind sie auch von Madeira nach Spanien gezogen, weil es von dort aus einfacher ist, Merle und Leon zu sehen."

Spanien, dachte Johannes, das wäre auch mein Traum.

„Meine Kinder sind wirklich unzertrennlich und arbeiten gut zusammen. Das Restaurant ist der sprichwörtliche Goldtopf am Ende des Regenbogens. Sie haben umgebaut und vermieten nur wenige Zimmer. Dafür haben sie jeder eine schöne Wohnung für sich."

„Dann werden sie kaum Zeit haben, uns zu besuchen", warf Johannes ein.

„Aber sicher! Im Winter schließen sie für mehrere Wochen und fliegen nach Spanien. Und an den Chiemsee kommen sie auch liebend gern."

Während Marlene von ihren Kindern sprach, leuchteten ihre Augen. Wie hübsch sie ist, dachte Johannes, so voller Liebe zum Leben. Und zu ihren Kindern. Er fragte sich, wie sie ihre Kindheit mit einem narzisstischen Vater überstanden hatten. So etwas hinterließ doch Spuren.

Marlene war sein Stimmungswechsel nicht entgangen. „Du schaust so bedrückt. Geht es dir nicht gut?"

Er nahm seine Aufzeichnungen wieder zur Hand. „Alles in Ordnung. Ich hatte nur überlegt, inwieweit Merle und Leon in Mitleidenschaft gezogen worden sind."

„Natürlich sind Kinder betroffen, wenn das Schicksal sich wendet. Doch durch Marlies und Franz lernten sie – so wie ich auch –, dass es durchaus Menschen gibt, denen man bedingungslos vertrauen kann."

Ein wenig beunruhigt dachte er an die Passage des Textes, den Marlene ihm vor Monaten zu lesen gegeben hatte: „Ich empfand, obwohl ich ihm vieles verzeihen konnte, die Schwere seines Handelns den Kindern und mir gegenüber als unentschuldbar." Menschen wie zum Beispiel David hatten, das war Johannes nur zu bewusst, selten ein Unrechtsbewusstsein. Es war ihnen völlig egal, ob man ihr Verhalten entschuldigte oder nicht. Sie fühlten sich sowieso im Recht.

„Dann lese ich jetzt weiter vor, damit wir bald unsere Kinder einladen können."

„Merle und Leon. Das klingt sanft und melodisch. Die Namen habt ihr hervorragend ausgewählt!", lobte Inga. „Merle bedeutet ‚helles, strahlendes Meer', das passt doch auch zu dir, Marlene, und wie es bis jetzt aussieht, scheinen sie auch zufrieden mit der Welt und ihren Namen zu sein."

Die Schwester kam ins Zimmer, versorgte die Säuglinge und legte sie in ihre Wiegen neben Marlenes Bett. Swenja verfolgte jeden ihrer Handgriffe mit Argusaugen. „Ich werde dir ganz viel helfen", versprach sie.

„Ich glaube, wir müssen nicht warten, bis David zurückkommt", flüsterte Inga und deutete auf Marlene, die inzwischen eingeschlafen war. „Marlene wird eine anstrengende, neue Situation erleben, wenn sie wieder zu Hause ist. Lassen wir ihr hier, wo die Schwestern noch nach den Kindern sehen, ihre Ruhe."

Swenja war immer noch aufgekratzt. „Wir könnten Geschenke kaufen gehen. Oder Strampler."

„Kind, ich muss mich ausruhen." Inga stöhnte. „Das war alles so aufregend für mich, als hätte ich ein Elefantenbaby bekommen."

David kam ihnen vor der Klinik mit ein paar Tragetaschen entgegen. Er wirkte glücklich, gestresst und ein wenig planlos. Er bedankte sich freundlich für die Hilfe und die guten Wünsche und eilte weiter.

„Ich kann ihn nicht ausstehen", zischte Swenja, „und ich weiß nicht, warum."

227

„Du darfst gar nichts tun, außer unsere Kinder zu stillen", sagte David liebevoll, als er Marlene nach einigen Tagen aus der Klinik abholte. „Wenigstens heute möchte ich dich verwöhnen."

Er hatte alles besorgt, was noch gefehlt hatte, die Wohnung war gesaugt und Blumen standen auf dem Esstisch. Marlene hatte zwar vorher schon „das Nest eingerichtet", wie sie es nannte, aber die Einkäufe der alltäglichen Dinge hatte sie hochschwanger nicht mehr erledigen können.

„Ich habe sogar zwei Wochen Urlaub genommen", verkündete David stolz. „Die Vorträge kann ich allerdings nicht verschieben."

Sie hatte ihn selten so erfüllt gesehen wie in diesem Moment. Er hielt Merle auf dem Arm und schaute Marlene freudig an, die Leon stolz durch das Zimmer trug. Mit Bewunderung bemerkte sie ihm gegenüber, was er alles in der Zeit ihrer Abwesenheit vollbracht hatte. Kein Tag verging, an dem sich David nicht vor lauter Fürsorge überschlagen hätte. Marlene hatte sich gut erholt und spürte die ungewohnte Anstrengung zunächst kaum. Die Zwillinge waren ausgeglichen und schliefen nach dem Stillen zufrieden in ihren Bettchen. Es dauerte jedoch viele Wochen, bis Merle und Leon in den Nächten einigermaßen durchschliefen. Trotz Marlenes Organisationstalent fehlten ihr Schlaf und Ruhephasen.

Auch nach seinem Urlaub nahm David ihr das Einkaufen noch eine Zeit lang ab. Manchmal waren sie auch nur

228

damit beschäftigt, ihre kleinen Wunder anzuschauen und sich über jede Regung und Veränderung zu freuen.

Es dauerte jedoch nicht lange, dann flaute sein Interesse an seinen Kindern ab. Marlene räumte ihm geduldig ein, dass er nach der Arbeit Erholung brauchte und beanspruchte ihn so wenig wie möglich. Sie hatte auch keine Kraft mehr, seine Hilfe zu erstreiten, die sie anfangs freiwillig bekommen hatte. Die Diskussionen mit ihm waren anstrengender, als die Arbeiten rasch selbst zu erledigen. Ihre eigene Begeisterung für Merle und Leon jedoch wuchs mit jedem Tag und überlagerte ihre Enttäuschung, sodass sie über Davids Veränderung einfach hinwegsah. Gelang ihr das nicht, versuchte sie, die neue Situation nicht ernst zu nehmen. Sie glaubte, dass jemand, der so viel Glück geschenkt bekommen hatte, kein Recht zur Klage hatte.

„Es kann nichts Schöneres auf der Welt geben, als das zu erleben", sagte Marlene zu Inga, als sie zu ihrem wöchentlichen Besuch kam. „Ich möchte jeden Moment festhalten, sodass ich mich ewig daran erinnern kann."

„Ich sehe es dir an Kind, dass du im Mutterglück aufblühst. Deine Augenringe erzählen mir allerdings eine andere Geschichte. Du legst dich jetzt ein bisschen hin, solange ich hier bin, und keine Widerrede", befahl sie. „Und deinen David solltest du mehr einspannen, auch wenn es ihm nicht passt, weil er so spät von der Arbeit kommt."

Marlene lächelte bitter. „Allmählich glaube ich auch, dass sein Arbeitseifer nur vorgeschoben ist. Anscheinend *ist ihm nicht klar gewesen, dass sich erst mal alles um die Kinder dreht. Und anstrengend ist."*

"Niemand kommt mit dieser Erfahrung auf die Welt und in der Schule kann man so etwas auch nicht lernen. Allerdings müsste er jetzt doch sehen, was hier an Zupacken nötig ist. Er kann sich doch nicht einfach aus der Verantwortung stehlen."

"Diese Diskussion habe ich aufgegeben", gestand Marlene. "Er sagt, dass er schließlich das Geld verdient, während ich gemütlich bei den Kindern sitze."

"Es steht mir nicht zu, mich einzumischen, Kind. Aber ich befürchte, dass es für dich nicht einfach werden wird. So, wie ich ihn kennengelernt habe, wird er bei seiner Ansicht bleiben."

Johannes stand auf, ging in die Küche, um eine Flasche spanischen Wein zu holen.

"Ganz ehrlich, ich will nicht als Trinker erscheinen, aber bevor ich weiterlese, brauche ich erst einmal etwas fürs Gemüt", erklärte er, als er die Gläser füllte. "Du warst in der Falle, und das hatte Inga schon damals erkannt, denke ich."

"Ja, aber sie hatte nie versucht, mich negativ zu beeinflussen. Das rechne ich ihr hoch an."

"So wie ich dich kenne, wäre es auch nicht hilfreich gewesen, dich zu irgendetwas überreden zu wollen", sagte Johannes und lächelte Marlene an.

„Warum sich David nach so kurzer Zeit wieder verändert hat, ist für mich ein Rätsel geblieben. Trotz der Umstände, die später alles erklärt haben, war es unverständlich."

„Das war weniger anstrengend für ihn. Selbst bei nur einem Säugling bleibt kaum Zeit für Zweisamkeit. Somit konntest du ihm gar nicht die Beachtung schenken, die er gerne für sich beansprucht hätte."

„Das ist unlogisch", sagte Marlene kopfschüttelnd. „Wenn er mir geholfen hätte, wäre mehr Zeit für Zweisamkeit geblieben."

„Ich habe auch lange gebraucht, um ansatzweise zu begreifen, wie solche Menschen ticken. Bei seinem Verhalten, ob liebevoll und aufopfernd oder abweisend, ging es, vermute ich, nie um dich. Wenn du das rückblickend betrachtest, wirst du es verstehen können."

„Meinst du?"

„In seinem anfänglichen Freudentaumel war er nur davon überzeugt, etwas Grandioses geschaffen zu haben. Von diesem seelischen Höhenflug hast du profitiert. Diese Phasen können manchmal auch länger anhalten."

„Ehrlich gesagt, verstehe ich das auch rückblickend nicht."

„Du warst die ideale Partnerin für ihn. Er konnte sich mit dir schmücken und er wurde bewundert. Eine vorzeigbare junge Frau, die ihn anhimmelt, ein perfekter Haushalt, das ist doch schon mal etwas. Wenn alles für ihn passte, wurdest du verhätschelt. Durch die Mutterschaft hast du ihm die gewohnte Aufmerksamkeit nicht mehr schenken können. Das passte ihm nicht und er hat dich mit seinen Launen dafür bestraft und sich an deiner Verzweiflung erfreut – und an deiner unablässigen Bemühungen, ihm alles recht zu machen."

Marlene wirkte aufgewühlt. „Das ist unfassbar", sagte sie leise.

„Erinnerst du dich, was ich bei Fins Vater geschrieben habe? Die Falle ist, dass ein anders gepolter Mensch nicht in der Lage ist, sich das vorzustellen."

„Aber die Geschichte ist ein bisschen anders gekommen", warf Marlene ein.

„Wir machen weiter im Text. Wenn meine Vermutung stimmt, werden wir auf einen gemeinsamen Nenner kommen. Hast du nicht erwähnt, dass seine Mutter kaltherzig war?"

„Dein Gedächtnis ist gut", sagte Marlene, „aber das hatte einen verständlichen Grund, von dem ich dir später erzählen werde."

Siebenundzwanzig

*Inga sollte recht behalten. David wurde immer beque-
mer und legte an Gewicht zu. Wie er mit diesem Makel
seine Vorträge über Ernährungsberatung überzeugend und
glaubhaft halten konnte, war Marlene ein Rätsel. Erschöpft
von ihrem Tagesrhythmus mit Merle und Leon, ging sie
meist früh zu Bett. David schaute oft bis spät in die Nacht
Fernsehen, kam morgens nur schwer aus dem Bett und war
dann unausgeschlafen und übellaunig.*

*Als die Zwillinge etwa ein Jahr alt waren, änderte sich
seine Stimmung wieder, als würde er sie dem lauen Som-
merwind anpassen. Dankbar nahm Marlene diese Wendung
an, um sich in diesem warmen Strom zu erholen. David
verhielt sich so, als hätte es nie eine Disharmonie zwischen
ihnen gegeben.*

*„Wir könnten einen Urlaub planen.“ Mit diesen Worten
überraschte er sie eines Tages und Marlene glaubte, hoffte,
betete, dass die kritische Phase nun endgültig vorüber war.*

*Marlies und Franz waren in den Sommermonaten aus
Spanien nach Fehmarn gekommen und es bot sich an, ein
paar Tage bei ihnen zu verbringen. David wollte mit dem
Schiff dorthin segeln, was Marlene kategorisch ablehnte.
Allein die Strecke, auf der man durch die Trave bis zur
Ostsee gelangte, war ihr mit den kleinen Kindern schon zu
riskant.*

*„Ich habe dir zwar kleine Segler versprochen, aber da
musst du noch ein paar Jahre warten, bis sie in die*

Schwimmwesten passen. Ohne mich!"

David war beleidigt, weil er sich in seinem Gefühl, dass alles machbar sei, ausgebremst fühlte. „Früher hast du dich für alles begeistern können und jetzt bist du nur noch eine Zimperliese", maulte er.

Seine Stimmung sank und stieg erneut, wie das Quecksilber in einem Thermometer im Tag- und Nachtrhythmus. Marlene blieb keine andere Wahl, als es mit Gelassenheit zu tragen, damit sich ihre Enttäuschung nicht auf die Kinder übertrug. Es machte auch keinen Unterschied, ob sie sich aufregte, stritt oder einfach abschaltete – seine Ausbrüche waren weder logisch einzuordnen noch vorhersehbar. Die Zwillinge ohne Vater aufwachsen zu lassen, indem sie zurück an den Chiemsee floh, empfand sie als inakzeptable Lösung. Sie dachte aber auch an ihre Mutter, an Fin und an ihren eigenen Schwur, dass sie das Leben ihrer Eltern nicht wiederholen wollte.

Davids arbeitsbedingte Reisen häuften sich und inzwischen verbrachte er auch so manchen Urlaub allein. An Geld schien es ihm nie zu fehlen. Geldmangel war ihr erspart geblieben, und glücklicherweise ging er liebevoll mit Merle und Leon um.

Marlenes Gefühle für David gerieten zwar aus dem Gleichgewicht, aber sie glaubte immer noch, eine große Zuneigung für ihn zu empfinden. Jede positive Regung ihr gegenüber sog sie auf wie ein trockener Schwamm das Wasser. Sie war traurig, aber nicht unzufrieden oder verzweifelt, denn ihre Freude an den Kindern war so umfas-

*send, dass ihr selbst die Umgebung in einem positiven Licht
erschien. Außerdem gab es nicht nur David in ihrem Leben,
sondern schließlich auch Verwandte und Freunde.*

„Und so hätte es eigentlich ein gutes Ende nehmen können", kommentierte Marlene. „Der Mann war zwar unberechenbar und sonderbar, aber sonst war die Welt ganz in
Ordnung."

„Ja, und die Sehnsucht nach Vertrauen und Liebe
wächst, obwohl es einem nicht bewusst ist. Dieses Bedürfnis hält einen gefangen in einem Labyrinth der Hoffnung",
ergänzte Johannes.

„Du hast meinen Zwiespalt klar verstanden. Johannes,
wenn ich heute darüber nachdenke, weiß ich nicht mal
mehr, wie der Planet hieß, auf dem ich gelebt habe."
Marlene lehnte ihren Kopf an seine Schulter.

„Dein Planet heißt Erde, auf dem du in guter Absicht
gehandelt hattest und immer noch lebst. Du kannst an vie-
lem zweifeln und verzweifeln, aber sicher nicht an dir."

„Mit ähnlichen Worten hat mich Inga auch getröstet."

Johannes stand auf und legte frisches Holz in die Glut
des Kamins. Während das Scheit anbrannte, dachte er an
die junge Marlene, die, fast noch ein Kind, sich so mutig
auf den Weg in den Norden gemacht hatte. Dieses Mädchen und die Marlene, die ihm heute ihr Vertrauen schenkte, waren ihm beide nah und er liebte sie jeden Tag mehr.

„Welches Geheimnis umschwebte denn Davids Mutter?"

„Also gut", sagte sie seufzend und schaute in die züngelnden Flammen, als wolle sie sie dazu bringen, ihre Worte gleich wieder zu Asche zu verbrennen. „Ich habe David immer wieder zu überreden versucht, dass er seine Mutter einlädt, damit sie ihre Enkelkinder kennenlernen kann. Wir haben ihr zwar Fotos geschickt und ich habe immer ein paar Zeilen dazugeschrieben, aber zu mehr war David nicht bereit. Und weil wir nie eine Antwort von ihr bekommen haben, habe ich ihn so lang gedrängt, bis er mir den Grund dafür genannt hat: Davids Vater war, als wir die Mutter das erste Mal besucht hatten, nicht verreist, sondern bereits gestorben. Er hatte ein riesiges Vermögen hinterlassen, das sich David mit einem unehelichen Stiefbruder, von dem niemand gewusst hatte, teilen sollte. Die Mutter hatte nicht den Löwenanteil erhalten, allerdings genug, um ein luxuriöses Leben führen zu können. Daraufhin hatte sie sich in kalte Verbitterung zurückgezogen und wollte auch von ihrem Sohn nicht mehr viel wissen. Ich denke jedoch, dass sie auch vorher schon keine übertrieben liebevolle Mutter gewesen war."

„Ich verstehe die Geheimniskrämerei um das Erbe und den Tod des Vaters nicht."

„David hat es mir damals so erklärt: Er hatte vermeiden wollen, dass sich Frauen oder Freunde wegen seines Vermögens an ihn hängen. Er hatte sich zwar ein Leben mit luxuriösen Abenteuern gewünscht, aber für seinen Stolz war es eben auch wichtig gewesen, selbst Geld zu verdienen. Eine Haltung, die ohne Zweifel für ihn sprach."

„Wollte er deshalb nicht heiraten? Gut, dabei wäre das mit dem Vermögen natürlich aufgekommen …"

„Er hätte ja, wie sein Vater auch, alles auf unsere Kinder überschreiben können und ich wäre mehr oder weniger leer ausgegangen. Ich war froh, vorher nichts von dem Geld gewusst zu haben. Nein, das ist nicht der Grund gewesen. – Über seinen Vater wollte David übrigens nie reden."

„Sehr merkwürdige Geschichte."

Marlene sah Johannes mit gespielter Strenge an. „Keine weiteren Fragen, Herr Doktor Bütow."

Achtundzwanzig

Johannes hatte unruhig geschlafen und schlecht geträumt. Bereits vor Sonnenaufgang saß er in seinem Sessel am Fenster und ließ seinen Blick über den noch dunklen See schweifen. Der Himmel war wolkenlos. Die Spitzen der Berge schimmerten so hell, als wäre in den Höhenlagen der erste Schnee gefallen.

Widerwillig ließ er Gedanken an seinen Kollegen Max zu. Er musste sich die Parallelität der abscheulichen Wirklichkeit vor Augen führen, um zu begreifen, was er von Marlene gehört hatte. Es fröstelte ihn, als käme die Kälte der Berge zu ihm herunter. Sein Innerstes weigerte sich, die Unverfrorenheit anzunehmen und auf dem Papier in Worte zu fassen.

Marlene kam verschlafen, barfuß und mit verstrubbeltem Lockenkopf ins Wohnzimmer. Sie sah so wunderschön aus, als wäre sie einer Welt entschwebt, in der es keine Bösartigkeit gab. „Johannes, was sinnierst du denn so früh am Morgen? Geht dir David durch den Kopf?" Der Hauch ihrer Sinnlichkeit veränderte den Raum und entzog ihm die Kälte, die er eben noch gespürt hatte. „Hast du die Nacht wieder am Schreibtisch verbracht?"

„Nein", sagte er sanft. „Aber das, was mir durch den Kopf geht, möchte ich nicht aufschreiben."

„Ist es nicht so, dass dir das Aufschreiben stets geholfen hat, deine Gedanken zu sortieren?"

„Mir fehlen die Worte, Marlene, obwohl ich eine ähnliche Geschichte schon mal gehört habe und bereits im Kopf hatte. Ich nenne es den ‚Max-Effekt', der mir bis heute unbegreiflich ist. Ein ehemaliger Kollege von mir hat ein ähnlich skrupelloses Leben wie David geführt. In dem Fall bin ich mit meinem Latein am Ende, dir und mir eine Erklärung für ein solches Verhalten zu liefern."

Sie setzte sich zu ihm auf die Armlehne, schob ihre nackten Füße unter seinen Oberschenkel und schmiegte den Arm liebevoll um seine Schultern. „Wir haben das vor einiger Zeit mit ‚Macht' definiert und ich bin sehr wütend gewesen. Dann hast du die Macht der Liebe dagegengehalten, die wir nicht vergessen sollten. Ich habe inzwischen alles verstanden, was du mir sagen wolltest – über Menschen, die sich zu tarnen wissen und uns enttäuschen."

„Liebes, du bist an all dem gewachsen, was so manche Seele vollkommen zerstört hätte. Ich werde es für dich aufschreiben, und der Text, den du mir gegeben hast, wird das Ende der Geschichte sein."

„Und damit ist dann alles endgültig nur noch Vergangenheit."

Der See zeigte sich im Morgenlicht so spiegelglatt, als wollte er ihnen beweisen, dass sich auch nach einem Sturm alle Wogen wieder glätten können. Sie beobachteten Vinzenz, der sich am Steg an seinem Kahn zu schaffen machte. Dann stieg er ein, startete den Motor und steuerte hinaus zur Seemitte, dabei zog er eine Spur wie ein umgekehrtes

„V" hinter sich her. Es war fast wie damals, als die Fischerin Marlene Johannes' erster Morgenlichtblick gewesen war.

„Gut, ich beginne mit der Schreibarbeit, wenn wir uns nach dem Frühstück davon überzeugt haben, dass Vinzenz nicht erfroren ist. Was macht er bei dem eisigen Wetter auf dem See?"

„Er verabschiedet sich für diese Saison von den Wellen und Fischen, so wie wir uns gleich von der Vergangenheit verabschieden werden. Das passt doch zusammen. Vielleicht fährt er auf die Fraueninsel, zum Grab seines Großvaters."

Neunundzwanzig

Wie von einem undurchdringlichen Nebel umgeben war Marlenes Stimmung, als sie mit Merle und Leon auf Ingas Haus zuging. Die Kinder plapperten und lachten, wie immer, wenn sie sich auf einen Besuch bei der Tante freuten. Inzwischen waren sie in ihrem letzten Kindergartenjahr und fieberten dem Schulbeginn entgegen.

Swenja kam ihnen bereits am Gartentor entgegen und begrüßte die Kinder, die ihr stürmisch um den Hals fielen. „Na, ihr kleinen Krokodile. Wollt ihr ein Eis? Tante Inga hat Erdbeeren dazu gekauft."

Jubelnd rannten die Zwillinge durch den Garten und über die Terrasse ins Haus.

„Welches Gespenst ist dir denn begegnet? Du bist bleich wie die Wand." Swenja schaute Marlene eindringlich an. „Hat David dich verärgert? Ach nein, der ist ja gar nicht da."

„Lass uns warten, bis Inga kommt", sagte Marlene in einem müden Ton und ließ sich auf einen Gartenstuhl sinken. „Ich brauche erst einen Kaffee."

Sie saß immer noch blass und still am Tisch, als die Kinder nach dem Eis zum Gartenhäuschen stürmten, um ihre dort deponierten Spielsachen herauszuholen. Swenja saß bei ihr, aber sie ahnte wohl, dass ihr freudiges Geplauder jetzt fehl am Platze sein würde und schwieg daher. Tante Inga kam und setzte sich zu den beiden an den Tisch.

241

Wie aus weiter Ferne vernahm Marlene Ingas besorgte Stimme.

„Was ist los, Kind? Merle hat mir erzählt, dass ihr Besuch hattet, den du nicht in die Wohnung gelassen hast. Sie hat gelauscht, hat sie mir verraten, aber durch die geschlossene Haustür nichts verstehen können."

Marlene räusperte sich und schluckte, als müsste sie ihre Worte sortieren. „Ich konnte den Kindern nicht erzählen, worum es ging."

Inga schüttelte verständnislos den Kopf und fragte: „Magst du es uns erzählen?"

Marlene nickte müde. „Vor der Tür ...", sie stockte, als weigerten sich ihre Worte herauszukommen, als würden sie zur Realität erstarren, wenn sie sie aussprach. „Da war eine Frau, etwa in meinem Alter. Sie hatte ein Kind bei sich, etwa acht Jahre alt. Fragt mich nicht, warum ich die Kinder intuitiv gleich in ihr Zimmer geschickt habe." Marlene schloss die Augen und konzentrierte sich, bevor sie weitersprach. „Wie es aussah, hatte sie schon einige Zeit vor unserer Haustür gewartet, denn sie wirkte ungeduldig, konfus und feindselig zugleich. Als sie mich fragte, wer ich sei und ob ich hier wohnen würde, lief mir ein kalter Schauer über den Rücken."

Swenja empörte sich. „Du hast ihr hoffentlich gesagt, dass sie das nichts angeht."

„Ja, so ähnlich habe ich reagiert. Aber dann hat sie gesagt, dass sie das sehr wohl etwas anginge, weil sie Davids Ehefrau sei. Melanie Lange heißt sie."

242

„*Waaas!?!*" *Inga gab einen so lauten Schrei von sich, dass die Kinder aufhorchten.*

„Eine Irre", sagte Swenja. „Denn dass David so ein Schuft ist, traue nicht mal ich ihm zu."

„Das Kind hat ständig gesagt: ,Das ist mein Papa, das ist mein Papa', wie ein Papagei", ergänzte Marlene. Inzwischen liefen ihr die Tränen die Wangen hinab.

Inga hatte sich wieder gefasst. „Du wirst David morgen zur Rede stellen. Die Kinder kannst du derweil bei mir lassen, auch über Nacht. Wie hat die Frau dich ausfindig gemacht?"

Marlene hatte sichtlich Probleme, sich so weit unter Kontrolle zu bringen, um Inga das schier Unglaubliche schildern zu können. „Sie hat behauptet, David mehrmals von Kiel aus gefolgt zu sein, weil sie seiner ständigen Unabkömmlichkeit an der Uni Lübeck nicht mehr getraut hatte. Er hatte ihr immer gesagt, es lohne sich für sie nicht, nach Lübeck zu ziehen, da er vorhabe, bald wieder öfter in Kiel zu sein."

„Das klingt schon eher verrückt!" Swenja schüttelte sich. „Wie hast du reagiert?"

„Ich habe ihr gesagt, dass das nicht stimmen könne, weil wir schon so lange zusammen seien und dass sie verschwinden solle. Daraufhin ist sie zuerst wütend geworden und dann hat sie mich ausgelacht. Mit der Bemerkung, dass ich ihr leid täte und wir beide nicht die Einzigen seien, ist sie dann mit ihrem Kind verschwunden."

„Wie hat sie das gemeint?", fragte Swenja. „Gibt es noch mehr Männer, die zwei Beziehungen führen, oder meinte sie, dass David außer ihr noch weitere Beziehungen hat und ihr sozusagen Leidensgenossinnen seid?"

„Das weiß ich nicht, Swenja. Was hier passiert, übertrifft mein Vorstellungsvermögen."

„Kind, du musst jetzt leider sehr tapfer sein und abwarten, was David morgen dazu sagt. Entweder ist es die verrückte Geschichte einer Irren oder eine extrem traurige Wahrheit."

Als Marlene abends in ihrem Bett lag, war sie so aufgewühlt, dass sie keinen Schlaf finden konnte. Dazu kam, dass sie seit Tagen das Gefühl hatte, ein weiteres Kind von David zu erwarten. In der Nacht bekam sie heftige Blutungen, die ihr die traurige Gewissheit gaben, dass sie das Kind verloren hatte, sofern sie wirklich schwanger gewesen war. Sie weinte bittere Tränen, als wäre sie um alles betrogen worden, woran sie jemals geglaubt hatte.

Als David am nächsten Abend nach Hause kam, war er der liebevollste und fürsorglichste Mann, den sie sich vorstellen konnte. Er zeigte sich entsetzt über die „lügnerische und hinterhältige Unverfrorenheit dieser Frau" und regte sich darüber auf, dass es ihr ganz offensichtlich gelungen war, Marlene unnötig zu ängstigen und sie seelisch und körperlich in dieses Leid gestürzt zu haben. „Marlene, du musst mir wirklich glauben, dass diese Frau in eine psychiatrische Klinik gehört. Ich kenne sie aus früheren Zeiten.

Sie hat mir ständig nachgestellt und behauptet, dass ich der Vater ihres Kindes wäre. Wir waren aber nur in ihrer Fantasie zusammen."

Marlene beruhigte sich langsam, doch die Zweifel nagten an ihr. Sie vermied es, das Thema noch einmal anzusprechen, obwohl sie noch Redebedarf hatte und dieses oder jenes gerne nachgefragt hätte, was noch einer Klarstellung bedurfte. Stattdessen versuchte sie, das Leben weiterzuleben, wie es vor diesem Tag gewesen war. Die Vorstellung, dass an den Behauptungen dieser Frau etwas dran sein könnte, war unerträglich und schmerzhaft, deshalb schob sie sie von sich. Unbewusst schützte sie sich mit der Strategie, das zu glauben, was sie glauben wollte. Marlene sah David in einem wundersamen Licht, als gelte es, ein positives Bild von ihm zu bewahren.

Obwohl die Frau nicht wieder auftauchte, stand sie dennoch zwischen ihnen. Mit beidseitigem Eifer versuchten sie, ihre Beziehung bewusster zu leben und zu festigen, als könnten sie den bösen Geist damit verscheuchen. Sie verbrachten einen gemeinsamen Urlaub ohne Kinder, die während dieser Zeit bei Marlies und Franz untergebracht waren.

Aber trotz aller Bemühungen um eine gute Beziehung belauerten Marlene und David sich gegenseitig. Instinktiv spürte David Marlenes unterschwelliges Misstrauen. Er reagierte empfindlich, sobald sie irgendeine Kritik ausübte oder wenn sie gar versuchte, die Notwendigkeit seiner häufigen Reisen in Frage zu stellen. Gnadenlos schlug er zu-

rück mit Liebesentzug und Entwertungen.

„Du bist krank, Marlene", versuchte er ihr einzureden. „Deine Hirngespinste gehen mir auf die Nerven. Einen ehrlicheren Mann als mich hättest du nicht bekommen können. Merkst du gar nicht, dass du mit deinem Misstrauen alles kaputt machst?"

Über Jahre verharrte Marlene in einer Spirale, die sie mit Zweifeln und misstrauischen Gedanken immer weiter in die Tiefe zog. Zuweilen schaffte sie es, sich positiver zu stellen, glaubte Davids Beteuerungen und daran, dass es an ihr und ihrem Zweifeln lag, wenn die Beziehung nicht funktionierte. Schließlich überzeugte sie sich selbst, dass sie sich ändern und David alles geben musste, um seine Launen nicht zu provozieren. So war es das Beste für die Kinder.

Selbst Inga konnte ihr nicht helfen. Sie beobachtete mit Sorge Marlenes inneren Kampf und stellte fest, dass sie Kilo um Kilo verlor. „Kind, wenn die Zweifel dich so quälen, solltest du deinem Gefühl folgen."

Das genau war Marlenes Dilemma. „Ein Teil meines Gefühls rät mir, bei David zu bleiben und meine Familie zusammenzuhalten. Der andere Teil sagt mir, schick ihn zum Teufel, er tut dir nicht gut."

„Ich möchte nicht in deiner Haut stecken", sagte Inga seufzend.

„Allmählich glaube ich, dass seine Unberechenbarkeit

von Anfang an einen Sog auf mich ausgeübt hat. Sie scheint ein Bestreben in mir auszulösen, ständig Ordnung in sein emotionales Chaos zu bringen. Dadurch bin ich nicht in der Lage, auf meine innere Stimme zu hören."

„Ach, Kind, ich wünschte, dass ich dir helfen könnte." Inga sah verzweifelt aus, als sie Marlene in den Arm nahm.

Irgendwann glaubte Marlene, ein gewisses System in dem Chaos zu erkennen. Instinktiv passte sich David ihrer emotionalen Verfassung an. Ging es ihr nicht gut, drehte er sich launenhaft in die eine oder andere Richtung. Fühlte sich Marlene stark, entzog er sich ihr wie ein glitschiger Fisch, den man nicht fassen konnte.

Gerade, als sie sich überlegt hatte, dass sie keine Chance hatte, gegen seine Unberechenbarkeit und die Ungewissheit anzukommen, überraschte David sie mit einer neuen Variante.

„Ich werde dir beweisen, dass du mir vertrauen kannst. Du bist die wunderbarste und begehrenswerteste Frau in meinem Leben und ich möchte dich heiraten."

Erschöpft von den ständigen Zweifeln an Davids Loyalität glaubte Marlene wieder an das, woran sie glauben wollte. Endlich würde sie für ihre seelische Qual entschädigt werden. Sie war froh und stolz, nicht aufgegeben zu haben. Vielleicht war es doch so, dass ihr anfänglich gutes Gefühl sie nicht getäuscht hatte. Alle Gespenster verflüchtigten sich, denn ein verheirateter Mann konnte ihr keinen Antrag machen.

Die Hochzeit sollte im nächsten Frühjahr stattfinden,
wenn Marlies und Franz wieder auf Fehmarn waren. Zu-
sätzlich zu seinem Antrag verkündete David noch eine
Überraschung: „Wir reisen in den nächsten Ferien mit den
Kindern in die Toskana. Auf dem Hinweg besuchen wir
deine Eltern und der Rückweg geht über die Schweiz, weil
du da ja schon immer hinwolltest."

Merle und Leon waren völlig aus dem Häuschen und
redeten nur noch von den Stränden, Eisbechern und Spa-
ghetti.

Als Marlene Inga mit dieser Neuigkeit überraschte, war
sie nicht sicher, ob deren Freude über die Hochzeit mit
David echt war. Sie wirkte jedoch sichtlich erleichtert dar-
über, dass nun Ruhe einkehren würde.

„Wie schön", sagte sie etwas zu überschwänglich.
„Dann kommt Swenja doch noch zu ihrem Traum von dei-
ner Hochzeit."

Eine Woche vor der Abreise kam ein Anruf von Melanie
Lange. David war gerade mit Segelfreunden in der Kieler
Bucht unterwegs und die Kinder bei Freunden.

„Ich habe mich scheiden lassen", verkündete sie. „Da-
vid gehört jetzt Ihnen, wenn Sie sich mit einer weiteren
Frau mit Kind und einer jugendlichen Geliebten arrangie-
ren können."

Marlene war im ersten Moment gefasst. Ihr Verstand
setzte nicht aus, sondern sortierte die Fakten. Es bestätigte

sich also nun das, was sie nicht hatte wahrhaben wollen. Eine große Erleichterung darüber, im tiefsten Inneren gewusst zu haben, dass mit dieser Beziehung etwas nicht stimmte, machte sich in ihr breit. Offenbar konnte sie ihren Gefühlen noch trauen – jedenfalls dem Anteil, der sie immer leise gewarnt hatte, und nicht dem, der sich wie eine naive Traumtänzerin über Davids Heiratsantrag gefreut hatte. Doch dann schlich sich die Bitterkeit der Realität wie ein böses Geschwür in ihr Bewusstsein. Das Unterbewusstsein schien sich an alle Kinderkrankheiten der Seele zu erinnern und schloss erst einmal die Tür, um weitere Infektionen zu vermeiden.

Marlene wusste nicht, ob sie sich ihre Verblendung verzeihen und sich jemals davon erholen würde.

Sie zog sich zurück, in die Tiefe ihrer Seele und ruhte sich aus, schloss in Gedanken ihre Kinder in die Arme und tröstete sich mit Dankbarkeit für dieses wunderbare Geschenk. Behutsam würde sie Merle und Leon die Wahrheit über ihren Vater sagen müssen. Sie wollte sich gütlich mit ihm arrangieren, um den Schaden an den Seelen der Kinder in Grenzen zu halten. Aber die Tür zu David war endgültig zugefallen.

Trotz aller anfänglichen Ausflüchte blieb David nichts anderes übrig, als sich der Wahrheit zu stellen. Melanie Lange hatte einen Privatdetektiv beauftragt und sich nicht gescheut, sein Leben mit einem Rundumschlag zu enttarnen.

„Ich werde immer für dich und unsere Kinder da sein",
waren Davids Worte, die so wenig überzeugend wirkten wie
der Rest seiner Treueschwüre: „Ich liebe dich doch,
Marlene, für mich haben die anderen Frauen keine Bedeu-
tung."

Als David erkannte, dass seine verzweifelten Worte
nicht mehr wirkten, zog er aus und überschrieb ihr die
Wohnung und ein kleines Vermögen zur Versorgung der
Kinder.

Marlene reiste mit den Zwillingen allein in die Toskana.
Die Tatsache, eine endgültige Entscheidung getroffen zu
haben, sowie der Abstand zu David halfen ihr, den jahre-
langen Ängsten und Zweifeln nach und nach zu entfliehen.
Wenn sie in der Nacht nicht schlafen konnte, schrieb sie
ihre Gedanken auf:

Wie tanzende Blätter, die der Herbstwind durch die Luft
wirbelte ...

Nachdenklich las er ihre Worte, die er vor langer Zeit ein-
getippt hatte, um sie gedanklich abzulegen.

Marlenes eigener Text, ihre Gedanken, sollten nun das
Ende seiner Aufzeichnungen und der Abschied von der
Vergangenheit sein.

Er konnte seine Gefühle nicht recht definieren. Trotz der
Erleichterung, es nun endlich geschafft zu haben, empfand
er eine tiefe Traurigkeit.

Dreißig

Der erste Schnee lag wie eine kuschelige Decke über dem Grau der herbstlich-tristen Landschaft und dämpfte den Gesang der melancholischen Gedanken.

Johannes legte seine Lesebrille vor sich auf den Tisch und sah Marlene erleichtert an. Endlich war das Werk vollbracht.

Marlene lächelte ihn an. „Deine Worte geben dem Traurigen noch etwas Schönes. Selbst David steht nicht als Monster im Raum, sondern als Kind, das sein liebstes Spielzeug verloren hat. Irgendwie war es auch so, weswegen ich ihm vieles verzeihen konnte. Leider blieb das bittere Gefühl, missbraucht worden zu sein. Und dieser eklige Beigeschmack, dass er mich nach seinen Reisen ganz selbstverständlich in den Arm genommen und geküsst hat, als sei nichts gewesen. Und dass er vorher …" Marlene schluckte den Rest des Satzes hinunter.

„Ich verstehe, was du meinst. Der Gedanke, dass es andere Frauen gab und dass du austauschbar warst, ist schlicht traumatisch. Du hast ihm im Vertrauen deine Liebe geschenkt – seelisch wie körperlich."

„Ja, das tut tatsächlich bis heute noch weh. Diese Scham, auch wenn ich unwissend war, ist wie ein Dämon, der immer wieder hämisch mit dem Finger auf mich zeigt. Es ging mir viele Jahre so, dass ich bei dem Gedanken hätte schreien mögen."

Johannes konnte ihre Gefühle verstehen, da er damals viel über den „Max-Effekt" nachgedacht hatte. Dieser skrupellose Mann hatte damals – nach seiner Enttarnung – nicht das geringste Anzeichen von Scham oder gar Einsicht gezeigt, sondern die Reaktion seines sozialen Umfeldes als Undankbarkeit empfunden und sich als unverstandenes Opfer gefühlt. Aber heute war Johannes weder daran interessiert, wie es diesem Max heute erging, noch ob David mit seinem Leben klargekommen war. Schluss mit den Gedanken, dachte er im Stillen und überlegte, was er Marlene Tröstliches sagen konnte. Schließlich meinte er: „Danke, dass du mir das alles anvertraut hast. Dem Dämon wird es nicht gefallen, dass du jetzt nicht mehr zurückschaust und ihn keines Blickes würdigst."

„Manchmal dachte ich, die Hölle ist näher als der Himmel und darum sind die Teufel schneller am Werk als die Engel. Aber seit ich dich kenne, hat sich die Hölle geschlossen. Es ist wie ein Wunder."

Johannes lachte. Er liebte Marlenes bildhafte Vergleiche.

„Was machen wir nun mit der vielen Zeit, wenn ich nichts mehr zum Schreiben habe?" Er wartete die Antwort von Marlene nicht ab. „Antworte nicht, das war eine rhetorische Frage. Ich habe eine Überraschung für dich."

„Entführst du mich wieder?" Sie sah ihn erwartungsvoll an.

„Ja, aber erst morgen."

„Du machst es wieder sehr spannend. Für wie viele Tage soll ich dieses Mal packen?"

„Wir werden insgesamt nur drei Stunden unterwegs sein", sagte Johannes und freute sich diebisch über Marlenes schlecht verhohlene Neugierde.

„Überraschung gegen Überraschung", sagte sie dann triumphierend. „Wenn du mir deine verrätst, verrate ich dir meine."

„Also gut, ich möchte dir die Vorfreude nicht nehmen. Ich habe mir mit Hermines Hilfe wieder etwas ausgedacht. Wir holen morgen deine Kinder vom Flughafen ab."

„Was?", entfuhr es Marlene. Augenblicklich strömten Tränen über die Wangen. „Entschuldige, Johannes, es fällt mir immer noch schwer, mit den Freuden, die du mir so selbstverständlich bereitest, umzugehen."

„Es kommt noch besser! Meine Kinder werden am Wochenende dazukommen. Am Ende deiner Geschichte wollten wir doch die Kinder miteinander bekannt machen."

Marlene flog in seine Arme. Sie schluchzte wortlos.

„Freudentränen sind erlaubt, aber nur, wenn du gleich wieder lachst. Deine Mutter ist bei der Idee richtig aufgeblüht – sie wirkt jetzt locker zehn Jahre jünger."

„Bei der Gestaltung *meiner* Überraschung", erwiderte Marlene schniefend, „sind meine Mutter, Merle, Leon und Marlies nicht unbeteiligt gewesen. Es ist verrückt, dass du mir mit deinem geheimen Plan zuvorgekommen bist. Leider schmälert der mein Feuerwerk ein klein wenig."

„Und wenn schon. Ich bin trotzdem gespannt."

„Wir sind alle eingeladen, bei Marlies und Franz Weihnachten zu verbringen, einschließlich deiner Kinder mit Familien. Es gibt ein Hotel in der Nähe, falls der Platz im Haus nicht ausreichen sollte."

Johannes schaute amüsiert. „Nach so viel Trubel werden wir anschließend dringend Zweisamkeit und Erholung auf Madeira benötigen", bemerkte er.

Marlene war auch ein wenig bange vor der Zusammenführung der Familien. Sie hatte sich an den erholsamen und harmonischen Rhythmus zu zweit mit Johannes gewöhnt.

„Erzählst du mir noch", unterbrach er ihre Gedanken, „wie dein Leben nach der Trennung weiterging?"

„Ja, aber weder ausschweifend noch zum Mitschreiben. Ich bin in Lübeck geblieben und habe wieder im Labor gearbeitet, um nicht nur von Davids Unterstützung abhängig zu sein. Hüring hat sich wirklich engagiert, meine Arbeitszeiten so zu legen, dass ich genügend Zeit für die Kinder hatte. Die Ablenkung hat mir gutgetan. Merle und Leon haben sich nach der Schule von Franz und Marlies mit der Idee anstecken lassen, in die Gastronomie einzusteigen. Ich habe ihnen einen Teil von Davids Geld gegeben, damit sie den Weg in die Selbstständigkeit besser meistern konnten. Sie haben den Umbau des Restaurants damit bezahlt. Franz ist überglücklich, dass die Kinder seinen Traum weitergeführt haben. Anfangs habe ich in der Küche und im Lokal mitgeholfen, aber nachdem ich dort entbehrlich geworden bin, bin ich an den Chiemsee zurückgegangen. Meine Mutter hat mich gebraucht. Wie du weißt, ging es meinem Vater ja nicht gut."

Johannes fragte nicht weiter. Den Rest wusste er von Hermine: Marlene hatte hart gearbeitet, sich kaum einen Urlaub gegönnt und nie geklagt.

Einige Jahre später

Genau ein Jahr, nachdem Johannes Marlene an ihrem Geburtstag den Antrag gemacht hatte, heirateten sie. Heute, wiederum an ihrem Geburtstag, stand er mit einem Strauß liebevoll arrangierter Sommerblumen vor ihr. „Alles Gute, liebe Marlene, zum Geburts- und zum Hochzeitstag."

„Ach, Johannes", sagte sie und küsste ihn. „Du hast nicht vergessen, welche Blumen ich besonders mag. Die Lieblingsblumen vom Lieblingsmann", scherzte sie. „Nein, im Ernst, du hast mir die schönste Zeit meines Lebens geschenkt, Jahre der Liebe und des Vertrauens, die ich so nie erlebt habe. Dafür möchte ich dir danken."

„Wenn ich es mir recht überlege, habe ich mir ziemlich lange Zeit gelassen, bis ich mein Eheversprechen eingelöst habe."

Marlene lachte. „Wir waren zu beschäftigt. Erst mit meiner Vergangenheit und dann mit Reisen. Das zählt als Entschuldigung."

Heute hatten sie alle Besuchsangebote der erweiterten Verwandtschaft abgelehnt, weil sie diesen besonderen Tag allein feiern und auf die gemeinsamen Jahre zurückblicken wollten.

„Gut, dass wir anfangs viel gereist sind", sagte Johannes. „Und da ich inzwischen vom Alter mehr gebeutelt werde als du, bin ich froh, dass wir jetzt ein bisschen zur Ruhe gekommen sind. Wir finden hier fast alles auf einem

Fleck vereint, was wir an Schönem in der Welt gesehen haben."

„Sandstrand, Steilküste, warmes Wasser, Palmen, Hibiskus, Orangenduft, Oleander", zählte Marlene schwärmerisch auf, „und trotz unseres methusalemischen Alters stehen wir jeden Morgen freiwillig auf, um das wunderbare Schauspiel des Sonnenaufgangs nicht zu versäumen. Verrückt, oder nicht?"

Die Luft war klar, das Meer zeigte sich wie so oft in einem tiefen Blau und am Horizont waren die Konturen von Ibiza zu erkennen.

Marlene und Johannes setzten sich zum Frühstück auf die Terrasse ihres Winterdomizils. Der Blick von dort verzauberte sie immer wieder. Die Häuser der umliegenden Dörfer leuchteten wie weiße Würfel aus der immergrünen Landschaft heraus und verdichteten sich zu der am Meer gelegenen Stadt Javea. Das Bild, an dem Johannes und Marlene sich nie würden sattsehen können, wurde vom majestätischen Bergmassiv des Montgos dominiert. Sein abgerundeter, massiver Gipfel wechselte je nach Sonnenstand seine Farbe. Jetzt, so früh am Morgen, strahlte er rosafarben.

Johannes' schon längst begrabener Traum, einen Teil seines Ruhestandes in Spanien zu verbringen, war mit Marlene Wirklichkeit geworden. Die Chiemsee-Fischerin hatte ihm tatsächlich sein Leben zurückgebracht.

Ein Satz von Goethe schlenderte durch seine Gedanken: „Glücklich allein ist die Seele, die liebt."

Und seine Seele liebte Marlene – mit jeder Faser. Und so würde es immer sein.